花田

青春是一场远行

罗杰　著

江西高校出版社
JIANG XI UNIVERSITIES AND COLLEGES PRESS

图书在版编目(CIP)数据

青春是一场远行 / 罗杰著. — 南昌: 江西高校出版社,
2013.2
ISBN 978-7-5493-1720-2

Ⅰ. ①青… Ⅱ. ①罗… Ⅲ. ①长篇小说—中国—当代
Ⅳ. ①I247.5

中国版本图书馆 CIP 数据核字(2013)第 006262 号

青春是一场远行
罗杰 著

责任编辑	邱建国 陈启辉
美术编辑	杨 青
排版制作	邓娟娟
出版发行	江西高校出版社
社 址	江西省南昌市洪都北大道96号
邮政编码	330046
总编室电话	(0791)88504319
编辑部电话	(0791)88523090
发行部电话	(0791)88517295
网 址	www.juacp.com
印 刷	南昌市红星印刷有限公司
经 销	全国新华书店
开 本	890mm × 1240mm 1/32
印 张	8
字 数	240千
版 次	2013年3月第1版第1次印刷
书 号	ISBN 978-7-5493-1720-2
定 价	19.80元

赣版权登字-07-2013-18

目录 CONTENTS

前世

QIANSHI

男女主角为公元 1080 年生人，标准的“大宋朝八零后”，主人公在经历了一系列荒诞遭遇后，卷入一桩国宝(莲花碗)失窃案，而后不幸身亡……

1 QIANSHI

本来我是要悬梁自尽的。这个死法很流行，许多赶考落榜的书生，都把自己吊在了客栈的房梁上。我和潘生亲眼目睹过好几起，每次都被吓得屁滚尿流。

悬梁自尽的书生们，面目十分恐怖，惨白的一张脸，全无血色，乌红的舌头吐出来，悬垂至下颌，犹如传说中的黑白无常；双眼暴睁，似乎要弹出来伤人。

为了美观些，我决定换个死法——去跳河。时间是黎明。

趁潘生还在熟睡，我悄悄从木板床上爬起来，摸到衣衫，胡乱套在身上，又往床下摸，摸了半天，也没摸到自己的鞋子。旁边的潘生翻了个身，松松垮垮的木板床“咯吱”一响，我吓了一跳，心都缩紧了。

窗外射进一缕朦胧的光，无数尘埃颗粒在光束中飞舞。

我侧目瞅了一眼潘生，他双目紧闭，鼾声微微。

我继续伸手在床下摸，摸来摸去，摸到一双特大号布鞋。我不敢耽搁太久，潘生若醒来，笃定要劝我活下去：“不就是落榜吗？何必在一棵树上吊死？”

我不上吊，我去跳河。

我蹬上潘生的大号布鞋，脚在鞋里游泳，每走一步都有好像会往前一扑滑倒在地的危险。尽管脚步放得很轻，客栈楼道的木板仍微微颤动。

突然，一具尸首从空中猛然落地，横挂于我眼前。

尸首脖颈上挂着一截磨断的草绳，想必他已吊了一夜。

这是个书生，他左手拿一卷书搭在胸前，右臂举起，手指比着V字。书卷封面上几个鲜红大字特别醒目：《三十天速成特长生》。

我连滚带爬地跑下楼梯，楼梯猛烈摇晃，仿佛要垮塌。

此时，整座客栈一片死寂，只有小二哥早早起来，在天井中扫地。

昨夜下过一场绵绵细雨，树叶粘在地上，扫起来很费劲。看到我，小二哥也不打招呼，神情冷漠，兀自扫去残留于地的几片树叶，然后转身走掉。

住店历来是出入自由，根本用不着表明身份。银子就是身份，银子越多，身份越高贵。

我想我的样子有点鬼鬼祟祟，尽管小二哥对我视而不见，我还是躲闪着像耗子一样溜出客栈。仿佛我不是去自杀，而是偷了店里的东西去销赃。

时辰尚早，京城街市冷清，人迹稀疏，偶尔可见几匹“计程马”，由人骑着，疾驰而过。此马五彩斑斓，通体绘着京城著名的土特产，引起人们购买欲，比满街吆喝叫卖强多了。

此马运货，也运人，按路程算银两。跑得远了，就到加草站买些饲料，喂饱了继续拉客。一些加草站，将杂草混在饲料里，坑蒙车夫。此行径之恶劣，与诈骗无异，衙门屡次派差役查抄惩处，但效果不甚理想。

我缓步行于街市。两边的饭庄、茶园、铁匠铺、药店，家家关门闭户，旧黄的门板看上去都一个样。寻常人家屋檐下的台阶，青苔滋生，滑溜溜，嫩绿，像新鲜蔬菜一般。

这时刻，人们大多活在梦里，梦里的世界很精彩，现实的世界很无奈。对我来说，二者都很无奈。

作为一个公元1080年出生的人，我是标准的“大宋朝八零后”。我寒窗苦读，就不爱读四书五经，我喜欢看闲书，譬如神话故事，恐怖且浪漫。一个书生，总会遇上一个迷人的狐狸精，她们与他们圆房，为他们洗衣做饭，为他们生儿育女，当他们对婚姻生活厌倦之时，她们倏然消失，无影无踪，爱恨情仇，顺理成章。即便次一等的，白天受罪，梦里也是荣华富贵。而我，白天孤苦无聊，晚上噩梦相伴，活着多余。

渐渐地，街市远遁。如梦游般，眼前出现一座石拱桥，如一叶弯月，立于护城河中。桥头坐着一个瘦如毒蛇的算命老先生，竖一旗帜，摆张方桌，翻着白眼明目张胆地招摇撞骗。

朝廷曾下令，将京城建为模范城，严禁胡乱摆摊设点。朝廷每年都会派官员视察一次，本城衙门也会发通告，大肆整治街市、桥头、客栈、饭庄、医馆；对于风月场所，倚门卖笑，吐着瓜子皮，挥舞手绢拉客者，予以重处。

一些衙门罩着的风月场所，在整治期间会关门歇业。待朝廷官员一走，脏乱复生，娼妓重现。她们站在铁匠铺门前，隔一丈远，招蜂引蝶，问过往男子："做不做宝剑？"

我像个魂儿似的，轻飘飘地从算命老头儿的地盘飘过，向桥上走去。

"来来来，算命算命，不准不给钱。"老头儿冲我招手。

我苦笑摇头。

"敬公子一言，才子今朝，窘困落魄，日后将为人上人。"老头翻着白眼说。

我心想，死到临头，早一刻晚一刻的事，有个人说说话，也算给自己送终。

我凑近老头儿，问他："何以见得？"

"公子莫急。"老头儿手一抬，示意我对面落座，"听我慢慢道来——观公子长相，非寻常人也。"

"为何？"我摸不着头脑，问他，"莫非我有三只眼？"

"那是二郎神。"

"头上长两角？"

"那是牛魔王。"

"身后有尾巴？"

"那是小龙人。"

"这不结了，寻常人不就是一张嘴，两只眼，一对耳么。"

"一派胡言！"老头儿白眼越翻越大，"花有百样红，人与人不同，你可知否？”

“烦劳赐教。”

“公子平常可曾照镜？”

“未曾，一般是撒泡尿照照。”

“唉，孺子粗俗。直言相告：公子天庭饱满，人中颀长，两耳垂肩……”

“您老刚在寺院给菩萨看过相吧？”我打断他。

老头儿鼻孔喷射出两团粗气，胡子都湿了。

“您老可知我是干什么的？”我接着问。

“一介书生。”

“非也，我与您老同道。”

“你也卜卦？”老头儿很惊奇。

“不一样，我是专给算命的卜卦。“我面无表情地说道，“我给您老算个命得了，不准不要钱。”

“喔呵，这倒新鲜，那你算算老夫之命如何？”

“您老的命，就是一辈子给人算命。”

“放肆！”老头儿一拍方桌，桌面当即裂开一道缝。

“见谅，要我掏银子不难，只要您老算出我今日想的事，立马就给。”

“给点提示。”老头儿眼中闪出午饭有着落的光芒。

“四个选择。”我说，“一、娶亲，二、杀人，三、偷盗，四、寻短见。”

“莫不是要寻短见？”老头儿脑袋一偏，没好气地说。

“这答案换不换？”

老头儿狐疑地瞅着我，又四下看看，仿佛找人求助。

“不换！”老头儿白眼都翻得不见了。

“果真不换？当真不换？——恭喜您！答对了。”

老头儿舒了一口气，脸上笑意若有似无。

“将答案写成短信，发送至廉通客栈，叁叁肆肆，潘公子处，此人若不在廉通客栈，一定就在驿动客栈。”我说。

“公子要我代传遗书？”

“正是。”

“笔墨伺候，待我将短信写成，你发送回来，银两双倍付给。”

老头拿出纸、笔、墨砚，我提笔挥毫——潘兄，你我二人，本是善男学子，赶考落榜，花光银子，开店无底子，杀人越货没胆子，种田恐怕脏裤子，当长工又失面子，绝无颜面去当鸭子，只得去见孔夫子。

我将信封好，交与老者，待他走远，我走上石拱桥，行至桥中央，驻足望一眼桥下湍急的河水，一行清泪，横溢而出。接着，我仰天长叹一声，闭眼咬牙，纵身跳入河中。

2

QIANSHI

我以为，就此便死去，过奈何桥，喝孟婆汤，忘却前尘，轮回转世。这也非我所愿，活一辈子完全足矣，还要再来一遍，毫无意义。即便投胎富贵人家，吃香喝辣，穿金戴银，也委实无聊。

如果真有来世，我宁愿当一棵树，一枝草，一粒米。实在不行，当一头猪也比当人痛快，想吃就吃，想睡就睡，无须成亲亦能翻云覆雨，肥了就挨宰，来去匆匆，无牵无挂。

呛了第一口水，我昏厥过去。恍惚间，我变成了一条鱼，在灰蒙蒙的河底游弋。河底肮脏，臭鱼烂虾，什锦杂物，像暗礁一样挡住视线，游过一个障碍，又浮现一个障碍，层层叠叠，周而复始，永远是一团混沌的迷茫。

不知游了多久，前方豁然开朗，周遭无一杂物遮挡，水泽清澈，泥沙不存，唯有一只悬挂诱饵的弯钩在头顶晃悠，其味香透，引我垂涎。我昂头一口咬住弯钩，弯钩猛然向上一提，我双眼发黑，一股剧痛由咽喉直捣心窝。再睁眼，已横躺河岸。

我仿佛看见河岸上人山人海，男女老少，喧嚣嘈杂，过路的，卖货的，挑担背筐的，交头接耳，探头探脑，纷纷挤上前来观赏一条鱼的死相。无数张陌生的脸，无数双惊恐的眼睛，飞快地交叉地晃来晃去，其中只有一张脸，一双眼我很熟悉——那是潘生。

他努成猪嘴的样子仿佛要亲我。

我猛地翻身坐起，一把推开他："死变态！你干吗？"

"变你个头，人工呼吸懂不懂？"潘生义正词严道，"张嘴，接着来。"

我翻身狂呕，腹中河水全吐出来了。吐罢，问潘生："我活着还是死了？"

"咬咬手，看疼不疼。"潘生说。

我拉过他的手，张嘴狠咬。

潘生怪叫一声，挣脱。

"我已跳河自尽，怎会没死？"我眼望空虚处，懵懂地问。

"淹死的都是会水的，你是旱鸭子。"潘生一指河岸边，"死翘翘的不是你，是下河救你的人。"

"是他救了我？"我看见河岸横躺着一具脸色惨白的尸首。

"对。"潘生垂下头说，"据说此人叫小春子，是官窑造瓷器的工匠。"

围观中，有人说："这世道，想死的死不成，不想死的倒死了。"

我愧疚痛哭，爬到小春子遗体前，连磕三个响头。

几个好心人过来，给小春子盖上被单，被单上绣了一副对联。上联：春哥纯爷们，下联：铁血真汉子，横批：见义勇为。

此时，没有人发现，小春子原本随身携带了一个包袱，他跳下河中救我，包袱便飘在河中。好心人将他抬走后，包袱散落，露出一只晶莹剔透的天青色莲花碗，漂浮河面，摇摇晃晃，顺流而下。

回到客栈，我气冲冲地拿头撞墙，撞得砰砰乱响。

潘生冲上来拽住我，按在床上。我挣扎弹起，又被按倒，反复数次，我再弹起，不倒翁般倔强不屈。

"让我撞墙，撞死算了。"我嚎叫。

"撞你个头。"潘生呵斥。

"就是撞头。"我又将头向墙撞去，哭诉，"为何寻死都无自由？"

"落榜就寻死，一点创意也没有。"潘生鄙夷道，"我亦落榜，也没如你一般寻死觅活。若来年再考，未必不中。"

“六次，六次落榜，今生再不考了。”我垂下眼睑，无力地说，“再考，人已老去。”

“此言差矣。”潘生语重心长道，“你我乃童子身，世间种种妙事，尚未品尝，怎就言老？”

“屡屡落榜，又无一技防身，靠什么品尝？”

“到衙门当差役。”

“差役？有何益处？”

“益处多了，拿俸禄，吃皇粮，胡乱摆摊者见之生畏，骑马违规者闻之胆寒。凡遇不轨，罚银两为主，训人为辅。终日横行街市，至少也能没收一筐水果。所敛财物，一半上交衙门，一半自搂之。年底还有分红，何乐而不为？”

“说得轻巧。”我苦笑道，“若衙门派你我捉拿强盗、杀人犯，岂不是飞蛾扑火，自寻死路。”

“那是捕快们干的差事。”潘生接着道，“差役与捕快不同，后背都刻着‘勇’字，干的事情却差之千里。简言之，捕快参与江湖之事，差役管的是平民百姓。”

我似懂非懂，正琢磨间，房门“砰”的一声大开，两个人高马大，手执枷锁铁链的差役，闯进屋内，恶狼似的盯着我与潘生。

二人衣服上写有二字：捕快。

其中一人开口道：“大……大……大……大、大、大……”

另一个接口说：“大清早。”

结巴捕快点头：“对，大……大清早跳河的，是……是谁？”

“是在下。”我惶恐答。

“罚……罚银二十两。”

“跳河也要交银子？”潘生不服，“这是哪家的王法？”

结巴上前一记耳光，紧跟着又踹上一脚，将潘生踹倒在地，怒吼道：“放……放……放……”

“放屁。”同伴接嘴道。

结巴白同伴一眼，艰难地说："放……放肆！污……污染河道，破……破坏生态，当然要、要……"

"要罚！"同伴附和，"快交银子，如若不交，定你个杀人罪名，打入大牢，秋后问斩。"

"杀自己也算杀人？"我嗫嚅着问道。

"废……废话。"结巴说，"你是人不是？这……这么拽。"

"报告官爷，我二人是赶考的穷书生，连二两银子都拿不出。"潘生可怜巴巴乞求。

"少、少他妈装。"结巴声色俱厉道，"十二个时辰之内，必……必须交银子，一文不……不能少。"

"官爷。"我抱住结巴的腿，哀求道，"我们所带银两不足三两，求官爷高抬贵手，放过我二人。"

潘生也慌忙求情，一边卑躬屈膝说尽好话，一边从我们的包袱里取出银子，交与两个穷凶极恶的家伙。

"那、那不行。"结巴收了银子，一脸正气地说，"我……我们是执法者，岂……岂能通融？"说罢，冲同伴一挥手，"走！"

由于转身太猛，结巴一头撞在半开的房门上，捂头咒骂："破……破门。"

我们打算逃走。两日之内，无论如何也凑不到十七两银子。

按潘生所料，我们不是杀人要犯，也非江洋大盗，更不是造反派，罪名不过是污染河流，破坏生态环境，京城衙门不至于"画影图形"，派遣捕快满世界捉拿。只要能混出城，就万事大吉。然而，城门历来有差役把守，轮流换岗，领头总管，一个叫阿城，一个叫阿管，正是在客栈罚我们银子的两个家伙。

翌日，我与潘生躲在城门附近的参天大树后面，偷偷观察，发现阿城、阿管并未在城门口逡巡，盘查过往人等。站在城门口耀武扬威的，都是二人手下。虽如此，我与潘生也断然不敢冒险前往，稍有不慎，无疑是自投罗网，凑不齐银子，畏罪潜逃，先打个半死，再说后话。

"左右都是死。"我绝望地说，"我回客栈，接着撞墙。"

“又说傻话，我真是倒了八辈子霉，摊上你这么个白痴。”潘生损完我，接着说，“我有办法搞到银子。”

“怎么搞？”我急切道，“快讲！”

3
QIANSHI

街市边，我和潘生涂了一脸脏泥，席地而坐，一人伸出一只手，作乞讨状。

路人来来往往，皆对我们翻白眼。

“你这主意真不给力。”我垂头丧气地对潘生说。

“别急。”潘生胸有成竹道，“银子会有的。”

我们继续喊：“大爷大叔大婶，行行好。”

“切，有手有脚的小青年，也好意思来要饭。”路人嗤之以鼻。

不远处，两个手拿打狗棍的乞丐风风火火地冲过来。

俩乞丐冲我们怒吼：“滚开滚开，不许在这儿要饭。”

“干吗？干吗？”潘生推搡乞丐，“我们先来的。”

乞丐不容争辩地说：“这是俺的地盘，俺的地盘俺做主。”

“凭什么是你们地盘？”我问。

“小样，你还不信。”乞丐掉头，冲街对面大宅门前一个狗窝喊了一嗓子，“狗仔队，上！”

狗窝里迅速蹿出无数个犬种的小狗崽儿，狂吠着直奔我和潘生。

我们拔腿就跑，飞奔穿过一条街巷。狗崽在后面一路追。

拐弯再拐弯，我们钻进另一条街巷，突然停步，狗崽刹不住直往前冲去，一只只飞起扑向某家宅院的小泥塘。

我和潘生气喘吁吁。

“这帮疯狗，逮谁咬谁。”潘生上气不接下气地说。

“现在怎么办？”我无比沮丧。

踌躇半晌，潘生心生一计——男扮女装，混出城去。

可是，我们一文不名，哪里去弄胭脂和女装？

客栈是回不去了，小二哥和掌柜已经催促了三次交房费。

“想来唯有一个办法——去偷。”潘生说。

他说出一个“偷”字，我一屁股跌坐在地，丧气道：“不如一起跳河吧。”

“无用的蠢材！”潘生骂道，“古人云：好死不如赖活着。与其一死，不如拼了。”

“污染河流、偷盗、乔装改扮、畏罪潜逃，加在一起，也是杀头的罪。”

“逮住就是死罪，逮不住何罪之有？”

“那……那到何处去偷？”

“唉——”潘生长吁短叹，在巷子里踱来踱去，愈发使我心慌意乱。过了好一阵，他停住脚，一字一顿地说：“高、雅、楼。”

“偷娼妓？”我险些弹到空中。

“非也，京城的高雅楼内，有一名妓，名唤赛金莲。貌美如花，风韵动人，琴棋书画，无不通晓。非一般的娼妓所能比拟。她曾与我父亲的表兄的姑姑的侄子的妹妹的公子，有过一夜情缘。”

“莫非偷她不成？”

“屁。”潘生道，“她乃偷人起家，你还有胆儿偷她——去求她，赏些胭脂服饰。”

在我的印象里，高级娼妓一般都与高贵人士有很深的来往。譬如传说中的李师师，就与皇上有一腿。有一回，李师师去吃烤鸡，吃罢赞不绝口，称其乃天下美味。店铺掌柜拒不收银子，只求李师师题字，盛情难却，李师师遂在招牌上题曰：天下第一鸡——李师师。

又据说，李师师黑白两道都吃得开，与黑道的浪子燕青姐弟相称，并在床上要求皇帝，将梁山游击队收编为正规军。

由此可见，高级娼妓与普通娼妓的区别在于，普通娼妓在一万个男人之下，而高级娼妓在一个男人之下，一万个男人之上。

想必赛金莲也非平庸之辈，没准儿她一句话就能让我们安然出城，根本无须恩赐胭脂服饰。

表面上，高雅楼看上去更像是一个热闹的大戏院，是赏乐吟唱、抒发情怀、友人相聚之会所。但这无非做做样子，应付官府。官府只管收敛苛捐杂税，对其中的肉欲勾当，睁一只眼闭一只眼。

于是，高雅楼门口，天天张灯结彩，人来人往。姹紫嫣红的风骚女子身上的每一块肉都是活的，或立，或站，或走动，或招徕客人，其姿态显然刻意编排过，一招一式无不突出重要器官，无不婀娜娇媚，连其中最胖的一个娼妓，也将自身的粗线条暴露无遗。

我以为一到门口就立刻会有一群女子蜂拥过来，淫声浪语地招呼款待。孰料，风尘女子们眼力惊人，一眼便看出我们是一对穷鬼。就在我们臊眉搭眼往里走时，一个年纪稍长的女子伸手拦住去路，轻佻地问道："二位公子，来此做甚？莫不是来送酒水的吧？"

此言引得侧旁人等放声浪笑。

我们在一双双骚媚、蔑视的目光下穿越而过，感觉屈辱。

高雅楼厅堂四壁生辉，酒色翻飞。

总老鸨一般不出来招呼客人的，除非是背景复杂，出手阔绰的富家、官员子弟。普通客人通常都由副老鸨应酬。

高雅楼少说也有七、八个副老鸨，待人接物，老辣干练，见人说人话，见鬼说鬼话，大小事物调理得妥妥当当。

一个老鸨，安排我们在厅堂角落的一张圆桌前坐下，再不理睬。

约摸过了半个时辰，老鸨安排完别的客人，才过来招呼我们："不是我不明白，是这世界变化快。读书人也来风月场所开荤了，呵呵呵。"

老鸨咧嘴一笑，露出三十二颗凹凸有致的麻将牙，我不禁倒吸口冷气。

"老身这儿什么样的女子，什么样的房间都有，有芳香间、温馨间、情意绵绵间、春花秋月间，顶级的是天上人间。"老鸨唾沫四溅，"不知二位公子想住哪间？"

"一概不要，"潘生站起身，弯腰作个揖，"小生只是来找一个人，烦劳妈妈唤之。"

"何人?"老鸨诧异地问。

"赛金莲。"潘生道。

"呵呵……呵呵呵……"老鸨一手挥手绢儿,一手捂嘴笑。

"妈妈何以发笑?"我毛骨悚然。

"二位公子如带足银子,可去包间唱戏喝酒。"老鸨收住笑,脸一板说,"要见赛金莲,门儿也没有。"

"小生不唱戏,也不喝酒,只见赛金莲一面。"潘生急了。

"哈,你乃何等人物?"老鸨冷笑道,"口气倒不小,说见就见,可知赛金莲乃仙女般的人物,她貌若小龙女,才智似黄蓉。即便如此,杨过与郭靖来了,拿不出银子,照样乱棒打出。"

"小生与赛金莲是亲戚。"潘生煞有介事道,"路经京城,遇到棘手之事,前来求助。"

"倒也新鲜,老生还头一回听说赛金莲有亲戚。"

皇上也有三门穷亲戚,何况一只鸡。话到嘴边,我没敢说出来。

大约赛金莲在高雅楼的地位确实非同小可,老鸨没有断然推却,只问潘生:"赛金莲是你何人?"

"小生是她堂兄,她是小生的堂妹。"

"金莲原来姓什么?"

"与我一样,姓潘。"潘生对答如流,我心中七上八下。

"那好。"老鸨道,"金莲这会儿正在天上人间接客,待她完事,便来与你们相认。不过,丑话说在前头,若她认你们,倒也罢了,如若不认,先将你们打个半死,再押送官府!"

趁老鸨不备,潘生拉着我落荒而逃。

我们一口气跑出二里地。月黑风高,不辨方向,也不知到了什么地方,客栈是回不去了,就算可以回去,也寻不着归路。这一夜,露宿街头是笃定的。

潘生也没了对策,我弄不明白的是,赛金莲尚未露面,他为何拔腿就跑?

“古人云：婊子无情，戏子无义，官员无情又无义。”潘生道，“赛金莲乃名妓。我本想，在无人处，讲出她与我父亲的表兄的姑姑的侄子的妹妹的公子的事情，继而求她出手相助；若在大庭广众之下，她必要顾及面子，哪会讲半点情意，你我岂不是在劫难逃？”

“懂了，名妓依然是妓。”我说。

“对。并不是每个女子都富有同情心。”

“天下最有怜悯之心，恻隐之心的女人，除了尼姑，就是道姑了。”

“对啊。”潘生一拍脑门儿，叫道，“小尼姑下山来化斋，咱们就上庵里去化缘。”

潘生说，记得京城城区外，数公里处，有一座尼姑庵。大概方位是西面，具体位置不详。但是，我们实在无处可去，只得边走边找，实在找不到，随意选个地方安歇一宿，待天亮后，继续找。

我们借着微弱的月光上路，转悠出城区，月光愈发黯淡，只得摸黑前进，跌跌撞撞，爬坡下坎。走了许久，路越走越窄，却不能倒退，顺路走下去，慢慢钻进一条更狭窄的甬道。

甬道两侧是黑黝黝的树林，风吹来，林中传出奇声怪响，令人汗毛倒竖，我们不由得加快脚步，沿甬道一直往前走，终于走到尽头，模模糊糊看见一座大宅兀立。不知是不是尼姑庵，也不敢上前叩门。深更半夜，两个男子跑来骚扰尼姑庵，怎么说也有些不妥，倘若不是尼姑庵，而是某个大户人家的宅子，后果更难料。

走近一些，我抬头看到宅院门楣挂有一块匾额，光线太暗，看不清匾额上的字。

我们在宅院门口的台阶上席地而坐，一坐下，全身的力气立刻像水一样流光，困倦难当，虽有些冷，但仍迷迷糊糊地睡了过去。睡了多久，心中没数。

天明时分，幽幽的山间，啁啾鸟鸣，树影斑驳。

半梦半醒之际，我忽听身后宅院大门“吱呀”一声洞开，吃惊之下，睡意全消。我翻身起来，回头看去，破旧斑驳的匾额上写着：桃花庵。

庵门打开，一个小姑娘和一个老尼姑，一前一后走出来。

小姑娘约摸十六七岁，晃着一对鬏儿，十分乖巧。

老尼姑手拿一只扫帚，大约是准备打扫门庭。

小姑娘瞪着一双神采奕奕的眼睛打量我们，转而问老尼："他们是什么人？"

老尼道："看样子是乞丐无疑。"

"噢。"小姑娘若有所思问老尼，"厨房有些隔夜的冷馒头，施予他们如何？"

"善哉。"老尼转身走进庵里去拿馒头。

"你们从哪里来呀？"小姑娘转向我们，声音轻柔、沙哑地问道。

"我们不是要饭的。"我心里悲哀得一塌糊涂。

"那你们要什么？"

"我们要银子。"潘生脱口而出。

看来，穷困窘迫完全可以使一个文人变得狰狞。

小姑娘受了惊，本能地退后两步。

"姑娘莫慌，我二人也是知书达理，绝非游手好闲之辈，也不会武功，打家劫舍的恶事更是干不了。"我说。

"你们到底是什么人？"

"我们就是传说中落魄的书生，没读过历史吗？"潘生道。

"没读过。"小姑娘说。

我扯扯潘生衣袖，示意他闭嘴，然后，将一番遭遇讲述。

刚讲完，老尼姑从宅院里出来，手上端了一簸箕冷馒头，让我们随便吃。

"换菜包子来。"小姑娘吩咐老尼，"他们不是要饭的，他们是书生。"

我悲哀地想："书生与要饭的区别，等同于馒头和菜包子。"

小姑娘看我们吃包子几乎吃到自己的手指，像个老尼似的叹口气道：“救人一命，胜造七级浮屠。我银子不多，不够交衙门的，就带你们去集市买些胭脂、女装，再把你们乔装改扮。救两条命，就是十四级浮屠呀。”

我与潘生觉得正中下怀，便跟着小姑娘去买胭脂。一边走，一边千恩万谢。

“烦不烦呀。”小姑娘不高兴了，“谢个没完，读书人是不是都这个样子？”

“小生实是心里感激，非客套也。”我们说。

“还是客套。”小姑娘眉毛一挑说，“在庵里，谁帮了谁，都不挂在嘴上。譬如，玄妙帮我担水，我就替她洗衣服，才不谢呢。”

“你也出家了？”潘生问，“为何没剃头？”

“我没出家。”小姑娘顽皮地笑道，“她们说，我是石头里蹦出来的，没人管，没人要，就捡到庵里来了。”

“父母呢？”

“生下来就没见过。”

“看你一点都不难过。”我伤感地想到自己，我虽有父母，但已早亡。

“有什么好难过的。”她坦然道，“跟你们讲个故事，一个老婆婆，生了两个女儿。大女儿，晴天卖伞，小女儿，雨天卖鞋。两个女儿都生意惨淡，难以糊口，老婆婆每天都很伤心。有人叫她换过来想想，晴天卖鞋，雨天卖伞，不就好了。从此，老婆婆天天眉开眼笑。”

“看来，打石头里蹦出来也没什么不好。”我一笑。

“就是。”小姑娘笑道。

“出家人就是心宽。”潘生道。

“讨厌！”小姑娘虎着脸道，“再讲出家，我就不救你了。”

“不是，不是。”我安抚她，“你头发乌黑，丝丝发亮，与尼姑有很大区别。”

“名字也与她们不同。”小姑娘昂起头，挺直脖子说，“她们的名字都有个‘玄’字，玄妙、玄玉、玄慧什么的，我叫真霏。”

“好奇怪的名字。”

“玄真老尼在一个阴雨霏霏的日子把我捡到庵里，所以我叫真霏。”

“玄真是何人？”

“桃花庵中最老的尼姑。”

我和真霏边有一句没一句地聊着，边疾走如飞。

潘生跟在后面，双手五指张开，各插着一个包子，边啃边喊：“你俩等等我，严禁私奔。”

一路走过，我发现，桃花庵距离城区十分遥远。昨夜经过的那片树林，雾霭缭绕，若有似无的啁啾鸟鸣，忽远忽近。有一些露水滴在头上，湿漉漉的，冰凉清新。

卵石铺就的甬道蜿蜒弯曲，看不到头，只有我们三个人走在上面，仿佛永远也走不出去，真无从想象昨夜我们是如何跑进来的。

晌午时分，我们才走出长长的甬道，看到开阔大路。真霏说，不远了，还有两个这么远，就到城区了。我们先去吃东西，再去买东西。

我与潘生完全记不起来时的路，印象中没花多少时间就跑到尼姑庵了，实际上连跑带颠，耗费了数个时辰。

5

QIANSHI

市集喧嚣，游人如织，摩肩接踵。小商小贩挑担背筐，卖米的、卖面的、卖葱的、卖蒜的，应有尽有；沿街一面，店铺洞开，酒肆茶楼，旗幌醒目。沿途可见公子哥儿，头戴纱帽，手摇纸扇，悠闲踱步；女子结伴，一路相互打趣。

在集市中心，真霏买了些胭脂，却没挑到合适的女装。因为都是名牌，价钱不菲，她身上所剩的银子，只可买到一只袖子。再说，若买得起名牌衣裳，不如直接将银子交与衙门，正大光明出城。

踌躇间，我们瞧见不远处，有一座临时搭建的舞台，几个打扮得花里胡哨的戏曲艺人，在台上吹拉弹唱，粗略一听，好像是《白蛇传》。凑近一看，舞台上方挂着一条鲜艳横幅——名剧《白蛇传》由白金豆腐脑作坊赞助演出。

剧中，许仙正在讨好白娘子，献宝，口中念念有词：“送娘子‘白金牌’豆腐脑，补肾健体，你好我好他也好。”

白娘子欣然接过礼物，作个揖，回唱道：“今年小女子不收礼，收礼就收白金豆腐脑。”

台下看戏的，分两拨，年纪大的，往台上扔着西红柿、烂柿子、臭鸡蛋。扮演许仙与白娘子的两位戏子，台风极佳，身手敏捷，腾挪躲闪，在“柿淋蛋雨”中穿梭，倒也安然无恙。另一拨青年男女，则欢呼雀跃，合着节拍挥舞手臂，尤其是白娘子喊了一嗓子“会唱的大家一起唱”之后，气氛愈发热烈，翻来覆去吟唱一句：“今年小女子不收礼，收礼就收白金豆腐脑。”

白娘子趁热打铁，见好不收，提高嗓门，手指远处：“后面的客官，大声一点，听不见。”

“这白娘子好生面熟。”我喃喃自语。

“此女子乃京城超级女声大赛之魁首，极有名。”潘生笑我孤陋寡闻。

“嗯，长得跟高雅楼老鸨似的。”

“原来是这家戏班。”真霏恍然大悟似的说，“有办法了，跟我来。”

我们一头雾水地跟着真霏走，她引导我们溜进戏班子后台。

戏班后台堆满戏服、道具，两个戏子正在化妆，几个虾兵蟹将进进出出，搬弄道具。

一个白发苍苍的老妇人盘腿坐在大箱子上，抽着旱烟袋，催促、指挥：“马快在四蹄，人勤在四体。遍地是黄金，单等勤劳人。哥儿几个，腿脚都利索点儿嘞。”

真霏走到老妇人跟前，亲热叫道：“孟婆婆。”

“哟，宅女今儿个怎么下山啦？”孟婆婆爽朗一乐。

“来向婆婆借点儿东西。”真霏腼腆地说。

“哎。”孟婆婆叹口气道，“不学灯笼千个眼，只学蜡烛一条心，宅女就要宅到底。你大老远下山来，要借何物啊？”

“向婆婆借两件女装。”真霏说，“胭脂水粉，还有您的假牙一副。”

“借来做什么？”孟婆婆狐疑地瞅着真霏，“莫不是输了钱，要拿戏班的东西去当掉吧。小妮子，婆婆可告诉你，这赢钱像便秘一样难，输钱像拉稀一样快。”

“哎呀，婆婆想到哪里去啦。”真霏面露焦急，“借女装，是要救人性命的。”

“咋回事啊？“孟婆婆道，“说与婆婆听。”

真霏俯首，贴近孟婆婆耳语。

孟婆婆频频点头，从嘴里抠出一副洁白假牙。

“多谢孟婆婆。”真霏甜甜地笑。

“赚钱犹如针挑土，花钱仿佛水推沙。”孟婆婆一本正经道，“戏服是婆婆花钱做的，可要记得还。”

“婆婆放心，一定。”真霏笑着点头，“俗话说得好，出来借总是要还的。”

“婆婆就喜欢你这小妮子。”孟婆婆眉开眼笑道，“走，跟婆婆拿戏服去。”

化妆是挺郁闷的事。单是往脸上扑粉，就有掉进面粉口袋的感觉。我本来苍白的脸，粉中过滤后，更白如宣纸一般，直接就可以题诗作画；鲜红胭脂则像印章一样清楚地盖于脸颊，眉毛修饰得细而弯折，宛如两把锋利的镰刀——从河面倒影，我看清自己的嘴脸。而潘生的面目更为恐怖，俨然一个保媒拉线的胖婆婆，通晓巫术的三仙姑。

真霏望着自己的杰作，乐得弯了腰。

可以理解，一个小姑娘，从小混在尼姑庵里，看惯了女人，也从没给自己化过妆，却亲手把两个男人变成女人的模样，该是多么有趣。

理解归理解，穿上女装，我心里总是说不出的别扭，早知道，还不如剃个光头冒充和尚呢。

“你们两个笨蛋。女装好找，袈裟难寻。”真霏说。

“男扮女装，是个侮辱，古人云，‘士可杀，不可辱’。”

"笨、笨、笨,实在笨。"她一根手指头点我眉心,"命都没了,还谈什么辱与不辱。应该是,'士可辱,不可杀',留得青山在,不怕没柴烧。"

我愣了好一会儿,说:"你牛,能把道理说成这样儿,不服不行。"

"咱们出城吧,再晚一些,城门就关了。"真霏乐呵呵的。

"后会有期。"

"不后会。"真霏果断地说,"我跟你们一起走。"

"那怎么行,我们老家离京城很远,在逍遥镇。"我断然拒绝,"你还是回桃花庵吧。"

"正是,万一我们暴露,被捕,也免得连累你。"潘生说。

"玄真说过,我十八岁时,会遇到一个人,他会带我去外面的世界。"

"我们是两个人。"

"我跟其中一个——"她一指我,"就你吧。"

我找出两条理由拒绝:一条,桃花庵养育了你,带你学走路,教你学说话,就此一走了之,尼姑们该有多心碎;另一条,跟着我,饿死的可能性比吃饱的可能性大。

真霏翻翻眼睛,挠挠头,说:"后一条,你养活不了我,我就养活你;头一条,倒是不错,该回去告个别。"

6

QIANSHI

我很难相信,世上有先知先觉的人。那个叫"玄真"的老尼,怎会晓得真霏 18 岁之时会遇见一个带她走的人,而那个人又恰好是我。

回桃花庵的路上,我渐渐想明白了几分,一切不过是机缘巧合罢了。因为,夜里跑到桃花庵门口露宿的不是别的书生,而恰恰是我与潘生。我与潘生之间,我似乎长得好看一些,面善一些。而真霏一直都想去外面的世界混混,终于找到契机,仅此而已。

我们三人,回到了桃花庵。

桃花庵殿内静谧、肃穆。三座佛菩萨像高高竖立。

一个耄耋之年的老尼姑，端坐观音像下，手敲木鱼，闭眼念经。

真霏跪在蒲团上，眼望师父玄真。

玄真老尼神态安然，半睁半闭着眼，颔首微笑，一切尽在掌握，仿佛真的先知。

真霏想开口还未开口，玄真老尼便说："这一日，早晚要来。老尼早已算过，十八岁这年，你会离开的。"

"我有一事相求。"真霏低声说。

"讲吧。"

"你可知我父母究竟是何许人也，还在不在人世？"

"天知，地知，我不知。"

"那你怎知我十八岁就会离开？"

"因为外面的世界很精彩，老尼我很无奈。"

"这么说，你不想我走了？"

"心已走了，留住人有何意义。"

"我还能回来吗？"

"不能。"

"为何？"

"你命中并无'出家'二字。"

"如果有一天我想出家呢？"

"除非你爱的人不爱你。"

"何为爱？"

"就是一万个人有一万种解释的东西。"

"我会爱上一个人吗？"

"你十九岁时，会为一个人而哭。"

"什么人？"

"也许是为自己。"

"然后呢？"

"该说的老尼都说了。"

“再嘱咐我一些事情吧。”

“你有几分胖，多吃水果。”

“还有呢？”

玄真合上了眼睛。片刻，睁开，看一眼真霏，瞅一眼我，似乎要嘱咐我们一些话，最终，什么也没说。

此时，天色已晚，城门已关。我以为我们会留宿在桃花庵的厢房里，但玄真坚决不允，说桃花庵创建以来，从未留宿过男人，男扮女装的也没有。倘若怕冷，可以给二位施主两条被褥。

这老尼姑着实古怪，如这地方一般，名为桃花庵，却看不到一枝桃花。

我们睡在昨夜的地方。潘生伸个懒腰，说：“明天就自由了。”说罢，呼呼大睡。

我却怎么也睡不着。原本我就是个入睡困难的人，除非像昨夜一般疲惫不堪，才能倒头睡去，睡去也常常是乱七八糟做噩梦。

我总是在躺下后想一连串的事情，大事、琐事、家事、国事、天下事，事事都想。明知毫无意义，却难控制纷乱思绪。幸亏生在太平盛世，只想一个国家就可以了，若是活在战国七雄的时代，那就惨了。

这一夜的失眠，与真霏有关。

我有强烈的感觉，从此不再是一个人活在世间，我的生命在无形地改变，这使我很不习惯。尽管我不是很清楚，一个人活着与两个人活着，有什么太大的不同，但我知道，两个人一起活着，一个人不能轻易死去，否则，另一个人也活不长。

前方树林里，又传出奇异声响，我侧耳谛听，欲分辨是何种东西发出来的，愈分辨，愈清醒。眼看着，天就慢慢亮了起来。

清晨，我们再次走上狭小弯曲的甬道。我想，这是最后一次了。

真霏频频回头望向桃花庵，可惜没有桃花庵愈来愈小，愈来愈模糊，渐渐地，一点点地消失于视线的缠绵幽怨效果——因为甬道七拐八弯，拐一个弯，繁茂树林遮挡，桃花庵的影子一下就看不见了，倒像是果决的绝尘而去。

“我在桃花庵里住了十八年。”真霏喃喃自语。

“知道。”潘生说，“我在想一个关键的问题，往后，你们俩如何称呼？”

“他叫我真霏，我叫他陈生。”真霏说。

“哪有如此简单，两人一起吃，一起住，一起过日子，别人要问，是兄妹？是朋友？还是别的？”

“你讲的是关系，不是称呼。”

“我也在想，我们到底什么关系？”我问。

“当然是夫妻关系。”真霏铿锵有力地说。

“太草率了。”

“可是，玄真已将我许配于你了。

“啊！”我惊叹。

“玄真说，既是男女生活在一起，难免不发生男女之事，既要发生，不如早早结为夫妻。”

“玄真看问题很深远。”潘生赞道。

“可她没问我答应否。”我说。

“你已经答应了。你带我走，就要与我生活在一起，不能分开。若是兄妹，你迟早会娶别人，我迟早要嫁他人，也就分开了。”

“天下竟有这般道理。”

“这才是真理，像侠客侠女，走遍大江南北，终日在一起，却不成婚，那才不成体统。”

我无话可说。

须臾，真霏又自语：“我在桃花庵里住了十八年。”

“为何老讲这句话？”我问她。

“意思是，以后你要对我好些。我的十八年，被你一带而去了。”

行至护城河岸僻静处，真霏又帮我们化了一次妆，建议我们与戏班子一起出城，人多，更安全。

我想也好，此番逃跑，只能成功不能失败，一旦暴露，罪名将多加上一条：拐带良家少女。

上了护城桥，我发现桥头的算命老头儿，仍坐在那里等生意。他没认出我，这说明化妆很成功，不仅成功，而且吓人，以相面为生的家伙都不愿多看一眼。

真霏有意算个命再走，我赶紧拽她，三步并做两步离开。下了桥，我告诉她，我就是在这里跳的河。

她说："哦。难怪衙门要拿你。"

"那算命的老头儿当天还说我是有福之人。"

"大难不死，必有后福。"

而世事难料。我们来到集市中心，找了半天戏班子，连个人影也不见。一路打听，有人说，戏班子早出了城，到别的城池巡回演出去了；也有人说，戏班子没交够娱乐所得税，惹恼了京城衙门，衙门派差役把戏班子的人全抓了起来，关进大牢。

娱乐圈的传闻，历来真假难辨。按常理，戏班子在京城演出《白蛇传》，有白金豆腐脑作坊做后盾，不至于偷税漏税。何况，白金豆腐脑作坊是一个相当有实力的生产作坊，作坊掌柜的也是某个衙门的老爷，俗称：官商。

"管它怎么回事，都把自己画得不成人样了，谁还能认出我们。"潘生说。

"形似，神不似，我就担心这个。"真霏说。

"何谓神不似？"我问。

"少点女人味。"真霏想了想，说。

"这恐怕是短时间内练不成的。"潘生说。

"废话。"我说，"总不能回桃花庵去修炼吧。"

"这倒是个办法，你们回桃花庵，我去找戏班子，找到了就去接你们。"

"我晕。"

潘生问："何时能找到戏班子？"

"这可说不准，或许一两天，或许一年半载也未可知。"真霏认真道。

"你不是自己想回庵里去吧？"我晕得厉害。

"才不是呢。"她说，"只是为了稳妥。"

“与其让我天天睡在尼姑庵门口，等到白发苍苍再出城，还不如一死。”

真霏一把捂我的嘴：“你要知道，你再也不能死了，我已许配与你，你死了，我怎么办？”

7
QIANSHI

我们决定出城。

正是午后，城门口，出城队伍排成长龙。

城墙上贴了一张特大告示，告示上画有爆竹等物，标题醒目：携带易燃易爆品者，痛扁！

阿城、阿管把守城门，其他捕快肃立两旁。

阿城吆五喝六：“把……把包……包袱都解、解开，检、检查。”

看来，进出城门的人等，都要经过安检。包袱里的所有东西，须一五一十地展示，尤其是看上去像做小本生意的男子，搜查甚严，若是女子，又颇有几分姿色，就不查包袱了，改为搜身。

我直担心他们搜我身。被摸一摸倒不怕，怕的是他们摸不到想要摸的。

幸运的是，真霏的化妆技术独到，达到人鬼融合难分彼此的境界，沿途啃烧饼的人几乎都吐了。

此时，几辆跑长途的大马车，从城外驶过来，排队人群躲闪，大马车停在城门口。

每辆马车的车身上都绘有大幅“白金豆腐脑”的广告画，车顶立有“赁”字木牌，车夫身后还有竹编的防劫网。

男车夫驾马，妇人则站在车上大声吆喝道：“有座，有座，上车就走，上车就走……”

“咱们坐车吗？”真霏问。

“坐不得。”潘生说，“这种长途大马车，走走停停，沿途拉客，拉不满还要掉头回来，继续拉。等到了逍遥镇，屁股都坐破相了。”

潘生话音未落，阿城已走近我，眼睛在我身上扫描，问："烂、烂、烂龅牙，你……你的包袱呢？"

"没……没包袱。"我有几分紧张。

阿城抬手给我一记耳光，叱骂："讨……讨厌，敢学……学我。"

"平白无故为何打人？"我捂脸委屈道。

这时，阿管也走过来，一把拽住我，厉声道："打你是应该的。长得丑不是你的错，长得丑还出城就错了。"

"二位官爷，"潘生凑上前赔笑脸，"就把我们当个屁放了吧。"

阿城一把推开潘生，目光移向我身后，色迷迷不错眼珠地盯住真霏。

"兄……兄弟，这儿有个美……美的。"阿宝贪婪地说。

阿管闻声凑近，打量真霏："哇，好萌。妞儿，给大爷笑一个。"

真霏面无表情。

"不笑？"阿管猥亵地乐，"那大爷给你笑一个。"

阿城更轻浮地一挑真霏下巴，手当即被真霏打掉。

"哟……哟、哟，跟大……大爷玩、玩……玩酷。"

"大哥。"阿管笑道，"我来搜搜她的身。"

我急忙上前挡住阿管："官爷，她身上没有易燃易爆品。"

"你懂个毛！"阿管蛮横地推开我，"老子一见靓妞，浑身就易燃易爆。"

说着，他双手向真霏摸去，情急之下，我抓住阿管的手狠咬一口，假牙钉在他手臂上，

"暗器……暗器。"阿管痛得乱叫，猛甩钉着假牙的手。

假牙脱落，我本相暴露。

阿城当即认出了我，抽出佩刀，大叫："来……来人，给我拿下！"

肃立城门边的几个捕快拥来。

潘生一把抱住阿城，阿城动弹不得，举刀乱砍，刀刀砍空。

潘生一使蛮力，将阿城举起扔出。

阿城在半空中嚎叫着，与迎面而来的手下相撞，几人一起倒地，人群大乱。

潘生趁机跑向大马车云集处，我拉起真霏跟着跑去。

潘生一把将车夫推下车，揽客妇人惊叫跳车。

我与真霏双双跳上车。潘生驾上马车，往城外冲去。

阿城手下举刀追砍，险些砍伤真霏的腿。

潘生猛抽马鞭，马车冲出城门，绝尘而去。

我回头望城内，飙出一句箴言："鼠辈若有后，男为城管女为娼。"

阿管气急败坏，抢下一个百姓的毛驴，往城外冲来。

阿城从地上爬起，气急败坏喊："追……追……追……"

阿管跨下毛驴撞到阿城屁股上。

"追……追尾。"阿城痛苦地呻吟。

阿管急忙停住，下驴扶起阿城。

晚霞灿烂，浩荡的汴河流出京城。

潘生驾驶着大白马，马车沿河狂奔，尘土飞扬。

我们仨灰头土脸，神情却兴奋异常。

我偷偷地看真霏，心旌摇晃。

背后，壮美的城池渐渐远去。

路旁的大河中，一只莲花碗，孤独地飘飘摇摇。

无论如何，总算逃过一劫。事后想想，若是难逃劫数，先知的玄真笃定不会让真霏跟我们走。我们的担忧完全多余。但是，所有的事情都是这样，凡是事后认为是多余的，弯路的，事前都是必须走的。

路上，不时有别的马车与我们擦肩而过，车身绘着各种形状的白金豆腐脑，扁的如饺子，长的如玉米，胖的如冬瓜，小的如豌豆，均栩栩如生。

我们行了两个多时辰，天色渐晚。回头望去，京城已在遥远又遥远处。仿佛上一辈子去过的地方，又好像梦境中的一次游历。

半途，我与潘生卸了妆，讨论回逍遥镇以何为生。

潘生的意思是去衙门应征差役，每年大考后，各城的衙门召开应征大会，给落榜考生一条谋生之道，与此同时，各城中的店铺，譬如客栈、医馆、饭庄，亦会招徕小工，目标亦针对落榜考生，因为他们比一般学徒、小工有文化。然而，近年的行情有些变化，城中店铺老板收徒，偏爱郊县后生，他们虽不如城里的落榜考生有文化，但吃苦耐劳，打起来顺手，骂起来顺嘴，远比城里后生好管。

真霏不愿意我去应征差役，她的想法很美好，说自己可以养一些蚕子，买一台织布机，搞搞纺织，把成品拿到集市上去卖，甚至可以找几个固定的买家，按时上门收购。她还给自己的纺织品定了牌子——真丝。

我说你可能想成为黄道婆，事实上只能把自己搞成一个“黄脸婆”。

她不以为然，进而为我安排前程，她说你可以在家门口支个小摊，代写书信，空闲之余，读读医书，往中医方面发展，越老越吃香。

我说：“写书信容易，关键要让别人能看懂我写的是什么，这一点很困难。”

她说：“怪不得你会落榜。”

我心里一酸，长长叹气。

她说：“好啦，好啦，过去的只是人生经历。”

我说：“过去未来先放在一边，现在我们要找个客栈。”

夜幕降临。我们的大马车在沿河大路上疾驶。

不远处有一座木质结构的“加草站”，挂着高高的匾额，上书：大宋实话加草站。

加草站灯火通明。

屋檐下，三座巨大的加草机并排放置，分别标注了玖拾号、玖拾叁号、玖拾柒号。

加草机上装有自动翻滚的数字牌，机器下的马槽装满草料。

几匹马由主人牵着，在机器下埋头吃草，加草机上的数字牌飞速翻动。

我们的马跑到这里，死活不动弹了。我们仨只好陆续下车。

“你倒是会挑地方，到这儿就罢工了。”潘生和马打趣。

“它一定是饿了。”真霏爱怜地摸摸马头。

风骚的老板娘嗑着瓜子走来，边走边招呼身后的几个伙计：“快帮客官停车。”

身穿印有“代客泊车”坎肩的伙计小跑过来，牵走我们的大马车。

“三位客官，加几号草料啊？”老板娘十分热情。

“捡最便宜的，剩菜最好。”潘生说。

老板娘脸色陡变：“这位爷，买得起马养不起马呀？俺们这里，只售品牌行货。”

我和潘生凑到价码牌前去看，上标：玖拾叁号草料六两银／斗，玖拾柒号草料七两银／斗。

“玖拾叁号草料，咋又涨价啦。”潘生惊叫，“该不是又圈钱蒙人吧。”

“胡说什么八道？”老板娘面露愠色，“实话加草站，实话实说，明码实价，童叟无欺。交钱。”

我从袖里掏出铜钱，悬空一望，只有半吊。

“切！”老板娘鄙夷道。

真霏上前，把我拉到身后，抖开戏班的女装，笑嘻嘻地冲老板娘道：“我们还有两套戏服，送给姐姐。”

我呆立真霏身后，自惭形秽。

老板娘拉过戏装看看成色：“这也不值几个钱，只能卖你们水货。”

“听姐姐的。”真霏莞尔一笑，“能充饥就行。”

加草站后院。一道石槽，装满水，水里泡着些次等草料。

马儿饿了，吃得相当欢畅。

“敢情这就是水货，还真是够水的。”潘生站在马槽边，边看边骂。

我和真霏坐在柴堆上，解开包袱，分食从庵里带出的馒头。

真霏看着剩下的馒头说：“还剩一个，你们少吃一口吧，我给它了。”

说完，她起身，去石槽前喂马：“马儿啊马儿，委屈你了，让你吃这么稀的饭，干脆叫你饭特稀得了。”

马儿温顺哼哼，表示同意。

潘生饶有兴致地望着真霏，我却愁眉不展。

“怎么了你？”潘生问我，“有什么不开心的，说出来让大家开心一下。”

“开心个屁。”我白他一眼，“都像你呀？一人吃饱，全家不饿。”

潘生一愣，望望真霏，随即心领神会。

“心态，注意心态。”潘生嬉笑道，“你没钱没势一穷读书的，本来就是人海之中一粒渣，非以为自己是朵花。有馒头吃就不错了，这就是现实。”

我恼羞成怒，拿馒头砸去。

潘生单手擒住馒头道：“好了，等咱们当上衙役就发达了，你拿着馒头想吃就吃，想扔就扔，扔肉包子都没人管你。

“你猪啊。”我站起身，“就知道吃。闪人！”

8

QIANSHI

我们重新驾上大马车，一路奔跑。

旁边的大河，衬着月色，缓缓流淌。

天已经很晚了，我们遍寻不着一家合适的客栈，要么豪华雅致价格高昂，要么价钱低廉却破陋肮脏。其中一家大约是以节省成本为经营宗旨，店中一切均袖珍得可怜，桌子如板凳一样大，板凳如烧饼一样大，烧饼如老板脸上的痦子一样大。最不可思议的是床，恰好如人一样大，躺上去宛如套了一副盔甲，站起来可以带床一起走。

“这哪是客栈，完全一个客栈模型。”真霏说。

我们继续前行，前方有一个村子，星火点点，人声笑语河中轻舟一般飘荡，袅袅地钻进耳朵。

想来投宿农舍倒是两全之计，既安全又便宜。如此一想，我们兴冲冲疾步进了雾一般的村子。进去后发现一家农户门廊上挂着两只红灯笼，一粗手大脸的村姑，站在灯笼下，招揽沿途过往的外地人等。

潘生上前问村姑："三人，一晚多少银子？"

"女子也住此店啊？"村姑挑着眉毛细看我们仨。

"莫非此处只留宿男子？"我反问。

"不是，不是。"村姑一个劲儿摆手，旋即一指门里，"里头女子多，男子少，不过，女子是男子的被褥和床垫。"

"莫非到了妓寨？"我暗暗吃惊。

"公子说是就是吧，不过，此处安全，是衙门三不管地带。"村姑说，"偶有差役来清查，我们好酒好菜款待，完了再送些银子，定不会出乱子。"

"那么，只开房间，不加被褥可否留宿？"潘生接着问。

"怎么不可以？"村姑暧昧地笑，"二位公子自带一条被褥，我只收台费。其余全免。"

"你才是被褥呢！"真霏忿忿然。

村姑依然乐："我当然是，二八年纪嫁给村西头的邓银富，给邓银富当被褥。邓银富死了，我夜夜给别的男人当被褥，今儿个替男人安排被褥。"

"我们仨是兄妹。"我跟村姑解释，问她，"要间干净屋子，得多少银子？"

村姑说了个价，低得惊人，白给似的。我当即应允。

"进屋吧。"村姑向左一移身，让出道来。

"我们什么被褥也不要，棉的，肉的，都不要。"进门时，真霏叮嘱村姑。

"夜里冷，棉被褥不另收银子。"村姑说。

"谁知道被子里有没有脏东西。"真霏说。

"你这小姑娘真难对付。"村姑没好气地说，"若实在嫌脏，去别处好了。"

"我们走了一天，浑身发热，不盖被子也无妨。"我接口道。

老板娘引领我们走进院子。客栈院内，几间厢房呈东、南、西、北四面排列。

院中粗大的槐树下，一个肥硕、奇丑的女子背靠大树摆着"S"形的POSE。

这时，后面跟进来两个小矮子，高声叫喊："老板娘，开房开房。"

我估算俩矮子的身高，一个站在另一个头顶，充其量到我肩膀。

“二位爷来啦。”老板娘热情迎上前。

“开间上等客房，加两条肉被褥。”其中一个矮子说。

“都有都有。”老板欢叫，“芙蓉，别练造型了，快来接客。”

造型女子收了 POSE，风情万种地走来。

“芙蓉你陪这位爷。”老板娘把肥女推向矮子，又叫，“牡丹陪这位爷，牡丹呢？牡丹——”

“牡丹靓还是芙蓉靓？”另一个矮子问。

“当然牡丹靓！”老板娘带着唱腔喊，“牡丹啊牡丹，百花丛中最鲜艳——跑哪儿去啦？”

“老板娘，我们住哪儿？”潘生问。

老板娘极不耐烦地一指角落处：“你们，那间小房。”

我们三人进房。

这一夜，我们就住在其中一个矮子的隔壁，一刻也没睡踏实。

我担心矮子与姑娘的淫声浪语使真霏难堪。可是很奇怪，没听到姑娘的声音，整整一夜，就听矮子杀猪似的喊：“一、二、三嘿！一、二、三嘿！”

真霏用手指捅捅我，问：“什么情况这是？”

我说我不知道。

“他们在圆房吗？”她又问。

我说我真不知道。

她盯我半天，说：“反正，我们成婚圆房之时，你不许这样叫，难听死了。”

后半夜，潘生实在受不住，抡起拳头敲墙壁，吼道：“有完没完了！”

矮子置若罔闻，依然呐喊，一直喊到天亮。

我觉得这一夜还不如露宿荒野，一间房里一张床，男女有别，我、潘生、真霏只能横着排列而坐。这本已经很困难了，隔壁的动静更是一种折磨。

早早地，我们起身，交了银子。

俩矮子也起了床，结账走人。其中一个问另一个："你行啊，一晚上没闲着，一、二、三嘿！一、二、三嘿！何来如此强盛耐力，莫不是吃了什么仙丹妙药？"

另一个垂头丧气，抱怨道："那床实在太高，老子跳了一夜，愣没跳上床。"

晨曦，雾相当薄，一缕阳光，透射而出，像风筝线，似有若无。

左转右转，我们转出三不管的村子，一刻也不休憩，天黑之前进不了城，又得寻觅住宿之地，再遇上那等乡村野店，虽不会成为人肉包子，听一晚上杀猪之声也够受的。

一路疾奔，夕阳西沉时，我们远远看到逍遥镇城垛凹凸厚重的金色剪影。

天空的云，瞬息万变，一团团，大小不一，分散不匀，或深或淡，或明或暗，或飘移，或静止，或臃肿赛狗熊，或苗条似柳絮，或稀疏如垂暮老者之牙，或紧密相连如绳索绞缠。

"发什么呆呀？"真霏问，"不是快到家了吗？"

"哪里算得上家，陋室而已。"我叹气道，"真后悔带你来。"

"有总比没有强。"真霏说。

我问潘生，是否就此回家？

潘生摇摇头。

"你打算去往何处？"我又问。

"反正不去你那里，你如今也是有家室的人了。"

我说我不是这个意思，你要是愿意去，仨人一块儿过也可以。

潘生说："不了，我去找西街药铺的赵寡妇。"

"赵寡妇是谁？"真霏好奇地问。

潘生沉重地叹了气，眼望远处，沉浸在回忆中。半晌，他将心酸往事道出。

真霏饶有兴趣地默默聆听，我脑海中则浮现出一组组画面——

一男一女两个小孩儿，蹦蹦跳跳进学堂，女孩牵着男孩手跟在身后，男孩胖乎乎，女孩模样丑陋。

画面一转，一男一女两个青年，蹦蹦跳跳出学堂，是长大的潘生和长得很丑的赵姑娘。

赵姑娘追上潘生要牵他的手，潘生不情愿，赵姑娘撒娇，偏要。

潘生被打败了，作呕吐状，只得从了。

逍遥镇上，大榕树下，夜。

潘生独坐树下读书，赵姑娘跑来，塞给潘生一张纸条，羞涩一笑，跑开。潘生又被打败了，作呕吐状，展开纸条。

纸条上书：嫁人只嫁弟弟潘。

寒酸破败的赵宅，赵父赵母端坐堂屋中，赵姑娘跪下哭诉，赵父拍案而起，怒吼：嫁人不嫁穷书生！

赵母附和：嫁人只嫁钻石男！

逍遥镇街市，阔少西门丁锦衣玉食，仆从簇拥，招摇过市。

沿街未婚女青年楼上楼下围观，兴奋尖叫："西门丁！钻石王！有车有房！"

赵家府宅门前，赵姑娘凤冠霞帔，被父母五花大绑塞进花轿。

花轿抬走，敲锣打鼓，赵父忙抹泪，赵母忙数钱。

花轿一路穿街过巷，来到西门家的豪宅门前。

讲到此处，潘生哽咽了。

"后来呢后来呢？"真霏迫不及待地问。

"后来——"潘生咽了口唾沫，接着讲述——

赵姑娘嫁给西门丁，生下一子，取名西门子，长得肥头大耳，膀阔腰圆，逢人总带三分笑，一笑，口涎沿嘴角流淌，悬在半空，一尺来长。

西门子出生后，西门家先后遭匪盗抢劫两次。

据衙门公布，被抢财物，至少价值几千两。衙门出动全体捕快捉拿匪盗，不出一月，人赃俱获，所失财物，归还西门家的，仅仅只有一半。衙门老爷讲了，这是规矩，捕快也有妻儿老小，也要养家糊口，加之衙门办案经费一度紧张，从中索取一些，公道合理。

婚后第三年，一日，赵姑娘抱着满月的孩子回娘家小住。

是夜，西门宅院失火，扑救不及，西门老爷丧命火海，家眷房舍毁于一旦，残存财物由衙门监管，声称查明真相再退还，迄今也未查明。

西门家只留下医馆、药铺。赵姑娘变成了赵寡妇。

赵寡妇不懂医术，为讨生计，变卖医馆，将药铺一分为二，一间住人，一间经营，求西门老爷故交鼎力相助，做起药材生意。

这之后的某一天，潘生到西街药铺替母亲抓药。

赵寡妇一见潘生，便语无伦次，神采飞扬，步步紧逼。

潘生手足无措，连连后退，直到无路可退，放任赵寡妇呆呆看了半个时辰；末了，赵寡妇药钱也不收，嘱咐潘生：“往后要药，直接来取便是。”

之后，给母亲买药的钱成了潘生的私房钱。

在一些慵懒的午后，赵寡妇向潘生倾诉自己水中花一般流逝无影的爱恋。

潘生良言宽慰，言语大多不着边际，但在赵寡妇听来，却倍感温暖。

潘生的真挚、善良，赵寡妇看在眼里，喜在心头。一时动情，竟将潘生缓缓拉至里屋，主动宽衣解带。

潘生吓得流汗，更加手足无措，想蒙头往外跑，却被衣衫不整的赵寡妇死死拽住。

卧房内，赵寡妇和潘生端坐床边，赵寡妇将头靠向潘生道：“我靠。”

潘生紧张退闪，赵寡妇再靠道：“我靠。”

潘生再躲，赵寡妇连续靠近道：“我靠，我靠，我靠靠！”

潘生被逼到床头，无处可退，一把搂住她，二人相拥倒下，蚊帐关上。

潘生讲完这个冗长的故事，面带微笑，双眼炯炯有神。

我打了个哈欠说："敢情你进京赶考的盘缠是这么来的。"

"装什么大尾巴狼？"潘生不屑地说，"一路走来，你没少蹭吃蹭喝，先生教过没有，要有颗感恩的心。

"那你到底是想赵寡妇的钱，还是想她的人？"我问。

"潘哥哥一定是想人。"真霏说。

"不！"潘生坚决地说，"两样我都想。"

9

QIANSHI

潘生催马前进，大马车加速奔跑起来。

此时，天上下起了雨，愈下愈大。

大雨打在一座城门楼的屋檐上，门口牌匾上三个大字：逍遥镇。

马车进了镇，在城东的嚼舌街八卦巷停住。

"再见，潘哥哥。"真霏下车，向潘生告别，转头又对马儿道，"饭特稀，回头见。"

潘生与我们挥手道别，驾车离去。

我和真霏手牵手走进空荡、静谧的巷子。

天是黑的，街道是黑的，树木是黑的，人影是黑的，房屋是黑的，屋顶上蹑手蹑脚走动的猫也是黑的。

"找得到家门吗？"真霏问。

"就快到了。"我说，"黑夜甚好，大白天，满街都是人。"

"那有什么关系。回自己家，又不是做贼。"

"我说你长年呆在尼姑庵，哪知世道险恶，我一个读书人，忽然从外面带回一个姑娘，不管是不是偷来的，街坊四邻都会把我当贼观赏。"

"知道，你怕闲言碎语。"

"知道便好，随我回家，悄悄的。"

"不好。"真霏说，"躲过今夜，躲得过明晨吗？"

“到时再说。”我无可奈何道。
“怎么说？”
“就说你是狐仙。”
“讨厌。”
说话间，巷里一户人家的门，忽然打开，一个妇人冲出来，手做喇叭状高喊：“陈生又落榜了！”
我和真霏吓得一退。
我们愣神的一刹那，各家男女老少齐开窗，手做喇叭状喊：‘陈生又落榜了，陈生又落榜了！”
连阁楼晾衣竿上挂的鹦鹉也在叫。
接着，那妇人又叫道：“还拐回来一个女娃，来路不明！”
“还拐回来一个女娃，来路不明！”街坊们手做喇叭状响应。
我拉着真霏落荒而逃，快步跑到自家门口，打开门，一把将真霏拉进，迅速关上房门。“这儿是你住的房子？”进了门，真霏环顾四周，屋内破败老旧，家徒四壁，只有一张床。
几只老鼠从床下跑出。
“啊——”真霏吓得跳起来。
“别怕。”我安抚她，“它们不咬人，只咬猫。”
几只老鼠也不避人，冲真霏叽叽叫。
“真是街如其名。”真霏捂住胸口道，“你们这里连耗子都很八卦。”
“他们都不坏。”我讪讪地笑道，“你累了吧？歇会儿。”
“这屋子能住人呀？”真霏问，“怎么比农舍还破？”
“别看房子破，但有一点很赞。”我说，“从不漏雨。”
话音未落，屋顶的瓦片刷刷落下，大雨瞬间将我们浇透。
“快跑。”我拉着真霏往外冲。
“上哪儿？”
“到外面躲雨。”我说。
冲出家门，雨倒停了。

我拉着真霏，趄回屋里，雨又落下。

我十分惊疑，拉她再出门，雨又停了。

我偏不信邪，出门，进门，屡试不爽。

真霏甩开我的手，径直进屋："管它呢，淋就淋吧，我累了。"

我悻悻地跟进去，淋着雨，与她并肩坐在床头。

良久，雨终于停了。

"屋里太黑了，我找根蜡烛。"我在摇晃得快散架的木床底下，一阵乱摸，摸到半截脏蜡烛，一脸灰土抬起头，"没有火。"

"我带着呢。"真霏接过蜡烛，变戏法似的点燃，放在桌上。

"哪里来的火石？"

"玄真交与我的。"真霏解下挂在腰间的一个绣花锦囊袋子，扬了扬，"这里面还有许多宝贝呢。"

"她该送你一个百宝箱。"我看看荷包说，"杜十娘怒沉海底的那只。"

"杜十娘乃何人？"

"故事中的人。"

"讲来听听。"

"呆会儿讲，我先去街口井里挑一担水，你好好坐着。"

"夫君，我听你的。"

我挑着水，晃晃悠悠，一步三摇，水桶倾斜，水溢出来，洒落一地。

恍惚间，我瞧见一个梳着粗黑辫子，身段窈窕的女子，在前面不紧不慢地走着。行至我家门口，女子敛足，朝里张望，我想喊，她猛然转过头——正面，依然是一头粗黑辫子，无脸。

我揉揉眼，再一细看，街上一个人也没有，黑色街道，黑色房子，空空荡荡。

我三步并作两步担着水奔回家，将水倒入水缸，关上门，大口喘气。

"怎么了？"真霏见我脸色煞白，于是问道。

我说产生了幻觉，想必是饿的。她问看到了什么？

我把幻觉讲给她听。真霏吓得哆嗦，直叫冷。

我僵尸似的呆立原地犯傻，半晌，说："没、没被褥。"

"想想别的办法。"

"什么办法？"

"你想啊。"

"想不出。"

"我害怕，还冷。"

"我也是。"

她望着我，望了一会儿，问："我们抱着，会不会暖和些？"

"我也不知道，试试看。"我上了床，坐到她旁边问，"怎么抱？"

真霏伸手挠挠头说："我常听戏班子的姑娘说，男子手臂的长度等于女子的腰围，你量一下。"

我将她拦腰抱住，欲说长度合适。未及开口，她顺势倚在我怀里，我闻到了一种闻所未闻的芬芳，血液顿时狂奔，浑身燥热。

"抱紧一些。"她说。

"还冷呵？"我加了把劲。

"嗯。"

"再紧你就喘不过气了。"

"不会。"

约摸半个时辰过去，我们松开，伸展腿脚，真霏没头没脑地问了一句："你说，这是圆房吗？"

"我没圆过，大概算吧。"

她不出声，解开头上一对鬏儿，乌黑的发丝风吹一般飘散，有些蓬乱。缥缈、若有似无的烛光下，她显得格外小巧、妩媚。

"你若用嘴亲我一下，就算圆房了。"她说。

"亲哪里？"

她指指脸颊。

我闭着眼凑过去，只一下，血液再度沸腾。

“感觉好否？”

我咬着舌头回味，吞吞吐吐道：“我觉得……觉得这事容易上瘾。”

“上瘾才好呢。”她歪着脑袋笑，“圆房了，你就要早些娶我。”

“别人穷得丁当响，我是穷得丁当都不响，如何娶你？”我心里一酸，长叹口气，又把她拥入怀中。

“附近有当铺没有？”

“什么意思？”

“你看。”她翻包袱，抖出一件女子戏装说，“我还留了一件。”

残留的雨滴，一下接一下，落在门外的青石板上，声音清脆。

整整一夜，我竟不冷。

清晨醒来，我问真霏：“昨晚可曾受寒？”

“两个人拥抱就可以相互取暖。”她说。

10

QIANSHI

黎明时分，人畜陆续出门，生气萌动。

我与真霏去往市集，来到当铺，当掉女装，换得一些碎银。

逛集市自然无甚乐趣可言，讨价还价非我等读书人之强项。真霏也无此种本事，据她讲，桃花庵后院有一块田，尼姑们自力更生，丰衣足食，田里栽满多种蔬菜，完全不用去集市。隔三差五，富贵人家前来烧香还愿，馈赠清油，捐献银子，所谓随喜功德。如此，尼姑们填饱肚子基本不成问题。

除此之外，一些当地有名的戏子、艺人也格外有信仰，其中有两个女戏子，将自己的首饰也送与真霏，玄真从来不许她佩带。而今时不同往日，家中无田无菜，更无隔夜粮，非得硬着头皮掏银子买来。

尽管只买了一篮子青黄小菜和一袋大米，我们心里也疼得流血。每一个卖菜的摊主开口便埋怨收成不佳，辛苦三百六十五天，只换得区区数十斤蔬菜，价格没法不高，看你们也是知书达理的，低价买去我的辛劳，等于自打耳光，问心有愧，半夜敲门都是鬼。

一通道理，直说得我们张口结舌，买不买都很为难，终究还是买了，免得良心、肚子一齐吃亏。

来到肉摊，我甚至连看一眼的勇气都没有了。挂钩上悬垂的鲜肉，泛着灰白色光芒尤其扎眼。说实在的，我已经很久没见过人肉之外的肉了，它们近在眼前，实则远在天边，我都怀疑自己这辈子是否还能与之亲密接触。

“想不想吃肉？”我问真霏。

“罪过啊，我从小到大都是吃素的。”她说。

“那是罪过，这样我反倒心安。”

“你要吃，当然可以买些。”她温存道。

“今朝吃了肉，明朝我们就得露宿街头。”我低下头，看向脚下几乎露出脚趾的布鞋。

“房子是租来的呀？”她瞪大眼睛。

“父母在世时租的。”我难过地点点头，“要不是看二老薄面，人家都不会继续租给我。”

“会将我们赶出去吗？”她忧心忡忡地问。

“暂且不会，迄今我未欠房租。”

“那好，留些银子，交了房租，再做打算，一切从长计议。”她老练的口气，就像玄真。

此时此刻，我一门心思想着赚钱，不然家徒四壁，何以为生？而能赚钱的路只有一条——应征衙役。我想我应该快点去赵寡妇家找潘生商议。

我满腹心思地走着。

真霏问：“上哪儿去啊，是不是搞错了方向？”

我说：“这儿不是桃花庵，怎么走我比你清楚。”

她有点儿不高兴。

我忙解释：“我去找潘生。”

她说：“是潘生的家，还是赵寡妇的家？”

“你猜。”

她上唇翘起，足以挂个油壶，盯着我说："以后什么事都不要瞒我，我是你的人。"

我说："好吧，我们去赵寡妇的药铺。"

西门药铺的门大开，一个流着鼻涕、呆头呆脑的小孩儿蹦蹦跳跳跑出，与我和真霏擦肩而过。

小孩儿一脸憨态，神情专注，边跑边念叨着："三点一四一五，三点一四一五……"

"西门子，别跑。"我回头叫住小孩儿。

"他就是赵寡妇的儿子？"真霏瞪大眼睛问。

"对。"我悄声道，"他从小就发誓要当状元，这就是传说中的天生励志。"

真霏笑着蹲下，对西门子招手："来，西门子到这儿来。"

"你们找谁？"小孩儿面露三分笑。

"令堂在否？"我摸摸他的脑袋瓜。

"家中只有红糖、白糖。"

"我晕。"我又问道，"你母亲呢？"

"母鸡炖汤了。"

"这是一傻孩子。"真霏忍住笑，小声说道。

"小姐姐、小姐姐。"西门子笑着问，"俺是傻孩子吗？"

真霏赶紧拉住西门子的小手，抚摸其头，好言抚慰："傻孩子，你怎么会是傻孩子呢？"

我晕倒在地。片刻后爬起来，不甘心，上下比划着又问："有没有一个，这么大，这么高，这么壮的书生来过？"

西门子呆呆地凝望着我，机械地摇摇头，忽而，抽身跑向对街，站到一棵粗壮的老槐树下，拍拍树，喊："就是这个。"

"你过来。"我向他招手。

西门子跑回来，口涎沿嘴角流淌，悬在半空，一尺来长。

“长大后，你去京城赶考吧。成绩名列前茅的，都是你这模样。”

西门子爱听这话，高兴得直乐。

我朝药铺里看去，黑咕隆咚，灰尘乱飞，什么也看不见，只闻到一股浓郁的药味儿。

“莫不是他们二人昨夜也圆了房，此刻未起呢？”真霏语出惊人。

西门子一个劲儿点头：“嗯、嗯。”

“家里人在睡觉？”我试探着问。

“嗯、嗯。”

“几个人？”

西门子竖起两个手指头。

“一男一女？”

“嗯、嗯。”

“女的是你娘？”

“嗯、嗯。”

“果然被你言中。”我对真霏说。

真霏有几分自得，叮嘱孩子：“赶紧回去，把门关上，谁敲也别开。”

孩子立马将店门合拢关严实。

“没叫你把自己关外面。”真霏说。

孩子一动不动。

我不耐烦了，一把将他抱进屋，礅在地上，转身出来，关上店门，由于用力过猛，门环丁当乱响。屋里的孩子“哇”一声大哭起来。

我和真霏面面相觑。

“走吧。”我垂头丧气地说，“看来潘生有吃有喝，也不想考衙役了。”

“那怎么办？”真霏问。

“我再想想办法。”我苦笑道，“找找家里还有没有藏宝的密室什么的，再不济就刨刨菜地，看能不能挖出金条来。”

“夫君别灰心。”真霏宽慰道，“实在不行，我跟孟婆婆跑演艺圈去，挣了钱，让夫君去考衙役。”

“那怎么行？”我口气硬朗地说，“堂堂男子汉，岂能吃软饭。”

此时，西门药铺翕开了条缝，赤膊的潘生探出半身。

见潘生这副尊荣，我不禁耻笑。

“笑什么笑？”潘生瞪我一眼说，“软饭你不吃，到头来还不得逼着我吃。”

我汗，呆呆地看着潘生，感觉头顶有一只乌鸦飞过。

“看什么?吃嘛不是吃?”潘生接着说，“西门子聪明伶俐，我来了，直接当爹，不用攒钱娶妻生子，少了人世间的无数麻烦，何乐而不为，要多美有多美。”

我和真霏对视一眼，一起汗，感觉头顶有两只乌鸦飞过。

“快走吧，我正忙着呢。”潘生催促我，“有了发财的门道，我来找你。”

说罢，他匆匆关上门。

11
QIANSHI

我与真霏回到城东。

城东的街道比西街狭窄、破旧，居住人等大多贫困、粗俗。而北街直通外城，乃进出城门之必经要道，人员更为杂乱，东倒西歪的建筑随处可见。

整个逍遥镇，就南街堪称美景。南街已不是寻常街道，更像一个小城池，衙门居中，周遭一片高官富商的府邸相围。府邸占地深广，内有风雅亭台，可品茗、纳凉、对弈；有巍峨楼阁，可登高望远，鸟瞰城池全景；有小桥流水，可养鱼捉蟹，嬉戏玩乐；有花园良田，可吟诗作赋，栽培种植，陶冶性情；有高雅厅堂，厅中家具皆为上等木材精心打造，色泽乌亮，纤尘不染，四壁悬挂山水书画，价值不菲，古玩饰品，置于镂空雕花木架之上，精巧剔透；厅堂之外，书房、卧房、客房、仆人房、厨房、仓库，造型各异，错落有致。府邸通道路径，辗转曲折，迈过一个院门，复现一个院门，回廊逶迤婉转，步步走去，深不可测，前院敲锣打鼓，后院未必可以听到。

此等府邸，我也只在画帖中看过，从未踏入。那画帖是建造府邸之人请画师描绘，四处张贴、引人购买欲。

这种大肆传播其实大可不必，只给高官富商们看看就可以了。普通百姓拿在手中，无非是自尊心多受一回挫伤。

原本城东绿树成荫，道路平坦，地面干净。年前，官府忽然下令，拓宽街道。理由是衙门老爷的一匹脱缰之马误入东城，结果被挤成了一条狗，可见嚼舌街之狭小。衙门老爷又爱效仿圣上，微服私访，每每前往东城巡查，只能步行，很费体力，很没有气派。

这是衙门老爷理解有误，以为微服就是换一身便装，全然不管全城百姓其实都认得自己的脸，而皇上只要不穿帝王职业装，根本没有几个人认识他的脸。

拓宽街道，唯一的办法就是砍伐树木，拆迁房屋。房屋拆迁太麻烦，一大群居民无家可归，满城流浪，传到上头，必将对衙门老爷的仕途造成恶劣影响。人民安居乐业，街市整洁有序，方显政绩卓著。因此，房屋不可拆，砍伐树木才是上策。

于是，几日之内，城东街道两侧的树木被砍伐一空，路拓宽到树木的位置。然而，尚未竣工，衙门便经费不足，只能等来年税收到位，再拨款续建。由此，各行业税收大幅度提升。

有一智者，向官府进言，不如在东、西、南、北四条街的空中，建造一座交叉环绕的天桥。一来，可使道路四通八达，便捷通畅；二来，衙门老爷微服私访时，穿越天桥而过，居高临下，俯瞰芸芸众生，气势豪迈。此提议传到衙门老爷那里的第二天，进言者就被人砍成了十三段，扔到东城嚼舌街的茅厕里。

凶手迄今逍遥法外。

走在灰土扑面，乱石堆砌，蚊虫低飞的嚼舌街上，烈日暴晒，无处可躲。

真霏自言自语道："这么热，暴雨又要来了吧。"

我说："那就太糟了，路烂，房子也烂。"

真霏说："修一修。"

我说我不会修。

真霏说："找房东来修。"

我说："一旦修了，房租便翻跟斗似的猛涨。"

真霏说："那你该去多借些木盆、罐子，盛雨水，我们都不会游泳。"

"好。"我说，"你先进屋，我去借。"

邻人们见到我，各有一番说辞——

隔壁磨豆腐的李二嫂：早晓得你有个失散多年的妹子，谁曾想竟在京城。京城那么大，你兄妹二人能相认，你爹娘大人九泉之下做梦也要笑出声音。嫂子一看就知她是你妹妹，你瞧你脖子右边有颗痣，你妹子也有，形状颜色大小一模一样。

对门铁匠铺的张铁匠：小子眼光不错啊！那小妮子模样虽小，屁股倒不小，厚厚的，生养个七个八个不成问题，不像我那背时婆娘，老子夜夜播种，不见收成。我说，你小子哪来的银子将大户家丫头买回来，莫不是房子底下埋了宝物？发财可别忘了哥哥。

隔壁又隔壁做针线活的马三姑：读书、读书、读你娘的狗屁书，跑出去诱拐黄花闺女。人家才多大？前面瞧不着胸，后面看不见臀，跟刚撞完墙没缓过来似的，你也好意思下手？要不是看在你死去爹娘的面上，我早报了官府，将你逮起来，打成一个烂番茄。借我家的木盆？借你娘的头，现在就要接生孩子，早点儿了吧？

对门隔壁暗娼董小青：哟，陈公子桃花运甚佳，我倒一直没瞧出来。家中若无绸缎被子，我这里拿去，若嫌脏，太阳下晒晒，也不妨事的。对姑娘好些，烟花巷里待过的女子，极懂得伺候男人，给些温情，她的心便交与你了。哦？要罐子、木盆，拿去，都拿去，要什么，拿什么，把我拿去都成，呵呵，呵呵呵。

我拎着盆盆罐罐回家。

真霏欢欢喜喜接过来说："夫君，我给你熬粥喝。"

她哪里知道，就在刚才，短短的，一眨眼工夫，她已经有了截然不同的四种来历。

时隔一日，嚼舌街传遍了——陈生，挖到家中地下所藏宝物，换了银子，遂前往京城赶考，路经烟花柳巷，偶遇一风尘女子。女子乃大户人家卖到风月场所的丫头，身材单薄，屁股肥厚，会生养。二人一见如故，情投意合，陈生将其带回逍遥镇，发现该女子竟是失散多年的亲生妹子，不信看二人脖颈，都有一粒黑痣。

正如真霏所料，暴雨来了。一天一夜，不曾间断。

屋子里的积水，很快漫过脚背，我和真霏轮番用木盆往外舀水，一盆接一盆，积水一点未少，大有向膝盖攀升的趋势。

待到翌日天明，凶猛的雨势渐渐减弱，淅淅沥沥，零零碎碎，到午后时分，雨终于停了。屋里积水一点点消退。

我们累得直不起腰。

几日来，我们吃的是一眼即可见底的青菜粥。清淡得连蚂蚁都敢在里面浮游。一折腾，力气全无。真霏明显比在桃花庵见到时，瘦了许多。她说，也不错，清秀、好看。

我心里很难过。

晚上，我们依然喝青菜粥。

“你可不可以多放一点米？”我问真霏。

“不可以。”她爽快答道。

“这样搞，还不如直接喝水。”

“你最没计划了。”

“什么叫计划？我只想吃饱一点。”

“计划就是每天吃一点点饱，一年下来，就是全饱。”

“可我觉得是每天都吃不饱。”

“你的感觉不对。”

“你的计划不对。”

“我们圆房了是吗？”

“这和圆房有什么关系?

“圆房了就会有孩子。”

“然后呢?”

“然后就是三个人吃饭,所以,要有计划。”

“你的计划很妙。先让两个人吃不饱,再让三个人吃不饱。”

“你不懂道理。”

“你回桃花庵吧。”

“赶我走?”

“对。”

“我不走。”

“你走吧。你跑出来,就是为了看看外面的世界。你看到了,不过如此。”

“可是现在情形不一样了。”

“怎么不一样?”

“现在,留下你一个人,我不放心。”

“放心吧,至少我可以把两顿的米一顿吃了。”

“还是不行。”

“怎么不行? 回到庵里,你也不愁吃喝。”

“不是这么回事。”她顿了顿,说,“我总不能在庵里挺着个大肚子吧。”

“那也总比饿死在这里强。”

“你不是怕我饿死,是怕自己饿死。”

“不对,我是怕我们一起饿死。”

“我有计划,不会饿死。”

“你的计划是慢慢饿死。”

“你就是想尽办法赶我走。”她急得直跺脚。

“是你不许我吃饱。”

“让你吃饱一年,而你只想吃饱一天。”

“一天吃不饱,一年怎么能吃饱?”

"是一天吃饱，一年就吃不饱。"

"是一年没有一天吃饱。"

"是一年吃饱天天吃饱。"

"是天天吃不饱一年吃不饱。"

"是一年吃饱不是一天吃不饱。"

"是一天吃不饱一年吃不饱。"

……

我们的声音愈来愈大，内容也越来越空泛，像迷失方向后一头钻进了死胡同。

一只老鼠突然从积满尘垢的房梁上掉下来，当场摔死。估计它是听晕过去了，没留神脚下。

真霏当即吓傻。

我告诉她，我不会赶她走，就算剩下一口饭，也留给她吃。

她一把将我抱住。良久无言。

12 QIANSHI

隔日黄昏，潘生来了，带给我们一些吃的，一包卤菜、一块烟熏牛肉、半斤豆腐干。

看来他在赵寡妇那里混得很不错，生活水准已达到周济朋友的地步。

可是，他神情黯然。他告诉我，家中父母断然不肯前去提亲。赵寡妇似乎也没想过要嫁给他，只要相互陪伴就可以了。

我可以猜到陪伴的内容，无非是圆房。

在我过去几天的经历中，圆房也没有什么太多的内容，抱一抱，亲一亲，比较温暖。

潘生几乎笑得掉下一块肉。

笑完，他塞给我一个破旧的画本，图文并茂，叫我晚上偷偷看。

晚上，我跑到街头茅厕边，借着月光翻看，看得心惊肉跳，面红耳赤，兴奋难耐，拔腿跑回家，拉住真霏的手，万分激动地说："这下我放心了，我们不会有孩子的。"

"你如何知道？"她疑惑地看我半天。

"书上看的。"我说。

"什么书，我看看。"

"你不可以看。"

"为什么我不可以看？"

"怪吓人的。"

"比老鼠还恐怖？"

"当然。"

"那我就不看了。"她乖乖地上了床，摆好枕头，转过脸，问我，"今晚你想不想圆房？"

我站在她面前，忍不住笑了。

"笑什么？"

我还是笑。

"你说不会有孩子。"她低头，羞赧地说，"我们可以天天圆房了。"

我笑得更厉害。

夜半，我们一如往常，相拥而眠。

我的脑子里，屡屡浮现出画本中的一幅幅图画。一个画面闪过，我就不自觉地把真霏抱得更紧。

像驱赶蚊子一般，一只臆想中的手挥舞着，让那些画面远离。我想安然入睡，可是，怎么也睡不着。我想，明天上街去找个差事，单靠潘生接济，无疑是杯水车薪，倘若再无进项，我和真霏非沿街乞讨不可。

在京城，我与潘生曾假扮过乞丐，收效甚微。我不敢想象，带着真霏一起要饭，是何种景象。要是真混到那个地步，我想还不如一死了之。

这一夜，我辗转反侧，十分伤神。

翌日天明，我独自上了街，打算找份差事，聊以糊口。

找了一圈，才发现谋差事并不比考试简单，甚至更难。下力气的粗笨活，自己干不了；说个瞎话占卜算卦，没那口才；给人剃头修脚，没那手艺。

想来想去，酒楼旅店大约可去，在我的印象中，那些地方无须什么特别的手艺，会跑腿就成。

恰巧，我在墙边看见一张告示：逍遥镇恒远大酒楼，全新开张！应召伙计、墩子、红白案师傅无数。

我打定主意，前去应征伙计。

拐弯抹角，抹角拐弯，我到了恒远大酒楼，但见门前已排了一条犹如斑斓巨蟒的应召队伍，长长蜿蜒。

掌柜的挨个叫号，进行面试。

我排了个号，从早上等到黄昏，才见到掌柜的。

"以前可曾干过此种营生？"

"干过。"我点头撒谎。

接着，他又提出三个问题：一是为何不在原酒楼当伙计？我说酒楼倒闭，不能再干。二是为何来本酒楼当伙计？我说天生喜爱此行，不得不来。第三个问题，比较敏感，关于钱，对待遇有何要求？我说遵从酒楼规矩，不计得失。

而我后面的一个家伙，与我的回答大相径庭。他先是说，看不惯原酒楼掌柜的做派，一个小生意人，还假充"正神"；接着说，酒楼这行他熟，高档酒楼进了无数回，看也看会了；最后说，满足温饱，略有节余即可。

末了，他被当场赶回了家，我被掌柜的聘用。

接着，掌柜的叫人带我参观酒楼全貌，熟悉一下环境。

这做法使我觉得他有点儿厚颜无耻。

与其说这是家酒楼，不如说是个破破烂烂的餐馆——酒楼前院的喷水池中，蕴满近乎凝固的污水，如一碗黑芝麻糊，水面漂浮着瓜子皮、花生壳；酒楼大厅内光线黯淡，桌椅板凳和盆栽植物看上去奇形怪状。

地方虽烂，但好歹有了份差事。

我疾步回家，将喜讯告之真霏。

“夫君真能干。”她挺高兴。

“掌柜的虽将我留下了。”我端起桌上的凉茶，喝了一口说，“可明日还要检查身体，身体合格，方可当上跑堂上菜。”

“让谁检查？”真霏问。

“江湖郎中。”

“那今晚早些安歇吧。”真霏一边整理床铺，一边说，“多睡睡，明日脸色红润些。”

跑了一天，我也乏了，胡乱吃了口东西，倒床便睡去。

第二天，我再次来到恒远酒楼，江湖郎中已等在那里。

“上后院茅房验身。”掌柜的吩咐我们几个新招的伙计，跟着郎中走。

我心里既别扭，又有几分紧张，验身为何要去茅房？

进了茅房，郎中叫我们脱裤，我们照做。

郎中拿出一堆竹棍子，分别捅进我们的屁眼儿。

茅房里一片鬼哭狼嚎。

我陡然而生一种被人那什么了的感觉，欲哭无泪。

“别闹！”郎中喝道，“酒楼干活，老夫必须验验你等有没有痢疾。若无，老夫自然会给你等写下一纸康健文书，有此凭证，方可上岗当伙计。”

我们哭丧着脸，等待郎中开凭证。

郎中却没拿出纸笔，而是从怀中掏出几根银针，阴沉道：“下面验血，扎手指。”

一群人提着裤子奔出茅房，如逃亡般出了酒楼，四散在街头，瞬间无影。

13
QIANSHI

我在街上漫无目的地转悠，心中异常凄凉，凉凉的秋风飕飕吹过。我打了个痉挛般的寒战，浑身起一串小米粒儿。秋雨紧接着落下，愈下愈密。

我望见前面不远处的云华古寺，快步走过去。

雨雾缭绕的云华寺，四面朱墙相围，庙门宏伟，千年古樟参天，巍峨楼阁雕梁画栋，穿过幽曲蜿蜒、卵石砌就的甬道，抵达香火缭绕的大雄宝殿，一位瘦骨嶙峋的老僧正在讲经，和尚们盘腿而坐，虔诚倾听。

殿外左廊上坐了一个五大三粗的汉子，表情漠然。我便在右廊上安坐，思绪飘忽，呆望了一会儿天，见雨势渐渐小了，起身欲走，掉头忽见墙上画了一只鸟，那鸟儿羽翼丰满，活灵活现，唯独缺个鸟头。

见了这幅墙头涂鸦，我忍不住自言自语道："画鸟先画头，此是常理，作画之人狗屁不懂，竟好意思提笔，这是为何？"

越瞅这鸟越别扭，看了又看，我兀自叨咕："如何不画头？如何不画头？"

拧巴半晌，我终于按捺不住，到殿里找和尚，借来一支笔，蘸饱了墨，伏墙头把鸟头添上。画完退后一步欣赏，沾沾自喜道："我若学丹青，定可大成。"

我兀自美着，坐左廊上的汉子笑容可掬地走过来，细细打量我一番，开口道："秀才，借一步说话。"

"足下何人？"我问，"有何见教？"

"别细问。"汉子压低声音，神秘兮兮地说，"跟我走。"

"我为何要跟你走？"我警惕地反问。

"跟我走。"汉子说，"带你到个好去处。"

"多好？"

"有吃有喝也暖和。"

我把笔还给和尚，想想自己蒙头蒙脑走了一下午路，吹了两个时辰冷风，又淋了一场雨，已是狼狈不堪，此刻回去，天也黑了，肚子也饿，去往有吃有喝的地方，又有何妨。

再说，大家都是汉子，莫非他还非礼我不成。

于是，我跟着汉子走，两步一回头，流连自己方才的绘画。画是全了，有个问题却仍萦绕脑海：那鸟为何就没画头呢？

秋雨洗劫过的土路分外泥泞。残败的落叶四散，仿佛印刻到地面。周遭空旷，若有似无的清新气息钻鼻腔里打转儿，像吸过的旱烟，吐了，余味犹存。地面的土湿润松动，一踩一个坑儿，走不太稳，行半截短路也像长征。

我跟着汉子，深一脚浅一脚挪步，鞋面儿裤腿儿沾满斑斑泥点，身子很颓，雨浇过的人如霜打过的茄子，皆有一种发霉的软。

“到底上哪儿？”我问壮汉。

“快了。”壮汉手比划着说，“前面，拐左拐右，穿过小树林，再拐左拐右即到。”

“听足下如此说，”我若有所思道，“我二人仿佛原地兜了一个圈。”

壮汉不言语，径直前行，我只好如影随形。走了半个时辰，眼前竹林茂密，是一处僻静的所在。

壮汉引我走到一座院落前，伸手叩门，连叩三下，有人来开，也是个汉子，十分高十分瘦，可当竹竿晾衣裳捅风筝。

见了壮汉，高瘦汉子满面喜色，忙请我入内。

“此是何处？”我问道。

“秀才到了里面便知道。”壮汉边说边冲高瘦汉子挤挤眼。

高瘦汉子做心领神会状。

二人眼神交流，我看在眼中，心里更慌乱。莫非这是要害我？剁成肉馅儿做包子？剐了人皮烹野味？一连串恐怖联想让我不寒而栗，可这会儿返身跑是来不及了。

我万分懊悔，心说我这贪嘴的毛病要改。

我跟随两个汉子走到墙壁崩裂、怪石斜欹的后花园。

园里有一凉亭，亭中有一石桌，石桌旁坐了十四五个糙汉，个个虎头虎脑，膀粗腰圆，面目狰狞。

我脚底发软，卑微笑脸条件反射般就要弹出。十几个糙汉犹如得了口令，蓦然全体起立，冲我满脸堆笑，异口同声道：“秀才好！”

汉子们的热情如此突如其来，我惊骇羞怯似黄花闺女，身子一闪险些跌倒，被方才开门的高瘦汉子一把托住后背才勉强立稳。

“知道我等是干什么营生的吗？”凉亭中一汉子收了笑，问。

“在下不知。”我此刻不冷了，背心倒渗出些汗。

“实不相瞒，”引我前来的壮汉说，“我等乃江湖豪杰，在下是领头，姓解名霸，江湖人称豪杰解霸。他们都是我弟兄。”

“秀才好。”汉子们再次齐呼。

“众豪杰辛苦了。”我作揖还礼，问道，“行走江湖不容易，不知道各位做何买卖？”

“做没本钱的买卖。”解霸直言不讳道，“可我这班弟兄，个个都是有勇无谋之辈，前日我等出去劫富济贫，险些弄出事来。我等众兄弟对天祈告，立下誓愿，在云华寺画下一只无头鸟，若有读书人给此鸟添上头，我等就认他做大哥，由他为我等出谋划策。”

我哑口无言。心想我这手也忒贱了，没事儿我添什么鸟头啊，瞧这帮粗人嘴脸，劫富是笃定的，济贫就说不准了。

闷了好半天，我惶恐道：“在下肩不能挑，手不能提，何德何能，怎敢当众位豪杰的大哥。”

“大哥万莫推辞。”解霸苦口婆心地说，“大哥断文识字会画鸟头，一定智勇兼备，是我等的真命寨主。兄弟们全凭你调度。”

“听凭大哥调度！”众豪杰齐声唤，同拜我。

“不可不可。”我摇头摆手，“万万不可。”

“有何不可？”豪杰们问。

“在下虽窘迫，可终归是一读书人，怎能干这等犯法的勾当？”

“大哥此言差了。”解霸侃侃而谈，“法是只准州官放火，不许百姓点灯的混账规矩。现如今，有钱的，买得官做，没钱的高才也受气。我看大哥也不像个有钱的，做官断然指望不上，不如领着兄弟大干一番，倘若成了气候，我等盘踞山寨，大哥好歹也做个山寨官。”

见我仍犹豫不决，解霸急了，从靴里嗖地抽出一柄短刀，虎视眈眈威胁道：“大哥若不肯，我等也不强求，可有一条，这个地方你来得去不得！”

我浑身筛糠，心说还不强求呢。今日我若不从，必死无疑。可一旦入了这个伙，前头是险滩恶水，脑后是衙门快刀，看你往哪儿跑！

“最后问你一遍，当不当大哥？”解霸恶狠狠盯着我，把玩手中雪亮的刀。

“我……我答应。”我汗流浃背。

众豪杰见我答应入伙领头，喜不自胜。

解霸招呼兄弟，杀猪宰羊，拈香设宴，要与我歃血为盟，今日煮酒聚义，明朝大碗喝酒大口吃肉大声骂娘。

仪式尚未举行，解霸先命人给我捧来一套新衣，一双新靴。喽啰可以胡穿，山寨大哥一定要扮气派，这叫打台面。

我从未穿过华丽服饰，如今一包装，立马就焕然一新闪亮登场。

“大哥这人品，莫说当我等大哥，就是皇帝也做得。”众人盛赞海捧。

我头晕目眩。

杯来盏去，直喝到掌灯时分。

我饮下数碗烈酒，人也高了，平添一股扬眉吐气的快慰，酒劲儿涌上，当众豪迈抒情：“承蒙众弟兄看得起我，推我这个秀才做大哥，实乃大丈夫胸怀，所谓海纳百川，有容乃大。”

“有容是谁家媳妇儿？”底下一个喝得半醉的汉子接口道，“我去擒回来，给大哥摸个够。”

提到媳妇儿，我如遭一瓢冷水浇头，瞬间清醒过来——真霏还在家等我。若是我有不测，她可怎么活？不成，我得找个机会溜走。

正琢磨间，一个汉子嚷道：“今日我等与大哥八拜之交，敬过天地，是个喜兴的日子，择日不如撞日，这就干一票去！”

“言之有理。”不等我开口，解霸急忙怂恿，“大哥说干哪家，我等就干哪家，指东南不打西北，绝无二话。”

情急之下，我信口胡编了一个富户，说他家宅邸在逍遥镇南街。

“大哥就是大哥！”解霸道，“不瞒大哥说，这户人家我等也早惦记在心。今有大哥领头，实是天作之合。”

我听着晕，知道差了，不敢相信自己的乌鸦嘴已乌鸦到这个地步。

此时，豪杰们群情激昂，气氛沸腾。

一帮人撤了酒席，拿硫黄、取火把、操木棍、扛刀枪，浩浩荡荡信心十足地出门搞事业。

14
QIANSHI

出了院落，众豪杰疾步奔走，我心生一计，蓦然叫停。

“各位豪杰。”我壮起胆子说，“如此草率前去，恐怕坏事。”

豪杰们敛足不前，呆呆看我。

“大哥真不爽气。”解霸虎着脸道，“最小的善行胜过最大的善念，光说不行动，顶屁用。”

“不是不动。”我摇头晃脑解释，“《孙子·谋攻》曰：‘知己知彼，百战不殆。’此刻，我等知己，却不知彼。我既为你等大哥，当先去探彼虚实，探清之后，再领众位前往取之。”

“什么意思？”众豪杰面面相觑，被我一番拽文弄词搞懵了。

“大哥的意思——”解霸沉吟半晌问，“是不是你先去探路，摸清情况，再带我等前去抢劫？”

“正是。”我面不改色地说，“抢劫之事，不可太有激情，谁有激情谁完蛋。不知彼便贸然抢之，如有陷阱，岂不皆成瓮中捉鳖。”

“什么鳖？”一个壮汉说，“大哥，你能讲通俗点吗？”

“我明白了！”解霸道，“还是大哥想得周全，我等前几回扑空，正是不知虚实。大哥你去探，我等原地等你号令。”

“如此甚好。”我说完，就要开溜。

解霸一把拽住我：“慢！”

我心中一凉，险些瘫倒。

“大哥不带两个手下一同前往？”解霸问。

“不带。”我稳住神说，“人多眼杂，极易暴露，我独来独往，万无一失。”

“行。”解霸点头道，“兄弟们听大哥的，大哥快去快回。”

我拱手辞别众豪杰，转身消失在茫茫夜色中。

我一路跌跌撞撞，神情恍惚，终于走到歪歪斜斜的嚼舌街上，脚步虚浮又沉重，浑身火烧一般灼烫、疼痛。像煮熟的死狗被人拖着走了一路。

挨到家门，我身子一软，向前一扑，几乎是用头把门撞开——我听到真霏惊叫一声，然后就不省人事了。

不知过了多久，我回归尘寰，只觉口中苦水翻腾，呛了一下，猛烈咳嗽。

“好了，好了。”真霏轻轻拍打着我的后背，“郎中之言不差，你会咳嗽病就好了。”

“我病了吗？”我慢慢抬起眼皮，睡眼惺忪地望着她。

“嗯。”她说，“许多天。”

“我在哪里？”

“看来病没痊愈，还得请郎中来瞧瞧。”

“要花多少银子啊？”

“看来病情好转了。”

“我饿。”

“看来已好了一大半了。”她面露喜悦，“这就给你盛粥来。”

“什么粥？”

“怎么病情又加重了？”她问，“忘记平常喝的粥了？”

我晕过去。

“你尝尝便知道，其实与平常大有不同。”她端来稀粥，坐到床边，轻声道。

我蹭起来，倚靠床头，接过稀粥，尝了两口，明显比往日黏稠，菜叶也多，似乎还夹杂些许肉末。我接连喝了三大碗，抹抹嘴，心下思忖，若能日日如此，也无欲无求了。

我喝完，喘了口气说：“你可知我前几日，去了哪里？”

“不是去酒楼当伙计了吗？”真霏温存地说，“看把你累的，往后你别去了。”

“伙计没当成。”我摇摇头说，“从酒楼出来，我被一个土匪擒去当大哥了。”

真霏扑哧乐了。

“你还不信。”

“夫君体格这样弱。”她轻按我肩膀说，“土匪一巴掌把你拍墙上，抠都抠不下来。”

“看不起我。”

“不是啦。”她柔声道，“夫君是累了饿了，幻觉就多了，以后别再累了，咱们天天都有这样的粥喝。”

我犹疑地瞅着她。

“我可以挣银子养活你。”她有点儿兴奋。

“不会像对门董小青一样吧？”

“胡说！”她捶我一下，脸一板，反问，“难道女子除了卖身就不能赚钱养家吗？”

“那要看赚多少钱。”

“听清楚。”她伸手揪住我两只招风耳，往斜下方拽，正色道，“今生今世，我只与夫君一人圆房。”

虽然耳根生疼，但她那有几分天真的模样倒把我逗乐了。

事实上，我们从不曾圆房，至多是在圆房边缘逡巡。真不知当真圆了，到底是何种美妙滋味?

稍顿，我惶惑——为何刚刚吃饱一点，就想到此等事情?

见我忽喜忽悲，真霏说，看来还得找郎中开一张药方，疾患不根除，迟早还要病倒。

我追问她到底靠什么赚钱，她从玄真给她的锦囊袋子里，取出笔、墨和砚台。

“城东城北人多，识字的人却不多。”她对我说。

“那又如何？”

“代写书信啊！”

“我说过，我的字狂放潦草，米芾也不一定能认出来。”

“没指望你，我去支个摊儿就可以了。”

“你哪里会写字。”

“玄真教过我的。”她轻描淡写地说道。

说罢，她在纸上提笔书写。

我看了看，不由惊叹——简直不可想象，尼姑庵混出来的小姑娘居然如此有才华。

连续数日，我不敢出门，生怕碰上那帮豪杰。这帮人要知道挨了涮，不定把我砍成多少段呢。

而真霏说干就干，在城东与城北的交叉路口支起一个摊儿。据说，自逍遥镇建立，历史上从未出现过女子摆摊代写书信的。以前倒是出现过个把老头儿干此营生，干着干着，不见人影，想必是老死了，又无后人继承。

现今，一个年轻女子公然操此行当，一时间，逍遥镇之内，甚嚣尘上，沸沸扬扬，传到衙门里。孰料，衙门老爷甚是欣慰，下令免收女子的摊位费，一是逍遥镇民众文化素质低，代写书信，好歹也是一个文化普及的事情；其二，女子干此事，实属难能可贵，没准儿百年后，史书将记载：逍遥镇曾有一薛涛、花蕊夫人般的女子，在当时衙门老爷细心呵护之下，为推动逍遥镇文化发展，起到了不可磨灭的作用。由此，女子与衙门老爷一起流芳百世。

摆摊前，真霏向邻居董小青借了银子。一方面，用以置办生意的行头，一方面，请郎中给我治病。

我也不知道自己所患何种病症，郎中每次来，并不多言，只是摸摸脉，看看舌头，提笔开了药方，我拿着到赵寡妇的药铺捡些药，回来熬好服下。偶尔碰上潘生在药铺，不给银子，白拿了药，然后，与潘生到小酒铺里小酌一番。

一日，郎中对我说："公子再吃一副药便痊愈了。"

"何以见得？"我将信将疑。

"公子只需看看自己脸即知。"

我对镜一照，发现自己脸盘丰满，气色红润。

"这都是你家娘子的功劳。"郎中一捋胡须，含笑道。

"何以见得？"我糊涂了。

"公子可曾发现，近日来粥饭均十分黏稠？"

我点点头。

"那是你家娘子，每日自己省下两顿，只让公子吃饱。"

我立刻找个地洞往里钻，遗憾的是，洞口太小，无法钻进去。

15 QIANSHI

我很担忧真霏遭遇不测。

一个女子，抛头露面，尽管不漂亮，尽管有衙门老爷罩着，但环境险恶，譬如北街，鱼龙混杂，蓦然跳出一群亡命匪徒，连人带银子一起抢去也不是没可能的。

我想过多次，自己去摆摊，提笔在纸上试着写了几个字，立刻灰心，抽自己一耳光，大骂无能，叹息之余，别无他法。

每日黄昏，真霏安然归来，我悬了一天的心方才落地。

她开导我："衙门老爷看重我是个女子，要是男子，才不会开恩呢。你去，反倒不安全。"

我说："你太有主意了，我就没见过比你更有主意的女子。"

真霏每日摆摊回来，都会向我讲述市井佚闻，事无巨细，想到什么讲什么，杂乱无章。以至于我虽然足不出户，却连城北某条街的王婆婆丢了一只鸡的事情都知道。

她还十分清楚各种戏班子的演出动向。逍遥镇有五个戏班子，无论规模大小，人数多少，每一个班子里，都有一到两个角儿。角儿们时常闹出一些桃色故事，或是男角儿与某个员外的小妾偷情，被当场拿获；或是女角儿被某个富豪相中，遂终止演艺生涯，投奔富豪。要不然，就是男角儿和女角儿相互爱慕，炙热短暂，轰轰烈烈，通常不会超过半年，女角儿、男角儿分道扬镳，另一套男角儿与女角儿全新亲密组合就面世了。

她对这一类事情非常感兴趣，津津乐道。每晚准时对我进行娱乐播报。

我想，这大约是她的经历所至。尼姑庵里的香客中，有许多女戏子。她们让她认识了凡俗生活中林林总总的大凡小事，以及儿女情长、悲欢离合。

女戏子和玄真，都是她在尘世间的启蒙老师。

夜色浓厚，我们坐在屋外的竹椅上乘凉。

仰望夜空繁星点点，真霏憧憬着我们的灿烂前景。

"我们将来，定会有一所大宅子，宽大、洁净、明亮，有厅堂，有卧室，有书房，我们读书写字，谈情说爱，生儿育女，幸福生活。"

"你还想要孩子？"我摇着大蒲扇，转脸诧异地看她。

"儿女满堂。"她美滋滋的，仿佛已然梦想成真了，"咱们先给孩子取个名字吧。"

"太快了吧？"

"取嘛，取嘛。"她摇我胳膊，"好玩儿。"

"男孩儿女孩儿？"

"先取男孩儿的。"

"跟谁姓？"

"当然跟你了。"少顷，她又说，"你的姓氏和我的姓氏，合在一块儿最好。"

"那就叫陈真吧。"

"我有预感——"她托腮想了半天，才说，"他将来一定会打拳。"

"打拳也算门手艺。"我仰望星空，由衷地说，"总比我读书识字，却一无是处强。”

“谁说夫君一无是处了。”她扳过我的脸，对视道，“我还有预感，夫君将来一定会有所作为。”

我不置可否，哑然一笑，是苦笑。

真霏对混迹世间，有一种天然的、特别的热情。她从不杞人忧天，从不怨天尤人，也从不对未来惶恐不安。即便是我们饥肠辘辘，吃了上顿没下顿，她始终是一副处之泰然的样子，不慌不乱，不焦不躁。

夜深，她在我旁边熟睡，头枕在我的臂弯里。

她的脸庞在蒙蒙夜色中泛着光泽，她的眉毛精细、平直；睫毛乌黑修长，时而盈盈颤动；她的嘴唇轮廓分明，笑时嘴角向斜上方一挑；打起哈欠，眉眼折弯，犹如一只慵懒的猫。她的声音不像一般年轻女子的清脆、柔美，而是低黯、缥缈、沙沙的。她的皮肤白皙，手脚小巧，行动不快不慢；喜欢听各种小道传闻，喜欢认真地关注一个事物，常常托腮、愣神、若有所思，眼珠一动不动。说话时，极有主见，心里认定的东西，旁人难以动摇；她还写得一手好字，能唱戏班子所有著名戏剧的前两句，对市井中一切新鲜事物兴趣盎然。

她就是我在尼姑庵结识的小姑娘，就是执拗地跟随我混迹外面世界的小姑娘，就是将我视为终生所托的小姑娘，就是十八岁便自己寻找归宿的小姑娘。

次日清早，真霏出门之前，忽而转过身，紧紧将我抱住，脸颊贴住我的下颌，轻柔言语：“假若有一日，我归来，你已弃我而去，不见踪影，我就会疯掉的。”

我有些惶惑，有些茫然。原来她也有她的担忧，只是我不知来由。

我告诉她，我不会跑的，我没地方可跑。

“你是我一生一世的夫君。”她强调。

“是。”

“来生来世也是。”

“你怎么了？”我松开她，走到一旁，端起桌上的隔夜茶，喝了一口，问她，“为何如此感伤？”

“你还从未叫过我娘子呢。”她看着我，答非所问。

“未曾成婚，因而叫不出口。”

“我却叫过你夫君。”

“我天生矜持。”

“哼，狡辩！”她头一撇，故作不理睬状，旋又掉脸诘问，“你是不是不想娶我？”

“想过，没深想。”

“那就是不太想喽。”

“待我能养活你时，便会很想。”

“谁养活谁不一样，有区别吗？”

“区别大了，男儿岂可屈尊女儿之下。”

“就跟我欺压你似的。”她委屈地撅起嘴，嘴上可以挂个油壶。

“是你对我有恩。”

“遇见则是缘分，爱人之间不存在以恩报恩。”

“你总是有道理。”

“本来就是。”她有点儿小小的得意，昂首道，“叫我娘子吧。”

“娶了再叫。”我坚持己见。

“何时娶？”

“至少要有一间自己的私房。”我不想扫她的兴，随口一说。

“不许反悔。”她眉开眼笑，走上前，双手挂在我脖子上，“会有的，我挣银子去了，夫君安心看书。”

她蹦蹦跳跳地出得门去。我一头倒在床上，呼呼大睡。

黄昏，她回来，也不烧水，也不做饭，又逮住我，让我叫她娘子。

“怎么又来了？”我不耐烦了，“早晨讲好的，娶了再叫。”

“不行。”

“为何不行？”我想躲开她，在屋里打转，可就巴掌大一块地方，闪不开，只得踅回原地，摆摆手说，“罢了，罢了，也不要讲缘由了，你总是有道理。”

“听我说。”她倒不依不饶。

“不听。”

“要听！”她高声喊，“今日隔壁的马三姑说要给我做媒。”

我愣了，痴痴地问：“做媒？给你？”

“都怪你。”她埋怨道，“跟别人说我是你妹子，不是你娘子。”

“我什么也没说。”我慌忙解释，“既没说你是我妹子，也没说你是我娘子，都是他们瞎猜的。”

“哼，到时人家来提亲，看你怎么办？”

“我把他们轰出去。”

“你要早叫我娘子，哪会生出这些是非。”

“叫了他们也会乱猜。”

“那你叫呀。”

我嘴巴张了张，又闭上。

“你到底叫不叫呀？”

“娘、娘——”我磕磕巴巴，她表情惊愕。

我咽了咽唾沫，稍顿，终于叫道：“娘——子。”

“夫君。”她陶醉回应。

“光叫不成。”我想了想说，“得办喜事，嚷嚷得全城皆知。”

“办喜事？”她仿佛闻所未闻。

“是啊，办喜事。”我说，“把八竿子打不着的亲朋都请来。他们都是正宗的傻瓜，吃顿烂饭就掏钱，你不请他掏钱，他还假装不高兴，说你怠慢了他。”

“这么傻啊？”她张大嘴。

“当然。”我捏捏她脸，帮她把嘴合上，接着说，“这些傻子，精神空虚，生活无聊，每逢亲事丧事就兴奋，舍此，人生没有更多的追求。”

“那我要办喜事。”她天真无邪地望着我，“办嘛，好不好？”

“你想逗傻瓜们玩玩，顺便赚钱？”

“那倒不是。”她说，“我想让全城都知道，我是你娘子，你是我夫君。”

“那好吧。”

她拍手叫好，捡了宝似的欢欢喜喜去烧水做饭。

我爱慕她，尽管我对未来忧心忡忡。

我怜惜她，尽管我对前途一筹莫展。

经过马三姑家时，我朝她家门啐了口唾沫，心中暗暗发狠：“谁敢来提亲，我就把他砍成十三段，扔到东街的茅厕里！”

16

QIANSHI

发狠归发狠，转念一想，此事犹如斗殴，不具备击倒对方的力量，叫嚣得再厉害，受伤的终归是自己。

这力量就是足够的银子。有了银子，我才能堂堂正正与真霏成亲，才能办喜事。

正愁眉不展时，潘生来了，仿佛看透我心思似的，见面就跟我谈发财的事。

事情听起来如同一个美梦，却很难不被吸引，拒绝更是不行——他鼓动我一起去做传销。

这真是个新鲜的东西。据潘生讲，传销是一个民间行当，始于三国时代，刘备成就大业，一开始便发展了两个下线，一个是关羽，一个是张飞。

潘生的话云山雾罩，我听得晕晕乎乎，我等无用书生，莫非去打天下不成？

潘生说，如今天下太平，皇帝也很成熟，没有战争，剩下的就是挣银子，传销则是最能挣到银子的行当。

我说如何挣？潘生转着眼珠思索，憋了半天，咬牙切齿蹦出一个字：

“卖！”

我懂了，只要是卖，卖的东西就多了，世上很少有不能卖的东西，因为凡不能卖的，基本都是无形的，譬如阳光、空气、月色、感觉等等。

关键问题是卖的方式，零卖还是集中卖？

潘生赞我天资甚高，说咱们书生，去卖书是最妥当的。

我问卖什么书可以发大财。

潘生说，逍遥镇近来出现了一名文豪，名曰秦风乔。著有一套四卷本的巨著，西域国出黄金万两购买，他说什么也不卖。

“是什么样的书？如此高价亦不出售，莫非有病？”我一连串疑问。

“这你就浅薄了。首先，那书非比寻常的书，是一个戏剧；其次，一次性卖了，不如传销卖之，你发展两个下线购买此书，你获取的就不是一本书的价钱，你的两个下线，再发展两个下线，不断卖下去，卖的人越来越多，你在上面领头，只管收银子便罢。”潘生口若悬河，娓娓道来，像是训练过的。

我虽没完全弄明白其中奥妙，内心却也蠢蠢欲动起来。

“哥哥今儿带你去开开眼。”潘生道。

潘生引我来到西街一个小酒铺，要了二两挂花酒，一盘花生米，一份凉拌猪耳朵。

坐下来，潘生替我斟满酒，说：“一会儿文豪秦风乔就将到此酒铺。”

“来卖书？”我问。

“非也，非也。”潘生连连摆手，“秦大师是来讲演的。”

果然，我们饮了半晌酒，跑堂的过来说，一会儿小店要来一位贵宾，包了所有的座，不好意思。

“是不是文豪秦风乔？”潘生问。

跑堂的说：“正是，秦大师。”

“我们等的就是大师。”

“桌椅不够，客官别让小的为难。”

“我也是文人呀。”潘生卑微地游说，“我等虽乃无名小卒，但对舞文弄墨的传销之事也怀有一腔热血。”

跑堂的使劲挠头，万分为难，纠缠不过，无奈地说：“那客官站在门口观看吧，反正文豪的演说声音洪亮，二里之内都听得清楚。”

“怎么搞的？”我扭脸问潘生，“连位置都没混到？”

潘生讪笑道：“传销组织中，我还是个极藐小的角色。”

于是，我们蹲在酒铺外的街沿边，手托盘子，一粒一粒吃着花生米。

期间，我放了两个恶臭的屁，恭迎文豪秦风乔。

一盘喷香酥脆的花生米吃完，我正找地方擦手，忽见远处奔来一匹“计程马”。马上坐了两个人，前面一个五大三粗，肤色黝黑，当是车夫；后面一个，白嫩得似一块豆腐，脸上全无血色，皱纹密布，如老妪用了三十年的裹脚布，头发油腻卷曲，像即将发霉的麻花，一双小眼儿，宛如掷在赌桌上的骰子，滴溜溜四下乱转，黑洞洞的鼻腔里钻出几根扭曲、别具匠心的毛。

此人下马，付了车夫银子。几步走到酒铺门口。跑堂的和掌柜的闻声，卑躬屈膝屁颠颠迎出来，又是作揖，又是赔笑脸，一口一个“秦大师。”

秦大师和蔼一笑，嘴翕开一条缝，暴露出一口焦黄、坑凹的牙齿，我仿佛看到东街茅厕的石板。

“莫非此人正是传说中的文豪？”

我暗自惊叹，目光追击苍蝇一般随秦大师走进酒铺，走到店中央一张铺着崭新桌布的桌前，待跑堂的替他拉开椅子，他才慢慢屈膝、落下屁股，坐定。

“叫你写的牌子，可曾写好？”秦大师问跑堂的。

“小的未曾写好，小的……”跑堂急出一头汗，以袖拭之，“小的不知大师今日言谈何事，所以不敢擅自胡写。”

秦大师闭眼、凝神、作思索状，俄顷，双目一亮，微笑道：“今日论一论百姓人家的泡菜坛。”

“那该如何书写告示牌？”

“简单之极，此处乃逍遥镇西街，可写：秦大师西部文人论坛。”

"小的这就去办。"跑堂的唯唯诺诺跑开。

告示牌白底红字，分外耀眼。立在酒铺门口，招徕路人纷纷驻足，将目光投入店内。

秦大师旁若无人地喝着茶，掌柜的端来酒菜，秦大师一挥手，示意撤下——大师一般酒量都很差，饮茶显得更庄重、更文气。

秦大师自然早瞧见我们在门口窥视，也不言声，也不局促，轻飘飘瞄我等几眼，视若无睹。

一炷香的工夫，店堂内外挤得满满当当，连柜台上也坐了一排，店堂横梁上还挂了三个尖嘴猴腮的家伙。

两只不知好歹的苍蝇，以为店铺设宴席，一门心思往里飞，当场窒息，挤成肉酱，粘在一个文人的后脑勺。店堂外一些来自逍遥镇乡下的无知妇女，纷纷将倾慕的眼光投向秦大师。

可惜秦大师此刻无暇消受，他很忙，颇有些人来疯，大谈泡菜坛的历史、由来以及在寻常百姓家的巨大作用。

不一会儿，秦大师就将泡菜坛演绎得像翡翠花瓶一样珍贵了。

我很纳闷，向潘生打听："大师到底是卖书，还是卖泡菜坛，扯了半天蛋，也没说如何卖啊。"

潘生瞪我一眼，低声道："大师行事，自有大师的道理，不然怎么叫大师！"

一些年轻文人与我一样不明就里，发牢骚道："我们来，是听大师讲书的，大师却口口声声泡菜坛，不知用意何在？"

秦大师稳如泰山，神情自若，宽厚地笑，"此套书，正如泡菜坛一般，特产，只本国才有。西域国出价万两黄金，我不屑一顾。"

"这事儿大师讲过不下一百回了。"一个文人不耐烦地说。

"不卖！就是不卖！"秦大师拍桌子，打板凳，嚎叫道，"此剧乃瑰宝，给钱就卖，岂不是民族的损失！"

店堂内外立刻鸦雀无声。

少顷，秦大师感到气氛沉重，转而和颜悦色，语重心长道："不卖自然不可能，但贱卖断然不能。要卖得好，卖得巧，卖得大家都有好处，只有一条路……"

"我们听大师的。"众文人齐声说。

"这就好。"秦大师点点头，望向众人，"大力发展下线。"

"懂了吧？"潘生颇为得意地瞧着我，"大师讲话，就是如此，于不经意中杀入主题。"

此时，一个执笔记录的瘦男人忍不住问："请问大师，您认为白金豆腐脑作坊会投资将此书改编成戏剧吗？

秦大师未及开口，另一个执笔记录的高男人接着问："若编成戏，戏里的男角儿和女角儿，您打算请谁来？"

又一个执笔记录的小男人继续问："大师可以透露一下书的内容吗？若演喜剧，大约要多少银子？大师何时开始创作该剧？大师成婚了吗？娘子是哪里人？"

一些文人越听越不对味，高声制止："私生活问题就不要问了嘛，讨厌！"

秦大师倒不以为然，于众星捧月中，颔首抿嘴乐。

忽然，一个五短身材，据说是西街口卖烧饼的汉子，阴阳怪气地喊了一嗓子："江湖中，有传闻，秦大师的巨著，不过是抄袭神话《山海经》罢了。"

秦大师突然变色，苍白脸庞好不容易泛起的红晕一下消散殆尽。

烧饼汉子一言激起千层浪，店堂内外愈发乱如一锅粥。

"骗子！"一名村妇叫骂着扔出一个西红柿，正中秦大师眉心，茄汁顺着鼻尖流淌，大师的脸又有了颜色。

"大师骗你什么了？骗你什么了？"几个俨然秦大师的痴心追随者，冲上去反剪住村妇双手，厉声质问。

"他骗我与他圆房。"村妇不屈地昂首、挣扎，胸脯剧烈起伏，带着哭腔叫喊，"他包酒席，请文人们喝茶，回回都是我掏银子。"

"鼎力支持大师，是你此生的荣幸！"追随者无比激动地训斥村妇。

“屁！”村妇毫不示弱，“我等了多少年，你们知道吗？回回他都说得天花乱坠，末了，却是偷别人的文章，官府知道了，哪还有活路啊？”

执笔记录的男人们一窝蜂围住村妇，争先恐后地打听细节。

秦大师汗如雨下，舌头像被开水烫了一般，“血、血、口、口、喷、喷……”

“喷人。”一个老得快散架的文人接口道：“大家不要乱，仅凭卖烧饼的一言之词，怎可断定大师在剽窃。”转而又面向追随者们，“你们几个，放开村妇，君子动口不动手。”

一个伶牙俐齿的文人当即咬了村妇一口，村妇“嘤”地哭出声，手捂鲜血淋漓的伤口飞奔而去。

到底是老文人，言之凿凿，中规中矩，事理分明。好歹控制住局面。

闹了约摸两个时辰，众文人也闹得乏了。耐不住性子的，陆续撤退，出了酒铺，七嘴八舌议论——

“照秦大师的法子挣银子，只怕挣到银子，就直接买棺材了。”

“还不一定能挣到呢，没瞧见大师本人靠村姑养活着。”

“这款式的大师我见多了，小钱看不上，大钱挣不到。”

秦大师竭力摆出庄重、沉稳的样子，仿佛见怪不怪，但他的眼神和脸色却掩饰不住内心的慌乱与沮丧。

好在留下了一些虔诚追随者，仍痴痴地凝望大师。他们坚定地认为，大师马上就会主动辟谣，讲出一些微言大义的话，话中的每一个字都是真知灼见。

良久，秦大师终于发声了——他打了一个响亮的喷嚏。

追随者不解其中滋味，大师此刻打喷嚏，昭示了什么？是对无知者的控诉？还是对趋炎附势、急功近利者的批判？抑或是与村妇一刀两断的信号？

“愿意走的就走，愿意跟我干的留下。”秦大师稳住神道。

又有一些文人黯然退场。

店堂内的文人愈来愈少，空气新鲜了，纯净了，周遭渐渐静下来。

秦大师无比失意地凝望店门，如跑堂的一般招揽所剩无几的观看者。

声音近乎哀求："想进来的，也可以再进来。"

潘生拉我往酒铺里蹿，我正抉择之际，被秦大师一眼相中，他伸出一个手指头往里勾我们："你，你们俩，进来，别老在门口站着，都站两个时辰了。"

我仿佛中了巫婆的蛊惑，灵魂和身体一起飘了过去。

那一刻，我脑子里产生了一种从未有过的狂想——命运在改变，不是一落千丈，而是直冲云霄。它慢慢从脑子里侵入我的身体，侵入我的血液，我的四肢都在战栗。

我靠近秦大师，就像靠近了一尊神灵，就像黑暗中看到了灯塔，就像饥饿中找到了衣食父母，就像冥冥之中得到了上苍的召唤。

尤其是秦大师亲口问我，平常爱看什么书，我说不喜欢四书五经，我喜欢的是神话故事。

秦大师不以为然地一笑，说："神话不值一提，你乃读书人，想必知道苏轼、欧阳修吧，这些人皆是我故友。"

我惊呆了，仰望秦大师的眼珠子都不转了，血也不流了，呼吸很是困难。

一圈圈层层叠叠的金色光环笼罩在秦大师脑后，亮闪闪，无比耀眼。

17

QIANSHI

走在嚼舌街上，我瞧见什么都不屑一顾，看到什么都平庸俗气。周遭邻里，尤其马三姑之流，在我眼里，比平常丑陋百倍，蝼蚁一般，我只需手一挥，便灰飞烟灭。

我心里，翻腾涌动着秦大师的教诲，找下线，找下线，不出半年，我将摇身一变，成为逍遥镇富豪。

当然，我得先掏银子买下几套大师的书，书价非常昂贵，潘生叮嘱我说，书到卖时方恨少，多买几套，有备无患。你与真霏攒的银子不多，先买一套吧。

潘生便将自己手头的一套卖给了我。

我脑袋晕了一会儿，恍然道："我是你发展的第一个下线呀。"

"不。"潘生说，"你是第二个，赵寡妇是第一个。"

"兄弟，亲人也可发展为下线吗？"

"那当然，发展的就是亲朋好友，为这个，刘关张才桃园结义的。"

我脚下踩着风火轮似的匆匆奔回家，见到真霏便嚷："银子有了！豪宅有了！"

她从头到脚审视我，然后摸摸我额头，说昨夜风大，难免受凉，马上去给夫君熬姜汤。

"坐下！听我慢慢道来。"我吼道。

我滔滔不绝，大讲一通。其间，她睡过去两次，被我狂怒地拍案叫醒。

她强打起精神，凭毅力支撑着频频欲坠的上眼皮，听我挥舞拳头声嘶力竭地演讲。

我自认潜移默化中已然有了一些秦大师的风范。

真霏坚持听完我的最后一声"啊"，方才开口问："夫君，饿不饿？"

这实在让我泄气。

"太令我失望了！"我感慨万千，"我言谈搞文学之民族大事，你却引诱我去想吃饭进食之类的俗事！"

"你要不饿，我可先吃了。"

"不许吃。"

"为何？"

"把事情说明白了，再吃。"

"何事？"她神情冷淡。

"跟你说了半天，你还不知我要干何事吗？"

"知道呵，你要搞文学。"

"你，一点儿不惊奇？"我瞪圆眼睛看她。

"不惊奇。"她摇摇头，异常平静，说，"哪个文人不是搞文学？"

"错！他们是被文学搞，我和秦大师才是搞文学。"

“哦。”

“此乃大事，干成了，咱们就富贵了。”

“呃。”她口气依然冷冰冰。

“莫非你不信？”

“唉，”她叹气道，“我只问夫君，此书打算卖给谁？找何人做你的下线？”

“街上那么多人，我可以陌生拜访。”

“张铁匠、马三姑、李二嫂，他们连字都不识。”

我张口结舌，赌气道：“你、你总识字吧。”

“我是你娘子啊。”她语气略含悲愤，“怎能做你的下线？”

“不做算了！”我气呼呼地倒在床上，蒙头大睡。

夜深，我背对真霏而卧，脸冲墙，盯着墙壁上一条条弯曲斑驳的裂纹。

虽然后脑勺没长眼，我也能断定，真霏紧紧盯着我后背。

“别挠我背，痒。”我闷声闷气地说。

“夫君别生我气。”她轻声道，“都听你的还不成吗？”

“哼。”

“我答应当夫君的下线。”

我翻过身，与她脸对脸。

“我不想你心里难过。”

“我也是为了多挣些银子，让你过得好一些。”我口气缓和下来，安慰她。

“反正，你要我做什么都好，就是别赶我走。”她做出十分无辜的样子。

“我何时要赶你走了？”

“你刚才那样子，就像要把我休了。”

“不会的。”

“那么，你会把我扔下，一个人跑掉吗？”

“跑？我往哪儿跑？”

她想了想，说："你跑，我就跟着你跑，你到哪里，我就跟到哪里。"

"那我跑回桃花庵去。"

"好哇。"她拧了我一把，"你还是想将我赶回去。"

提到桃花庵，一时间，我觉得她是那样楚楚可怜，自小便无双亲，犹如一叶浮萍，随遇而安。由庵里跟我来到凡俗闹市，何曾过了一天安闲的日子，只是操劳，从早到晚。

我心中酸楚。

三更后，我算清了一笔账。那便是，真霏倘若当了我的下线，纯属吃饱了撑的，毫无意义。她撰文卖字所积攒的银子，都在我手里。我和她，并不同于潘生与赵寡妇，赵寡妇的银子基本是施舍于潘生的，只是这施舍中加了些许情感成分，显得不那么像一单生意又可以掩人耳目，潘生的男儿尊严就此保住。

思来想去，我竟想不出将秦大师巨著卖与何人，到哪里去寻觅下线。亲人我是一个也没有，朋友也只潘生一人，可我又是潘生的下线。把自己的上线发展成自己的下线，显然是不太现实的。

真霏再不与我争辩，只是言听计从。

我下了狠心，大不了我终日走街串巷寻觅下线，逮着一个是一个。

如此一想，仍然无法安睡，索性点燃蜡烛，将秦大师巨著一页页翻读起来。此书语言之晦涩，一句话中，有数个人物，还未弄清怎么回事儿，其中几个人物便闪电一般莫名其妙地死去。可见，大师境界之高，一般的俗人一夜间根本无法领会精髓。读了不到两页，我竟昏昏然地睡了过去。

清晨醒来，我悟出一条生财之道，将逍遥镇里的药铺老板、郎中，发展成下线，因为秦大师的巨著，一般人一读，如喝蒙汗药，当即就能睡过去，读得越长，睡得越久，乃催眠安神之良药。难怪潘生要将做药材生意的赵寡妇当作第一个下线，想必也是悟到了这一层。

要是能把李时珍弄成下线就好了。

我将半年以来积攒的银子交与潘生，潘生则又买了两套巨著。他已经发展了两个下线，打算乘胜追击，将家中堂兄堂弟、表兄表妹也发展起来。

我却蠢笨得出奇，奔走逍遥镇各处，花银子请人饮酒、喝茶，磨破了嘴皮子，对方酒饮了，茶喝了，末了留下一句话：明日再议。

真霏每日摆摊辛苦所得，今朝拿回来，明日便被我花得一文不剩。对此，她也毫无怨言，还在我的粥里多添菜叶，自己喝清汤。

我将我的粥倒入她的碗中，她又倒给我。

"夫君终日在外奔波，不多吃点，怎吃得消啊。"她关切地看我消瘦的脸。

"你也一样，也在外面。"

"我成天安坐，写字而已，不妨事的。"

我瞬间泪流满面。

日复一日，我的身影辗转在逍遥镇。走坏了两双鞋，磨破了三层嘴皮，花了一大把银子，也未寻觅到一个下线。

我不由感慨本城民众素质之低，品位之差，头脑中除了吃喝玩乐再不装别的。家境富裕，又多是小富即安之辈。我自认是鸿鹄，燕雀们哪能洞悉我的志向，这使我相当郁闷。

不过，这事有点儿矛盾，因为举凡不安分之辈，皆是连小富都没达到的。面对一大群吃饱喝足的燕雀，一个潦倒边缘徘徊的鸿鹄很尴尬，渐渐就有一种自欺欺人的羞愧感。

但是，走到这一步，再回到平庸状态已不可能，只能展望未来，哪怕虚幻，也要制造一个精神上的海市蜃楼。

秦大师说过，什么东西一旦坚持就会出现奇妙转机。

果然，在彻底绝望之前，我遇到一个知音。

18
QIANSHI

如寻常一般，我满街乱转，陌生拜访。蓦然，我发现，一眉清目秀的年轻男子，远远地看着我，离我忽远忽近，无论我走到哪里，总能感受到那双眼睛的频频注视。

我有些纳闷，斜眼偷窥男子，也不像歹人，倒像读过几天书的，举手投足温文尔雅。他一路追踪我而来，我想不出他有何企图。

愈往前行，我心愈发慌。索性猛一掉头，直奔男子而去。那男子反而受了惊似的，身体极不自然地抖了一抖，目光与我碰撞，慌忙躲闪开。

由于连日陌生拜访，我的胆量与日俱增，也不似从前一般笨嘴拙舌。于是，我走近他，开门见山："兄台为何一路尾随我？莫非是故交不成？"

男子粲然一笑，一口雪白小米牙颇晃眼。

我心一紧，搞不好这位是断袖一族。

而男子紧跟一席话，我心中疑团顿时冰释。

"见你天天在街上走动，早有意攀谈，只恐唐突，未敢招呼。一看你就是读书人，我也是，一些文学问题，欲同兄长探讨，不知可否？"

此言正中我下怀。我心想，此番定可发展下线一个了。

有诗为证：踏破铁鞋无觅处，下线就在逍遥镇大街处。

我与男子在秦大师办论坛的酒铺面对而坐。

如今我已是此地常客，跑堂的知我是大师的下线，对我毕恭毕敬，不单是他，常来酒铺的客人，凡知道我身份的，敬重目光如潮水一般汹涌，使我的人生第一次感到光荣。之前，我是一只小小鸟，想要飞，却怎么样也飞不高。经秦大师点拨，小鸟变大鹏，给点儿空间就展翅，给点儿阳光就灿烂，给点儿颜色就开染坊店。

那男子亦钦佩地端详我说："兄长一看就不是俗人。"

"哪里，哪里。"我谦逊寒暄。

"哪里都不像俗人。"

"我没问具体地方。"

"总体也不像俗人。"

"我是跟你客气。"

"哦，那就是承认自己不俗，事实如此，是金子就发光，硬说自己是铜也无济于事。"

"过奖，过奖，我能达此境界，都是读了一出戏剧的缘故……"我把话扯到传销上。话未讲完，那男子从包袱里，拿出一套砖头般厚实的四卷本著作，拍在桌上，正色道："兄长若再细读此书，定然如虎添翼。"

我定睛一看，正是秦大师著作。

"兄长知道传销否？"男子接着问。

我晕倒在地。

自打卖给我书后，潘生就再没露过面，我想他多半是发达了，不再稀罕我这个穷兄弟，他发展了那么多亲戚为下线，银子自然赚了不少。

想到这里，我恨自己无能，觉得自己实在是个一事无成的废人，继而恼羞成怒，我将秦大师巨著塞到床下。

半个月过去，秦大师的巨著与蜘蛛网做伴，积攒半年的银子已经耗光了，我的下线还没有来到。

又过了半个月，潘生仍未露面。

我从床底翻出秦大师巨著，拂去封面的蜘蛛网，此刻，巨著看上去已年代久远，原因是房屋潮湿，又放置床底角落，天长日久，封面书页均已暗黄陈旧。

不明真相的人，偶然瞥之，准以为此乃一部失传数代，方才从地里挖出来的宝典。我有心在封面题上"葵花"二字，卖与世人。当然，只是空想罢了，凡识字的人，翻开一览，便知是一推垃圾，再把我当骗子交与衙门，那才真是人财两空。

我手捧巨著，径直来到西街赵寡妇的药铺。

赵寡妇无精打采地坐在柜台里，一动不动，神情麻木，犹如僵尸。估计此时，谁把柜台里的药材洗劫一空，她也不会有什么剧烈反应。

我走近她，强调说："我是陈生。"

她好半天才喃喃自语地吐出两个字："潘生。"

"潘生出了何事？"我感到不对劲。

赵寡妇定睛看我，继而勃然大怒，河东狮吼："滚！我不知道潘生在何处，就算知道，打死我也不说。"

我踉跄退后一步，站稳，再次强调说："我是陈生，与潘生是兄弟，莫非你忘了？"

"兄弟又怎样，这几日来这儿的，都是潘生亲戚，来了就嚷着要银子。"

"我不是来要银子的。"

"屁！不要银子，你捧着秦大师的书干吗？"

"来退货。"

"哼！"赵寡妇冷笑一声，橘子皮般的老脸一板，"你跟那些人说的一模一样。"

我正欲解释我跟其他下线的区别，赵寡妇冲出柜台，将我往药铺外推，我坚强屹立，死活不动弹。她恶毒地挠我痒痒肉，我也不撤退。

"你走不走？"赵寡妇喘着气说。

"不走。"

"我走。"她拔腿往药铺外走。

"你去哪里？"

"去衙门告你私闯民宅。"

"好姐姐。"我一把拽住她，"你听我说。"

"说个屁，要银子没有，要人也没有。"

"我与潘生，兄弟一场，他若有难，我岂会向他要银子，只是，我不知道，他到底出了何事，先前到过他家中，也不见人。"

"哪还能居家中，八方亲戚来讨债，早就跑掉了。"

"现在人在何处？"

赵寡妇的老脸写满警惕与不信任。

"我不是诓你。"我将秦大师巨著摔在地上，又踩了一脚。

赵寡妇并不领情，转身去了里屋。片刻出来，她手里拿着一枝蜡烛，趄回我跟前，郑重道："你若真不是讨债的，当我面把巨著烧掉。"

我十分为难，秦大师的著作尽管卖不出去，也是我花银子买来的，如此烧毁，银子自然化成了水；如若不烧，赵寡妇断然不会暴露潘生行踪，银子一样化成水。

思来想去，还是烧吧，与兄弟手足之情相比，一本文豪的著作算个屁。

秦大师的巨著顷刻变成了一把火，熊熊火光映红了我，赵寡妇的大眼睛，明亮又闪烁，仿佛天上星星最亮的一颗。

“潘生在何处？”我踩着一地灰烬问。

“随我来。”赵寡妇引我走进卧房。

行至床边，赵寡妇拍拍床铺。我忆起她勾引潘生的场面，有些脸红，莫非她要……

我正紧张，不知如何是好，床下忽然伸出一只手，又伸出一只手，紧接着，潘生探出他圆乎乎的脑袋。

“兄弟真会藏地方。”我感慨道，“真是大隐隐于婚，小隐隐于床。”

“带我走吧。”潘生拍打掉身上厚厚的尘垢，眼神中充满了哀求，“如此暗无天日待了十日，想透气。”

看他的模样，已有几分痴了，再关床底几日，非关傻了不可。可是，我能带他去哪里呢？想来想去，除了我和真霏的窝，别无去处。

19

QIANSHI

连续几日，我和潘生喝得烂醉。精神之颓废，犹如两摊烂泥糊不上墙。

我看着真霏忙里忙外，忙前忙后，既要出门写字赚钱，又要照顾我们，心里十分难过。话说每一个成功男人的背后，都有一个无所事事的女人，而她如此忙碌，足以说明我是个失败的男人。

自回到逍遥镇以来，我没干成过一件事，连酒楼伙计都没当上，还险些成了山寨王，最后挨了文豪的涮，把真霏辛劳积攒的银子挥霍一空。

我不知道自己还能干什么，我想撞墙。

真霏反倒安慰我说，你还年轻，日子依然美好。青春时光干点荒唐事，理所应当，夫君不必挂怀。

可是，青春只有一次，有多少日子可以挥霍？

我满腹心事呆坐，潘生倒醒了，没头没脑地说了一句："三日后，衙门招募衙役。"

我心里一亮，眼中有了一丝光芒。

"我得回去找赵姐姐要点银子。"潘生起身要走。

"要银子作甚？"我拉住他。

"废话。"他挣脱我，"没银子怎么买报名帖，没报名帖，如何考衙役。"

"咱俩一起去。"

"不。"潘生果决道，"三日后，衙门口见。"

接下来的两天里，我变得豁达、开朗起来。希望真是治疗抑郁症的唯一良药。

三日后，天未亮，我便翻身下床，穿戴齐整，去往衙门。

逍遥镇衙门前的空地，密密麻麻站着一群群青年男子，像落满棋子的围棋棋盘，腾不出一个空，除非人摞在人上。

每个男子都穿着尽管整洁但不值钱的粗布衣衫，且统一面带菜色。

男子们争先恐后地拥到衙门口初审考官跟前，拿银子买报名帖。然后，将报名帖填写完整，交还给考官，若合格，考官提笔，帖子上画一对勾，即可进衙门复试。最后，衙门老爷亲自面试，三关通过，方能留在衙门里任职。

我挺着脖子转着圈在黑压压的人群中寻觅潘生，转得我头晕眼花。

我们约定在衙门外第三棵树下会合，但此时，每棵树下都站了很多人，我想潘生会不会怕我看不到他，爬到树上去等了，旋抬头望去，发现树上也蹲了很多人。挤近细看，树下的人层层叠叠，一排后面还有数排，衙门围墙厚了几圈。

远处，一座豪华府邸飞檐重重的楼阁之上，两三个富家小姐登高望远，观赏衙门前的盛况，指指点点，相互打趣，乐不可支。

我在第三棵树下最深一层人墙里，寻到潘生。

潘生抱怨我来得太晚，我说我天未亮就出了门，已经很早，哪知这些人来得更早。是不是昨日三更就来了？

潘生说，不，是前日三更。

说罢，他拿出两张报名帖，一张是自己的，花了一两银子，官价。我的那张，代买价，二两银子。

我接过帖子来看，其中所设内容之繁琐——

第一项：姓名、小名、乳名、曾用名、年龄、出生年月日（含生辰八字）、性别、籍贯、民族。

第二项：父母大人的姓名、小名、乳名、曾用名、年龄、出生年月日（含生辰八字）、性别、籍贯、民族。

第三项：家庭成员的姓名、小名、乳名、曾用名、年龄、出生年月日（含生辰八字）、性别、籍贯、民族。

第四项：婚姻状况。有小孩否，若有，需填写，妻子、孩子、岳父母的姓名、小名、乳名、曾用名、年龄、出生年月日（含生辰八字）、性别、籍贯、民族。

第五项：身高、体重（身高一米七以下者，体重一百斤以下者，勿访）。

第六项：系列选择——是否有不良前科，是否读书赶考，是否参加民间组织，是否有信仰宗教，若有，当详细写明，犯过什么罪，读过什么书，落榜次数多少，参加过什么组织，是否当过头目，受过何种奖赏与惩罚，信奉哪个宗教（邪教信徒，就地斩首）。

第七项：曾经干过何种营生（从事过捕快、差役、师爷，有经验者优先）。

第八项：有何种特长（会口技、会奏乐、短跑快者优先录取）。

第九项：身体有无疾患？一、有，二、没有。

第十项：曾患过何种病症？若有，当出示当地医馆的痊愈证明（狐臭患者、父母近亲结婚者，严禁报名）。

第十一项：精神状况，一、正常，二、不正常。

第十二项：历代祖先、亲属（十代以上，含十代），有无精神病患者，若有，自动弃权。

第十三项：应征职位，一、捕快，二、衙役，三、师爷。

第十四项：待遇要求（要求月收入三两银子以上，并包吃住者，乱棍打出）。

看完帖子，我几乎晕了，好在潘生已代我填妥所有内容。

潘生说，其实这一点儿不难，每个应征人的帖子，除了前五项，后面的，几乎毫无差异。精神状况一项，一律都是正常；在第八项的特长中，一律写着：会口技。因为谁都会学猫叫、狗叫或者母鸡下蛋的呻吟。有一个写着短跑快的家伙，腿比手臂还短。

我环顾四周，不由感叹："这么多人，太火了。"

"你以为呢？"潘生说，"都是考碗来的，衙役虽小，可是铁饭碗哪。"

远远的，我看见初审考官坐在一张长条木桌后的太师椅上。

一群手持棍棒的前辈差役，耀武扬威地吩咐众人分队排列，挨个儿交帖子。

第一批人员已经开始了第一轮考试，然后是第二批，轮到我和潘生已是第三批了。排在我们前面的一个家伙，刚交上帖子，立即被初审考官扇了一记耳光。因为在应征职位一项中，他写的是：衙门老爷。

交完帖子，只听得衙门师爷一声吼："1110 年大宋逍遥镇衙役员考试现在开始！第一轮——海选。比试口技。"

衙门口，长案后，三位考官正襟危坐，案上放三个木牌。师爷站在案前，两旁衙役手执棍棒竖立，齐声低喝：贪——污——

应征男子挨个应试。

一个猥琐男上台，弯腰转圈学鸡叫："咯咯咯咯咯……"

三个考官齐声道："烦人！淘汰！"

紧接着，一个肌肉男上台，张大嘴冲考官怒吼：嗷——

声浪如猛虎般扑向三位考官，考官们受到强烈冲击。

好半天，三位考官坐稳，整理凌乱的衣帽，齐声喊："欠扁！淘汰！"

再接着，一个变态男上台，妩媚地学猫叫："喵，喵。"

三位考官一起发肉麻抖，齐声喊："太娘！淘汰！"

一时间，衙门口充斥中各种家禽、牲口、猛兽的叫声，天上飞的，地下跑的，水里游的，林中跳的，应有尽有。

考官被簇拥在一群长成人形，发声却不属于人类的动物中，汗流浃背，完全不知自己身在何处，继而由衷感慨：真乃超级男声啊！看来，本城不光人才济济，而且口才济济，可是，应征人员众多，入选的却寥寥无几。

口技何以如此重要？据说，这一招，专门用来对付鸡鸣狗盗之徒。贼偷盗之时，怕的是声音，如夜间差役巡逻，学一声犬吠，贼大多会逃之夭夭，一方平安就此保住。

我很紧张，潘生低声道："看这阵势，咱们得玩点有特色的才行。"

"如何有特色？"我问。

"来个双声道。"潘生胸有成竹地说，"咱俩一起上台，一起叫。"

"学什么好呢？"我脑子飞转，瞬间死了一万个脑细胞。

潘生冲我耳语，说罢，自个儿嘿嘿乐，颇为自得。

"下一个——潘生。"师爷高声喊。

潘生和我手牵手上台，恭敬地对师爷道："师爷好！考官好！独声的听烦了，我二人想给各位爷来个双声道的。"

"噢？"师爷瞅瞅我们，粲然一笑，"这倒新鲜，来吧。"

我和潘生先憋了一会儿气，蓦然，极富节奏感地摇头摆尾起来，边摇边学狗叫：汪、汪汪、汪汪汪。

我们声音惟妙惟肖，动作有模有样。

三位考官兴奋地站起来，鼓掌说道："妙极，妙极。盗贼行窃，最怕狗叫。再者，衙役员要的就是狗一般的忠诚。过关！"

我和潘生无比欢快地跳到半空中。

我们后面的一个叫小四的家伙，见我们成功入选，也学狗吠，却挨了一顿打。

"抄袭！抄袭！"考官们边打边骂，"打死你个抄袭贼！"

顺利通过第一关考试，我有了信心。再看第二关的内容——比赛跑步——差役比赛短跑，捕快比赛长跑，师爷比赛碎步小跑。

对于差役，短跑尤其重要，如果腿脚比摆摊设点的商贩还慢，什么油水都捞不着，衙门的创收任务也完不成；捕快面对的，大多是流动惯犯，流动范围极广，甚至覆盖全国，不会长跑，岂不瞎了；师爷则是天天跟在衙门老爷屁股后面跑，跑快了，冲到老爷前面，使人分不清谁是老爷，跑得慢了，老爷身边没随从，显得很孤立。

此项比赛我颇有把握。原因是我轻，跑起来并不费力。赶考回来，又轻了些，我甚至担心跑起来会不会让人感觉我在飞。

幸而衙门公道，将瘦子和胖子分成两组进行比赛。每组前五十名胜出，进军一百强。

一袋烟的工夫，众人纷纷归入等同于自己身材的队伍。

衙门师爷旗帜一挥，瘦子组与胖子组一起开跑。

刚跑出几步，瘦子组的扫尾选手，就成了胖子组的领头兰。胖子们跑起来不光慢，形象也不美观，就看见肉在抖动翻滚，不知道的，以为猪圈被洪水冲垮了。

潘生在胖子组里算中等，也许是与赵寡妇厮混数日，气虚体弱，跑起来跟个小脚老妪似的。

我在瘦子组里跑了个第五十名，轻松过关，站在一旁，为潘生捏了一把汗。

胖子组的后五十名，基本是以常人散步的速度在奔跑。潘生则在五十名和五十一名之间徘徊。离终点不远处，潘生体力不支，瘫倒在地，无法动弹。

我急忙跑过去，把潘生拉起来，猛踢一脚，声嘶力竭喊："人间大炮，发射！"

潘生踉跄着扑向终点，但前面有一个胖子，领先潘生半个身子。

最终，潘生仅比名列五十名的胖子慢了半步。

一声锣响。

我扶起跌倒在地的潘生，沉重地说："这就是吃软饭惹的祸。"

潘生十分沮丧，慢慢爬起来，等候淘汰。可考官却未宣布成绩，而是给考生每人发了一个碗，然后，一个衙役抱了一木牌，上书：尿检。

在衙役的带领下，考生们挨个进了茅厕。

须臾，尿完的考生挨个捏着鼻子，从茅厕出来，把盛尿的碗放到考官的木桌上。

考官端碗仔细嗅之，不断点头。

前五十个瘦子，包括我在内，全都合格。

前四十九个胖子也合格，轮到跑在潘生前面的第五十个胖子时，出了事。考官闻了此君的尿后，勃然大怒："你的尿，一股羊臊味，尿检呈羊性。你怎么解释？"

胖子战战兢兢道："我、我老婆昨晚非逼我吃西域壮羊汤……"

"服用兴奋剂，无耻作弊，扁他。"考官齐声下令。

几个衙役一拥而上暴打胖子，胖子高呼冤枉。

由于跑步名列第五十位的胖子尿检呈羊性，比赛成绩作废。考官当众宣布：第五十一名入选。

潘生由此幸运过关，我们紧紧相拥，热泪盈眶。

看来，这一回，命运终于眷顾了我们。在经历一连串倒霉之后，幸运降临，这就叫否极泰来吧。

按惯例，逍遥镇年度一百强考生，新鲜出炉，衙门老爷要亲自检阅。

我们一百个参赛者围成一圈，或站或蹲于衙门老爷面前，朗朗高喊："我们是超级考生100强！呕爷！呕爷！呕衙门老爷！"

"孙子！"衙门老爷满足、惬意地微笑，跷起大拇指道。

由于有画师记录，此情景定格一个时辰。

半天，师爷悄声提醒老爷："老爷，错了，您比的是中指。"

午后，进入超级考生一百强的最终淘汰赛——比头脑。由衙门老爷亲自考查。

赛前，考官传播进步思想——"在人们以往的印象里，捕快和差役，皆是头脑简单之辈，只要四肢发达，孔武有力，就可以为衙门效力。这种思想是错误的，落后的，低俗的，庸俗的，不求上进的。

"纵观当今天下，犯罪分子越来越狡猾，包括违法小商贩，也有一套"你进我退"的游击战术。作为一名大宋朝的捕快或者差役，没有一个机灵诡谲的头脑，如何能惩治违法犯罪，保一方安宁，使人民群众安居乐业……"

整个演讲过程，考官情绪激昂，辅以手势，喋喋不休，生怕自己的那点儿思想烂在肚子里。

比赛开始，这次十人一组。比赛场地设在衙门后花园的一间小屋子里。

十个人一起进去，站成一排，回答与智力有关的问题。我与潘生分在最后一组，每一组的考生出来，我们都凑上前去打听，什么题目？你们过了吗？考生大多唉声叹气地摇摇头，一言不发，个别洋洋得意之徒，神秘兮兮，一言相告——自己进去就知道了。

这情形实在令人费解，心里胡乱猜想也不得要领，愈发紧张。

轮到我们上场，感觉不是去比赛或考试，而是去破解一个悬疑的谜。

我们一组十人，挨个进了小屋子，屋子里空落落，考官与我们面对面，彼此僵立，气氛沉闷，令人窒息。

少顷，一个外型酷似传说中的关羽的壮汉推门而入，众人一下呆了——那家伙鼻直口方，眉目如画，一双丹凤眼，炯炯有神，一副长美髯，飘飘洒洒。堪称男子中极品。

"从现在开始不许思考，用你们的第一反应告诉我，你等与关老爷比一样男人都有的东西，看谁的更长，脑筋急转弯，一二三开始！"衙门老爷威严下令。

我们全体愣住，忽然，其他八个考生齐刷刷地褪下裤子。姿态别扭之极。

我和潘生面面相觑，一动不动。

“老爷说的什么？”潘生问我。

“我也没听清。”我喃喃地说，面对眼前的场景，我已经傻了。

“一帮蠢材！”衙门老爷蓦然叫道，“男人都有的东西是胡子，尔等一点都不纯洁，安能在衙门任职，滚回家去。”

八位脱了裤子的考生羞愧难当，纷纷提起裤子四散而走。

屋子里，只剩我和潘生。

衙门老爷走到我们面前，笑容可掬。

“孺子可教，真君子也。”衙门老爷语气温和地说，“来，老爷我要亲自面试你二人。”

世上还有比歪打正着更幸运的事吗？老话说了，有福之人不用忙。该是你的，跑也跑不掉。

一股前所未有的成就感充溢全身。从小到大，我考学考一回惨败一回，这次终于成了。在跟随老爷走进衙门大堂时，我甚至幻想了与真霏往后的幸福生活——我端着公家饭碗，穿着衙门官衣，住着宽大宅子，与真霏相濡以沫，生儿育女。时光荏苒，我们老去，共享天伦之乐。

“啪！”衙门老爷一拍惊堂木，把我震回现实中。

此刻，我感觉衙门大堂的气氛肃穆、森严。

“师爷，先给他们看一幅画。”衙门老爷吩咐道。

一幅画卷在师爷的手中徐徐展开，一只天青色莲花碗显露出来。临到头，画卷上赫然出现五个字：壹号通缉令。

“壹号通缉令！”我和潘生一惊，不由得倒退两步。

“此乃一桩惊天大案。”衙门老爷手抚长须，忧心忡忡地讲述起案子的由来——

21
QIANSHI

这桩大案，与当今的皇上宋徽宗有关。

一日，宋徽宗在御花园练完书法，想饮酒。

蔡宰相亲自献上，宋徽宗举酒欲饮。突然，天空中雨过天晴，射来一道阳光，白瓷酒具反射刺眼，晃得宋徽宗后退三步。

“晕，晕得厉害。蔡爱卿，朕说过，凡是白的东西——白痴、白吃、白瓷，朕都讨厌！令你今后不许再造白色瓷器。

“不知陛下喜好何种颜色？”蔡宰相诚惶诚恐。

宋徽宗沉吟片刻，旋即抬头，一指空中。

蔡宰相放眼看去——云间，一片黛青色，太阳露脸，几只鸽子掠过。

“看，雨过天青云破处，你就把这天青色的瓷器给朕造出来。”宋徽宗厉声道，“造不出这般颜色，朕就给你点颜色看看。”

翌日，蔡宰相亲自前往皇家官窑，监督打造酒具。

官窑的老匠人，一次次试造，宋徽宗总不如意。

蔡宰相没法交差，老匠人便遭受毒打。

老匠人每次都受刑归来，伤势一回比一回重。他的徒弟小春子愤愤不平。

十日过去，宋徽宗下达最后通牒，给老匠人最后一次机会，再造不出来就赐死。

结果仍然让宋徽宗失望。

这一天，两个端着毒酒的太监终于出现在瓷窑前。逼迫之下，老匠人含恨饮下毒酒。

然而，就在老匠人临死之时，窑口旁的山石露出的一点奇异光彩忽然让他茅塞顿开。他向徒弟小春子指着山石，却说不出话来。旋即，头一歪，死去，眼未闭上。

夜里，小春子含泪挖坟，葬了师父。忽然，他看见师父指的地方，绽放着比白天更奇异的光彩。他挖出那块青色的宝石，围观的烧窑工说这是玛瑙。

小春子沉思片刻，随即，将这名贵的玛瑙石磨成粉末加在釉中烧制。

七天七夜过去，开窑之日，一套泛着高贵无双的雨过天青色的莲花酒具，呈现在世人眼前。烧窑工们大为惊叹。

当天夜里，小春子一身行装，跪在老匠人坟前叩首，眼中流出两行清泪。

磕完头，小春子往碗里倒上酒，横洒在坟墓牌位前祭奠。牌位写有八个大字：师父已死，有事烧纸。

老匠人坟前，纸钱满天飘散。

小春子将莲花碗收进包袱里，背在身上，最后看一眼师父，转身离开，孑然一身的背影渐行渐远……

皇宫寝殿。

宋徽宗对莲瓣壶爱不释手，突然醒悟："怎么单有酒壶，温酒用的碗呢？"

"被那老匠人的徒弟小春子带走了。"蔡宰相惶恐答。

"他为何带走朕的心爱之物？"

"他……他……他对师父之死，怀有怨恨。"

"什么？他胆敢报复朕！"宋徽宗拍桌子打板凳，"快给我人肉搜索，把人抓回来，还我莲花碗！"

宰相仓皇告退，立即派人捉拿小春子，却听说小春子见义勇为，在京城护城河里为救一个落水书生，溺水身亡了。而他的包袱，以及包袱里的莲花碗，却不知去向。

意想不到的是，那莲花碗顺水漂流，飘呀飘，飘落到一处河岸的芦苇丛中。

两个商人经过此处，捞起莲花碗，惊喜万分，眼里立刻射出金元宝，光芒万丈，旋即迅速离开。

生意人就是眼尖，这两位孔方兄在赌场上输光了本钱，出门就捡到皇上心爱的宝物，可不义的外财往往会招来不测之祸。

两个商人赶往京城，匆匆进了一家最大的古玩店。一进门，就向掌柜递上莲花碗，异口同声道："开个价。"

俗话说，常在江湖漂，岂能不挨刀。这两人哪知道，这家京城最大的古玩店，正是当朝蔡宰相暗中经营的私产。

古玩店掌柜满脸惊诧，倒吸一口凉气，立刻将碗夺过，撒腿就跑出店外。

俩商人面面相觑。

旁边一个打算盘的小伙计抬眼窥视，心怀叵测，悄悄转身离开。

片刻，古玩店掌柜带回一帮穷凶极恶的捕快，高喊一声："就是他们。"

捕快一拥而上，把俩商人按翻在地，捆成粽子，带回衙门。

价值连城的莲花碗失而复得，蔡宰相欢天喜地，手舞足蹈。

众里寻它千百度，那碗竟在咱家的店铺。蔡宰相决定，明日就将莲花碗献给皇上，可是，就在当天，三个盗贼潜入了宰相府盗走了莲花碗。

三名盗贼得手，洋洋自得，以为无人发现他们，岂料宰相府非寻常地方，那里历来戒备森严，他们的一举一动，都被监视了。因为宰相府里，到处都是监视眼，几乎每一个屋檐下的角落中，都暗藏探头。

一个个隐蔽的探头在各个屋檐角落自如旋转，探头沿着管道曲折穿梭，连接管道另一头——是一处暗室。管道终端有一面镜子，镜中映出摄入探头的影像。

暗室里，一个画师正照着镜中映射的影像，奋笔绘画——回廊下，一道闪电，三个盗贼正好齐齐转脸看镜头，三张兴奋的贼脸清晰地印在画卷上。

22
QIANSHI

衙门老爷声情并茂，绘声绘色地讲述着案情，我脑子里浮现出一幕又一幕戏剧场景。而我越听，心里越忐忑。

那造出莲花碗的小春子，分明就是在京城下河救我之人。我怎么可能想到，他还有如此惊心动魄，催人泪下的来历。

隐隐约约，我感觉自己卷入了一桩极其危险的事情中，完全不知所措。

想想人生真是无常，就在前一刻，幸福安稳的生活仿佛已在招手，然而不到一炷香的工夫,又天翻地覆了。

这就像一个人给你一记耳光,然后给你揉揉,再给你一颗糖吃,还亲吻你的脸蛋。正当你陶醉之时,忽然又是一记耳光,打得你眼冒金星,当你还没回过神来,他又抚摩你,亲吻你,喂你一颗糖。

如此颠来倒去,反反复复,再正常的人也会被弄傻。

潘生此刻的状态,与我别无二致,当听到小春子时,他拿眼看我,迅即又低头沉思。

见我们一脸木然,眼神僵直。衙门老爷重重拍了一下惊堂木,吼道:“本官讲的,你们听懂没有?”

“听、听明白了。”我和潘生极不自然地说。

“明白了就好。”衙门老爷点点头,颔首冲师爷道,“拿盗贼画像给他们看。”

师爷又展开盗贼画像,三个盗贼长得十分醒目,为首的宽额大鼻,一脸浮肿;另一个獐头鼠目,尖嘴猴腮;第三个,精瘦,眉心有一颗硕大的黑痣。

“看清了吧。”衙门老爷清了清嗓子说,“此三名盗贼,全国各州府衙门都在搜寻,却未发现其踪影,你二人说说,如何才能捉到盗贼,找回莲花碗,献给皇上。”

这一问,把我和潘生彻底问懵了。我们当然不能说,曾经见过小春子,就算见过也没用,小春子已经死了,现在重要的是寻到盗贼踪迹,找到莲花碗。

“老爷问你话呢,”师爷拎着画像问,“发什么愣啊?”

“看清了看清了。”我频频点头,转而看潘生。

潘生说:“老爷,关于如何捉贼拿碗之事,请容小生讨论讨论,而后答复。”

“好。”衙门老爷欣慰颔首道,“现在就想,立刻就想,老爷等你们。”

我和潘生退到一边,小声商议。

最终,我们认为,捉盗贼不是关键,关键在于莲花碗,如能找回这宝贝,龙心自然大悦,拿没拿住盗贼,便是小菜一碟,可以忽略不计了。可这也挺矛盾,莲花碗在盗贼手中,不逮住盗贼,又怎能找回碗?

于是，我们沿着这个思路，继续讨论：如何才能在没捉住盗贼的情况下，还把莲花碗献给皇上？若做到这一点，我们定然立功受奖，从此飞黄腾达，过一辈子富贵生活。

我与潘生天南地北海侃一通，两个时辰过去，终于得出结论。

“启禀老爷，我二人一致认为，这事十分容易。”我信心十足地开口道。

“噢？”衙门老爷眼神渴盼地望着我们，“快讲快讲。”

“只需照画中莲花碗的样子，造成一模一样的。”我振振有词地说道，“想造几只造几只，献给皇上慢慢用。

“此事只有天知地知您知我们知。”潘生补充道，“老爷，您意下如何？”

衙门老爷阴郁地瞪我们一眼，继而暴怒：“两个蠢材！忽悠本官！我有几个胆子，敢叫皇上用盗版？有一就有二，有二就有三，盗版碗、盗版盘子、盗版筷子、盗版牙签，盗版满天飞……”

衙门老爷边骂，边抓起公案桌上的堂木、印玺、签筒、簿册扔向我们。

我和潘生挥手抵挡，仍被砸中面门、眼角。

接着，衙役们手执棍棒蜂拥而上，将我们打出府衙。

我和潘生鼻青脸肿，手捂伤口，走在小巷中。

“别灰心，我们是才子。”潘生劝慰我说，“怀才就像怀孕，时间长了，总会有人发现。衙门老爷忒糊涂，我俩要是知道莲花碗在哪儿，早富贵了。”

“我看他不糊涂。”我反驳道，“他要是糊涂，怎么当老爷。”

“非也，非也。”潘生说，“他能当官，无非是命好，也没什么真本事，那些在衙门里当了官差的，也皆是一帮笨蛋，除了口技逼真点，腿脚灵活点，脑子反应快点，哪点比咱们强？”

我挺佩服潘生的随遇而安。无论遭受何种失败，他亦会自我安慰一番，那就是将他人的成功都归咎于巧合或者运气。

几乎每一个落魄之人，都有这个本事，自己想当鸡蛋当不成，擅长在别的鸡蛋里挑骨头，说那些个蛋，都是坏蛋。

佩服归佩服，我心里还是不舒服，若人世间真存在运气，为何运气总不降临到我头上？这回考衙役，运气光顾了一圈，还是戛然而止了。

“唉！”我仰天长叹，“什么时候，咱们才能富贵啊？”

话音刚落，巷口拐弯处蹿出一个七窍流血的精瘦男子，扑到我和潘生面前。

“想富贵吗？”男子惨笑。

我和潘生惊愕。

男子说罢，从怀里掏出一只雨过天青的温润亮色的莲花碗，塞到我手中，随即倒地，头一歪，气绝身亡。

“莲花碗！”我和潘生异口同声惊呼。

我们再低头看男子，更是惊得头皮发麻，若没有神经和血管连着，眼珠就夺眶而出了。

那男子正是盗贼画卷中的一个，精瘦，眉心有一颗硕大的黑痣。

远远地，追击喊杀的声音传来。

“快跑！”潘生幡然醒悟，叫道。

我抱着莲花碗，拔腿就跑。

“富贵了，这下富贵了。”我边跑边乐。

“只要咱俩不死。”潘生脚步如飞，与跑步比赛时判若两人，这就是富贵的力量。

此刻，背后的追击者飞速追近。

我把莲花碗埋藏在墙根乱草中，然后和潘生钻进一条更狭窄偏僻的巷子。此巷名曰：扁担巷。意思是只有一条扁担的宽度。潘生钻进去，跑了几步，就卡在巷子当中，无法动弹。我立在他身后，前行不得。

“脑残啊你！”我心急火燎地抱怨，“干吗不侧身跑？”

“没来得及想我就进来了。”潘生拼命扭动身体，挣扎、踢腾，像一只在案板上疯狂扑腾的鱼。

“快点，你快点。”我使足力气推他，“赶紧挤过去。”

“你先从我裆下钻过去。”潘生竭力叉开双腿。

情况紧急，我也顾不了许多了，嗖地一下，从潘生裆下钻过。

“兄弟。”潘生饱含热泪道，“你先走。”

“不成。”我从地上爬起来，徒劳无功地挪动他，“咱俩是兄弟，有福同享有难同当。”

“快走快走。”潘生痛苦地叫，“再不走，咱俩谁也走不了。”

但为时已晚，一帮追击者已经赶到，争先恐后往扁担巷里冲，结果七手八脚人挤人，全卡在巷子中，离我们仅有几步之遥。

自我记事以来，这条极为僻静、狭窄的巷子，从未像今日这般热闹、喧嚣过。

23

QIANSHI

因为我的犹豫不决，我和潘生最终双双被擒。

那帮穷凶极恶的追击者，搜我们身，什么也没搜到。他们的头领很怒很沮丧，命令手下把我们押走。

我不知道，他们要把我和潘生带去哪里，只能犹如死狗般，被他们拖着，一路穿街走巷。

不知走了多久，一座隐蔽的草堂院落出现眼前，院门上的牌写着：聚友贱身房。

有音乐和人声从院内传来。

进了院子，来到院落里的大厅。厅内有一个舞台，台上，一个妇人手拿两个镶满金银珠宝的瓷盘，挥舞演讲；台下，挤满了神头鬼脸的人，个个手拿瓷盘，表情兴奋。

那妇人挥舞瓷盘，朗声念道：“聚友聚友，专搞亲友！贱身贱身，放下自尊！大家跟我一起念。”

“聚友聚友，专搞亲友！贱身贱身，放下自尊！”台下人等挥臂齐呼。

“聚友贱身房，明天更辉煌！”妇人又喊。

“聚友贱身房，明天更辉煌！”台下人等又附和。

妇人十分满意，情绪更激越，大声喊：“我们的瓷盘，以假乱真。我们的信念，发展下线。众人划桨开大船，一个字：卖！卖得快，发财快，卖得多，提成多。卖掉一个假瓷盘，家里欠债马上还；卖上一年假瓷盘，想去哪玩去哪玩。大家一起来，努力奋斗，把钱捞够！”

“努力奋斗！把钱捞够！”台下人等声音更大了。

随着喊声，鼓乐齐鸣，台上妇人翩翩起舞，台下众人群魔乱舞。

“怎么又是传销？”我低声问潘生。

“没办法。”潘生道，“现如今，想发财想疯的人太多。”

“月娥姐。”押我们进来的头领，叫台上的妇人。

“哟，来新人了。”月娥收了舞姿，欣然笑道，“大家欢迎新人，给新来的兄弟戴上绣球。”

几个喽啰应声过来，往我和潘生胸前戴绣球。

我愤怒地一把扯下绣球，揉成一团，扔向月娥：“聚友聚友，你挨球！”

月娥恼羞成怒，叫了一声：“来人！”

刹那间，不知从哪儿蹿出一帮彪形大汉，迅速将我和潘生绑住。

“洗脑，给他们洗脑。”月娥气势汹汹道。

几个喽啰端来两大盆滚滚冒烟的热水，把我和潘生的头颅按进热水盆中，使劲蹂躏。

“使劲洗，洗彻底。”月娥掷地有声地说，“洗脑不够，如何搞销售？”

我和潘生被烫得哇哇乱叫。

押我们来的头领对月娥说：“月娥姐，他二人不是来卖盘的。”

“那来干吗？”月娥问。

“三哥服下毒酒，带着莲花碗跑了，我奉大哥、二哥之命去追，只见尸体，没搜到莲花碗，当时，他二人就在附近，我怀疑是这二人将碗藏了，便将他们带了回来。”

“噢？”月娥眼珠一转，走近，揪起我湿淋淋的头颅，瞪着眼问，“你，见过莲花碗吗？”

我紧闭双眼，不出声。

月娥又问潘生，潘生也不答。

“哼哼。”月娥冷笑道，“带到暗室去，叫大哥、二哥来审。”

几个大汉将我们带进一间屋子，按坐在椅子上。

屋子阴森，四面土墙相围，我看到墙上写了一行粗鄙黑字：吓死人不偿命！

大汉站在身后，按住我和潘生。

少顷，三个人走进屋子，其中一个就是妇人月娥，另外两个，画卷中见过，正是宰相府里三个盗贼中的两位。

我猜想，这两位便是大哥和二哥，交给我们莲花碗的人，便是老三。想必此三人分赃不匀，起了内讧。那老三饮下毒酒后，带着宝贝莲花碗出逃，却在死前撞到了我们。至于在酒里下毒的人，很可能就是老大和老二。

倘若如此，可真是人为财死，鸟为食亡啊！

我正琢磨着，貌似老大的家伙开口了："先搞这个死胖子。"

"好。"月娥姐坏笑着看潘生说，"让你看看我们搞销售的厉害，死胖子，我一不上刑二不逼供，只和你搞互动，问什么你就答什么，不想答，就交出莲花碗。如若不然，哼哼，把你送进疯人院。"

疯人院？我和潘生一哆嗦。

"怕了吧？"月娥坏笑转成冷笑，"怕就答题，问你——死囚最喜欢怎么死？"

"最喜欢不死。"潘生答。

"错，是老死。"月娥吩咐站在潘生后面的大汉，"来啊，掐他脖子，扯他头发。"

彪形大汉上刑，潘生惨叫。

"再问你，如果你长出一双翅膀，你会做什么？"月娥又问。

"从这里飞出去。"潘生实话实说。

"错！是该找郎中检查，好好的人怎么会长这东西。"月娥龇牙道，"咬他！"

彪形大汉咬潘生耳朵，潘生痛得死去活来。

"接着来。"月娥愈发兴奋了，"问你，一只苍蝇掉进菜里，店小二和客人都看见了，谁最倒霉？"

“我最倒霉。”潘生已经快哭了。

“错！是苍蝇最倒霉。”

“啊——”潘生双手捂头痛苦地叫。

“嘿嘿。”月娥得意地笑，“受不了了吧，再不交出莲花碗，就把你搞疯！”

潘生有气无力道：“我真的不记得有什么碗。”

“扯淡！真是贱人多忘事。”月娥接着问，“听着！悲剧和喜剧有什么联系？”

“我、我就是最大的悲剧……”潘生泪眼汪汪。

“错。”月娥冷冷道，“喜剧不好笑没人看，就变成悲剧了！”

潘生终于忍不住了，发疯般奋起嚎叫。我也随他一起怒吼。

“疯了，这俩小子都疯了。”貌似老大的家伙，起身下令，“把他们关进隔壁的疯人院。”

24
QIANSHI

对于逍遥镇的疯人院，我曾有所耳闻。

据逍遥镇的老人讲：数十年前，逍遥镇战火纷飞，一个将领带兵打进城后，屠城三日。整个城里血流成河，尸首遍地，来不及掩埋，士兵们就将无辜百姓的尸体，移到距乱坟岗几里外的馆驿中。

实际上，战事一起，军队攻城，馆驿建于城外，早成了一片废墟，恰好用来堆砌尸体，由于尸体都是由兵士们从城里移来，后人便称此馆驿为“兵移馆”。

事过境迁，逍遥镇衙门老爷将“兵移馆”办成生意场所——专替死者办丧葬后事，收取银子。由于费用太高，穷人百姓死后，家人无力承受，直接拉到乱坟岗掩埋了事。“兵移馆”无生意可做，又时常闹鬼，再度荒废。后来，这地方便住了一群生不如死的人，莫非疯人院现已成了聚友贱身房的分店？

乱坟岗。四周阒无人迹，这地方只在清明雨季，逍遥镇百姓才结伴而至，那情景既壮观又凄凉，细雨纷飞，哭声断魂，一路走过，遗落伤心无数。

寻常日子，如果家里没死人，没有谁会吃饱了撑的上这儿来游览。

穿过乱坟岗，有一个岔路口，立个木牌，上书“牛角尖”三字，听逍遥镇的老人说过，到了此处，就爱钻牛角尖，一条道走到黑就是。

疯人院内，一派萧瑟，残枝败叶飘零，枯萎藤蔓纠结覆盖的院墙，足有三人多高，墙头墙根儿杂草丛生。院内碎石瓦砾遍地，稍不谨慎，脚一崴，摔个大跟头也难免。

我感觉眼前似有魑魅魍魉出没，丝丝凉气脚下游走，全身鸡皮疙瘩一下缩紧了，心怦怦乱跳。

院落尽头，一字排开几间破陋的土屋，门窗紧闭，窗户漆黑，看不到里面藏匿何物。

大汉们打开一间屋子，抬起一脚把我和潘生踹了进去。

土屋肮脏、潮湿。墙上布满蜘蛛网、烂渔网，最大的一张渔网上悬挂着各种破烂。

烂鱼网下，坐着两个男子，正一本正经地谈着生意。

“网上买东西，到底靠不靠谱？”其中一个问另一个。

“反正我网上卖的东西都是响咣咣的。”另一个指着渔网恳切地说，“江湖人称咣咣网，见了就想掏包拿银子买，又叫掏包网。皇冠信誉，足金好评，你就放心吧！”

接着，又走来一男子，手拿几只盘子，口中念念有词：“光盘要吗？光盘要吗？有红盘、绿盘、黄盘，有西域的，有倭国的，最新到货，先看后买。”

“哼，老夫一看就知是假货。”一个浑圆如坛，盘腿而坐的老者冷冷道。旋即，老者看到我和潘生，又开口问，“你们俩是哪来的小白？”

我正欲回应，那对谈网上生意的男人又发了言：“亲，我这网上还有东海龙宫的东西，买一送一，看看不？”

“要是金箍棒就算了，拿不动。”

“不是金箍棒，是小龙女，买小龙女送东海龙王，包邮。”

老者猛然怒了，操起放在手边的铜锤猛击两个生意男，边打边吼：“就知道卖！就知道卖！”

俩男子被打得晕菜，潘生傻乎乎鼓掌。

“这下清静了！”老者面露微笑，“明告诉你们，老夫乃旷世奇才，天生慧眼，识得天下宝物，还能预知未来。据老夫预测，七月半，鬼乱蹿，逍遥镇将毁于一旦。”

“不会吧？”我问，“莫非您老是神仙？”

“错。”老者诡异一乐，“老夫名叫落草担马屎。早年间生活所迫，落草为寇，后被衙门捕快捉住，劳动改造，打扫马棚，天天担马屎，此生就干过两件事——落草、担马屎。”

“啊！”我惊叹，“原来您就是逍遥镇传说中的落爷！”

“神仙爷爷！”潘生当即跪倒磕头。

“他怎么比老夫还疯？”落爷问我。

“他是被人搞疯的。”我把落榜、考衙役、莲花碗之事一并道出，越说越伤心。

“原来如此。”落爷点点头，目光满含同情地看着我，“那聚友贱身房，大哥叫成剑，是千人干万人搞弄出来的杂种，自幼偷盗抢劫，人品低劣，你二人落入他手，凶多吉少。”

“请落爷救我二人。”我恳切道。

“哈哈。”落叶挥舞了一下铜锤，笑起来，“门外全是杂种成剑的手下，想逃出去万难，不过老夫早就算过，如今机缘已到。”

“师父好彪悍，彪悍的人生不需要解释。”潘生扑倒跪地，眼泪汪汪地对落爷说，“请师父收我为徒，我要跑路！”

“好。”落爷自信满满地说，“明日晌午之时，爷就带你二人出去。”

“为何要明日晌午？”我不解地问，“趁今日天黑跑，不是更安全吗？”

“非也。”落爷颇富哲理地说，“世事无常，最危险之时，往往最安全。”

25

QIANSHI

翌日晌午，落爷带着我和潘生出了土屋。意外的是，外面空无一人，我们几乎是毫无阻挡地出了疯人院，穿越乱坟岗，回到了逍遥镇城内。只是一路崎岖不平，落爷连摔了几个跟头，脑门上肿起数个大包。

我满以为会有一场惊心动魄的厮杀，没想到如此顺利便逃脱了，实在不解，便问落爷："您老不是说门外都是聚友的打手吗？"

落爷淡然道："今日没有，所以老夫说，机缘已到，所以老夫还说，最危险之时，往往最安全。"

原来机缘是这么讲的，我有点晕。

"我们上哪儿去？"潘生问。

"去拿莲花碗啊。"我觉得潘生确实被搞傻了。

"对，拿了莲花碗，给老夫看看。"落爷晃着手中铜锤说，"若是假货，老夫砸了它！"

我们疾步飞奔，来到一条小巷，我挖出莲花碗，给落爷看。

落爷端详、把玩片刻，笑了："此乃真宝贝，嘿嘿，幸亏是真的。"

"为何说幸亏？"我问。

"老夫有一条做人的原则，谁忽悠我，我就弄死谁。"落爷深沉地说。

"您老真有性格。"我赞道。

赞叹未完，只听周遭喊声四起，聚友凶徒拥出。我这才反应过来，原来这帮贼人玩的是欲擒故纵，一路跟踪我们，待我们拿到宝贝，便螳螂捕蝉。

"上当了。"我失声叫道。

"上当喽，上当喽。"潘生拍手欢叫。

"傻呀你。"我敲潘生脑袋，转而对落爷道，"他们忽悠您，让您逃跑，假装不拦。"

落爷当即一声怪叫，提锤迎敌，接连打翻几个大汉，杀开一条血路。

后面没挨打的大汉，紧跟着追来，落爷又给予痛击。有两个吓退了，叫了一句："有种别跑。"说完逃走，看意思是回贱身房搬救兵。

“呸！”潘生啐了口唾沫道，“你以为我傻呀，自己跑腿多累，我们有大马车。”

这倒是个好主意，看那帮贼人的架势，不拿到莲花碗不会罢休。逍遥镇显然不能待了，若要富贵，只有逃出城。不过，我要先回去接真霏。

来到八卦巷口，恰好碰见真霏提篮买菜回家，我一把抱住她。

她挣扎转身，抱住我，愣了一下，流下泪来。

“夫君去哪里了？”真霏眼泪汪汪看着我，“一夜不归，我以为你不要我了。”

“边跑边说，快！”

路上，我把拾得宝贝的事，讲给真霏。

她捧着碗，犹豫地说：“横财生祸，不如去交给衙门吧。”

“打死我也不交，荣华富贵就靠它了。”我咬牙道，“收好，快走。”

“上哪儿？”

“去赵寡妇那里，找你的饭特稀。”我说，“逍遥镇不能待了。”

片刻，到了赵寡妇的药铺，取了马车，落爷驾上欲走，赵寡妇往我和真霏怀里塞银子。

“这些钱你们带在身上。”赵寡妇含泪道，“好好照顾我家潘生！”

潘生却一副没心没肺的模样，完全不睬赵寡妇的深情厚爱和依依不舍。

“潘哥哥怎么啦？”真霏问我。

“他已经傻了。”我说。

落爷驾乘马车，意气风发，可要命的是不辨方向，兜了一圈，竟又回到了乱坟岗。

“怎……怎么兜了一圈又回来了？”我瞠目结舌。

落爷却不以为然，乐道：“人生在世，生老病死，就是一个圈。”

我挺钦佩落爷对人世一切的淡然态度，可此处是聚友的地盘，等于自投罗网。

果不其然，我们正要往回跑，聚友贱身房的老大成剑带着一帮人冲了过来。

落爷驾马进了乱坟岗，聚友众凶徒徒步追赶。

此时，正巧两辆装着尸体的灵车驶进乱坟岗，与我们的马车擦肩而过。

“抢！”聚友大哥成剑叫道。

成剑驾一辆灵车驶出乱坟岗，朝我们追来。成剑也是个为了钱不要命的货，居然用马车来撞击我们，大有鱼死网破之势。

我们几次险些翻车。

成剑驾驶的灵车内，凶徒和尸体猛烈颠簸，翻腾到半空。正好一副鬼脸腾起，撞到我面前，我觉得，这鬼脸比成剑愚蠢贪婪的脸好看多了。

“下车！免你们一死。”成剑叫嚣。

“去你妈的杂种。”落爷骂了一句，驾驶马车加速狂奔。

“点火把，烧了他们的车！”成剑喝道。凶徒纷纷点燃火把，扔向我们的马车，车窗顿时燃火。

落爷挥舞铜锤，将车窗逐一敲掉，满脸不屑道：“老夫这锤又叫安全锤，还怕你这杂种不成。”

“杀了他们。”成剑癫狂了。

众凶徒纷纷扔出刀枪棍棒。

我护住真霏和潘生，埋头在车内躲避。

“看老夫的。”落爷大吼一声，“回旋锤——”配合喊声，铜锤飞出，成剑挨了一锤子。旋即，铜锤飞回，却又击中潘生。

“师父……”潘生悲情地倒下。

成剑满脸是血，仍驾车追击，但速度慢了许多。

落爷趁机催马加速奔跑，马车钻进一片树林，我感觉此地似曾相识，又想不起何时来过。

往前行了一段，只见前方站了黑压压一群虎视眈眈，雕塑般的壮汉。我心想坏了，莫非是聚友的伏兵？转念又一想，不会，落爷是不辨方向才跑回乱坟岗的，我们且不能预知，对方又岂能知晓。

再走近些，我看清壮汉中的几位，颇觉面熟，努力回忆，终于想起，他们中的其中一个，便是几个月前，将我诱上山当大哥的豪杰解霸。

他犹如冰冻般立在那里，看到我，眼睛一亮，立刻恢复了活力，深情呼唤道："大哥。"

"你们……"我不知该说什么。

"大哥，你终于回来了。"解霸都快哭了，"小弟们天天站在这里，等得好辛苦。"

我想起那日，一帮人随我走出山寨的情景，就是这片树林，就是这样的队伍，完全没变。

"你……你们，在这里站了几个月？"我万分惊诧。

"是。"解霸道，"除了吃饭拉屎，众兄弟都原样站在这里等候大哥你，大哥不叫动，我们不动，大哥不回，我们永远站下去。"

"兄弟……"我既难堪又有几分感动，"兄弟真是实在人。"

"大哥，咱们什么时候下山打劫？"解霸瞅瞅我，又看看落爷，又歪头往马车里望，"大哥把家眷带上山来了吗？"

落爷也一副受惊的样子，转过脸对我说："老夫眼拙，没看出你这文弱的后生，竟与黑道有染。"

真霏也挺惊讶。

我一时不知怎么解释，只对解霸说："今日没法打劫，后面有歹人追杀我，还望兄弟们助我一臂之力。"

"啊！"解霸怒叫，"竟有人敢搞大哥，不想活了！"

说罢，他带领众豪杰去迎敌。

我趁机叫落爷赶快驾车跑，落爷白我一眼说："你小子不厚道，人家这么实在，你却……"

"快走。"我打断他，"被这帮爷缠上，再想走就走不了啦。"

落爷叹了口气，策马奔走。后面的情形，我无从知晓，不过，让一帮土匪去收拾贼人，或者干脆就把成剑绑架了，也算以暴制暴，造福社会。

大马车穿越树林，在土路上奔驰。

“落爷爷，咱们现在去哪儿啊？”真霏问。

“瓷都。”落爷头也不回地说。

“为何去瓷都？”我也很迷惑。

“眼下啥最重要？安全！”落爷自问自答道，“老夫早就掐指算过，瓷都最安全，绝无祸端。”

“我同意。”真霏欣然道，“只要平平安安的，什么都好。

“我也同意。”我想了想说，“瓷都是古玩、瓷器之都，我们有莲花碗，一转手，荣华富贵就在前方。

“你好像总想着荣华富贵？”真霏面露担忧之色。

“我要娶你，要养活你呀。”我说。

“早说过，你养不活我，我就养活你。”她看着我说。

“嘿嘿。”落爷笑道，“小妮子有点儿意思啊。都说是女人就喜欢两朵花，一是有钱花，二是尽量花！你反要挣钱给你夫君花。”

“谁说我不喜欢两朵花？”真霏赧然一笑，“可我更喜欢夫君。”

我心生温暖。

26

QIANSHI

沉沉夜色中，落爷策马狂奔，大马车驶过一条摇摇晃晃的铁索桥，桥下河水汹涌。

晨曦，大马车穿过薄雾缭绕的林间，在平原上缓行。

真霏拿出馒头分给落爷和潘生，两人狼吞虎咽。剩下最后一个，她掰下小块给自己，大块的递给我。

午后，雷雨隆隆，大马车在巅簸险要的山崖栈道上缓缓行驶。

雨水飘进车内，我脱下衣衫，为真霏挡雨，衣衫却被一阵狂风吹跑。

我讪笑，将真霏紧紧搂进怀里，一起看窗外雨中美景。

一路风景变幻，峡谷，山林，湖畔。夜幕再起时，已能望见远处瓷都城门的影影绰绰。

落爷将马车停在城外的小溪边。

饭特稀在溪边喝水，潘生在跟落爷学拿大顶。

星空下，蟋蟀在草丛中低鸣，我双手枕在脑后，仰面安睡。真霏用手捏住我鼻子，旋即一放，我猛打喷嚏，她开心一乐。

此时，一颗流星划过，衬着瓷都城门的背景，璀璨夺目，消逝在天际。

翌日清晨，零星的雪花纷飞。我们坐着大马车，进了瓷都。

瓷都街市，熙熙攘攘，街两边酒楼、饭馆林立，其中一家酒楼，匾额上书：啃得欢大酒楼。

酒楼门前有一个摇纸扇的白胡子老头雕像，旁边立个木牌，画满各种大鱼大肉的套餐。

“肉肉。”潘生在车里猛地站起，指向酒楼，“我要吃肉肉！”

说着，他跳车直奔酒楼。

“潘哥哥饿疯了。”真霏说，“我也有些饿。”

落爷停车，我和真霏下车，追进酒楼。

此时，潘生已冲到柜台，冲里面的伙计喊：“肉肉，我要吃肉肉。”

“客官四个人，可是要四份套餐？”伙计问。

“八份！给老夫来八份！”落爷高喊。

伙计吓得一抖，飞速配餐。

瞬间，盘里堆满一摞餐食。我们端着盘子，在窗边的桌前落座、进食。吃了几口，听到旁边一个食客说：“‘藏宝大会’大手笔啊，富商都来献宝了。”

“嗯，肯定爽歪歪。”另一个食客回应道，“明天咱们瞧热闹去。看看谁是天下第一。”

说者无意，听者有心。落爷耳朵当即竖了起来，旋即打听：“什么大会？哪里有宝？老夫要去！”

食客见落爷邋遢，揶揄地问：“你去？有宝吗你？”

“我们有碗。”潘生高声道。

我赶紧捂住潘生的嘴。

“哈哈。”食客夸张地笑，“碗也算宝物，笑倒我。”

落爷噌地起身，真霏眼疾手快，赶紧将桌上铜锤抢在手说：“爷爷别恼，晚上咱们住这儿，问问伙计就知道——您看，雪下大啦。”

我掉脸瞅窗外，外面雪片纷飞。

月夜，白雪悄无声息地覆盖了整个瓷都。

啃得欢大酒楼点上了灯笼。

伙计领着我们上了二楼。潘生跟随落爷进了一间客房。我和真霏住进隔壁一间。

“小哥。”我叫住伙计，“跟你打听一事。”

“客官请讲。”伙计笑吟吟。

“此地可是要举办‘藏宝大会’？”

“是啊。”伙计点头说，“帖子满天飞，来了好多富商。”

“什么帖子？”

“就这个，”伙计说着，从怀里摸出一张帖子，“现今瓷都人气最旺的帖子。”

“正月十五元宵节，‘天下第一藏宝大会’，获至尊大奖者重金悬赏。”真霏接过帖子念，转过脸对我说，“就是明天。”

我面露喜色。

真霏看着我，显得很不安。

我打发了伙计，和真霏进房，听到隔壁客房落爷嚷嚷：“此地搞‘藏宝大会’，老夫掐指一算，其中必有假货无数。想当年，有个蠢货花八万两银子买了个西周的陶罐，老夫一看，哪是西周的？是上周的！”

“师父真牛！”潘生问，“那发现假货咋办？”

“砸烂！”落爷把铜锤舞得呼呼作响，“看老夫一锤一个，砸它个稀巴烂。”

“和师父一起砸！”潘生欢呼。

“好样的。”落爷赞道，“来，老夫这就传你本门压箱底绝技——三幺五打假铜锤功。看着啊，‘三足鼎立’！然后，‘一锤定音’！最后‘五五分成’！”

“彪悍！“潘生鼓掌。

我和真霏坐在窗边，听着隔壁的热闹，边听边乐。

窗外，月色醇厚，白雪纷飞。院内红灯高挂，梅花绽放，分外美丽。

“夫君想去‘藏宝大会’？”真霏依偎着我问。

“当然去。”我充满期待地说，“莲花碗天下无双，定能夺冠。”

“不想夫君去。”她柔声道。

“一定要去。”我情绪忽然有些激动，“此乃天赐良机。”

“可天上也有不测风云。”她若有所思道，“夫君实在要去，明日我们先去集市买一样东西。

“买什么？”

“保密。“她神秘地笑着说，“以前，我见戏班子的姑娘用过。有了它，就算和夫君失散了，我也能找到夫君。”

“怎么会失散？”我抚弄她的头发，喃喃道，“我不会留下娘……娘子一个人，孤孤单单的。”

“一个人不孤单，思念一个人才孤单。”她神色颇有几分忧伤。

这神情让我有点心疼，忙说：“有家才不会孤单，有了钱，买一所大宅子，有卧房、书房、茅房……”

“夫君就是我的家。”她搂住我的脖颈，无限缠绵地说，“有夫君在，我什么都可以不要。”

我与她对视良久，慢慢靠拢。

天亮了，瓷都街市一派繁荣，酒楼、客栈、店铺张灯结彩，喜迎宾客。

我们从啃得欢酒楼出来，在街上转悠，走到一个卖元宵的小摊前。

“元宵元宵，又大又甜，独家专卖。”店小二卖力地吆喝。

“大个鸟。”落爷探头观看、确认，“老夫一口能吃二十个。”

“爷要多大的？现给您做。”小二笑容可掬。

“看到老夫这把宝锤吗？”落爷扬起铜锤问，“这么大的，能做吗？”

"能，能。"小二一个劲儿点头，"爷是重口味，本店为爷特制。"

"我也要。"潘生如西门子一般，流着口水嚷。

"好嘞，铜锤大元宵两碗。"小二扯开嗓门儿喊。

"落爷爷和潘哥哥你们先吃着。"真霏拉我的手，"夫君我们去那边逛逛吧。"

我顺着她手指方向看去，有一条街巷，巷口路牌上书：手鸡一条街。

我跟随真霏走入街巷。

巷子两边摆满大小鸡笼，鸡笼里装着各种款式的公鸡、母鸡、幼鸡、瘟鸡、二手鸡；甚至鸡的零件，鸡冠、鸡爪以及鸡毛都有，鸡屎的鲜臭味阵阵扑鼻，令人作呕。

鸡笼旁站着一个个身披"手鸡专卖"绶带的推销女子。

女子看到我们，上前微笑鞠躬："欢迎光临。"

"你昨晚说要买的就是鸡？"我环顾四周，问真霏。

"不是一般的鸡，是手鸡。"真霏头头是道地讲解，"每款鸡型，叫声不同，我和夫君一人买一只，就算夫君在城外，我在城内，都能联络。"

"你居然知道这玩意。"我有点惊讶。

"在庵里，见来烧香的女戏子用过。"她说，"夫君我们选两只吧。"

一听我们有购买意向，身披绶带的女子如狗见骨头，立刻迎上来，万分热情道："二位客官郎才女貌风流倜傥，今日元宵节大酬宾，选两款炫彩毛亮通讯超强的手鸡吧。"

女子嘴皮翻动之快，基本看不到嘴了，一时间唾沫四射。

我左躲右闪，还是挨了几滴口水。一不小心，我撞到一个精致鸡笼，笼里有一只羽毛极其丰润亮泽的鸡，一副尊贵矜持的神态。

我不自觉地伸手去捉。

"别动！"女子赶紧护住鸡笼，嚷道，"这款是高档手鸡，看到没，莫拖莫拉，拉坏了你赔。"

我低头，看清鸡笼上标签：纹银百两，莫拖莫拉，损坏照赔。

"我们不要这么高档的。"真霏说。

“那就买山寨鸡喽。”女子说着，打开一个鸡笼，拿出一只肥硕、壮实的鸡，“就它，吃五谷杂粮长大，性能超强，就是模样差点。”

真霏看了看，皱眉道，“不靓不好看，这么大，也不好带。”

“这款小巧。”女子拎出另一只鸡，介绍道，“此款通信功能极强。长相酷似鸭子，又弱小，因而叫‘弱鸡鸭’，极好的牌子。”

“外观不行。“我和真霏异口同声道。

女子依然很耐心，又打开一个鸡笼，拿出一只毛茸茸的小鸡仔：“它叫小灵通，藏袖子里看不见，就是体格弱叫声小，不太稳定。”

“好乖！”真霏接过小鸡仔爱抚，“夫君你看。”

“嗯，乖。”我点点头问她，“买吗？”

“嗯——”，她思忖半晌，遗憾地说道，“可是看起来太弱了，就怕到时联系不上夫君。”

“二位要选活泼的吗？”女子说，“干脆你就选这个，爱疯，老活泼了。”

女子打开鸡笼，一只精致漂亮、精力充沛的小鸡等不及地蹦了出来。

接着，女子喂了小鸡一个苹果，小鸡三两下就把苹果啃得缺了一角。接着，女子抬手在虚空中往左一抹，小鸡便准确地往左摆头，往右一抹，又往右摆头，再往上一挥，小鸡嘹亮地叫了起来。

“大妹子，看见了吧，听姐的没错。”女子把鸡托到手上，朗声道，“选爱疯，爱咋疯咋疯！”

“果真好用吗？”我将信将疑。

“放一万个心，爱疯鸡的特点就是，用过的人，都不好意思说它不好用。”

“好。”真霏满意地笑，“就买两只‘爱疯’吧。”

我和真霏分别把两只‘爱疯’装入袖中，走出“手鸡一条街”，回到元宵摊前，只见落爷和潘生一人托一个盛有巨大元宵的海碗，正吱溜猛吃，满嘴元宵馅儿。

“快给钱。”落爷嚼着元宵冲我嚷，“老夫和徒儿吃了五碗，这碗打包。”

“给三十碗的钱就行了。”小二说，“爷的元宵一个顶六个。”

“我倒。”

“落爷爷比牛还牛。”真霏乐呵呵的。

“哈哈哈。”落爷大笑道，“知我者小妮子也。不像你夫君，爱财如命，小家子气。”

我讪笑着数钱给小二，问他：“小哥可知‘藏宝大会’在何处举办？”

“在市集中心。”小二比划着说，“客官往远处看，看那座宝塔，会场就在宝塔下。”

我顺他手指的方向看去，远处，白云下一座宝塔若隐若现，塔顶一群鸟儿飞过。

27

QIANSHI

听说“藏宝大会”掌灯时分开始举行，时辰尚早，我们便在熙攘的街市上闲逛。

转悠到市集中心，人越来越多，越来越拥挤，前面不远处，搭了一个圆形的大舞台，舞台上方悬一条横幅：名马大展销。

舞台上，马匹们油光水滑，皮毛锃亮，神采奕奕，马脑袋上，都戴了一个箍，上面镶嵌显著标记。标记则是马的牌子，牌子愈有名，价格愈昂贵。

舞台下，人头攒动，摩肩接踵，纷纷伸长脖子观望。

我们挤进人群，驻足观看，有观者说，今日并非一般的展销，而是一场“名马大比拼”。此刻比赛已到下半场。

上半场，“白鬃马”、“黄鬃马”，乃至稍高档一点的“黑鬃马”与“普通大宛马”纷纷败下阵去；下半场出来的，将是重量级的名马。贩马匹的富商，还花大价钱找来不少年轻貌美的女子，与马一同献演。

一通紧锣密鼓敲过，一名肤色犹如烤鸭般光鲜的女子，手牵一匹黑马，缓缓由后台行至前台，将马拴在粗壮的台柱上。然后，娉婷地立在马前，搔首弄姿。黑马脑袋上戴一个箍，上嵌四个圆圈，闪闪发光。台下有人认出那是“奥迪大宛马”。

紧接着，另一名女子急匆匆骑马奔出，仿佛尿急找不到茅厕，没头苍蝇似的，围着舞台狂奔一圈，风驰电掣，此马名曰：奔驰赤兔马。一刻也闲不下来。据说此马冒牌的甚多，皆属近亲杂交，体型笨重，反应迟钝，骂也不跳，打也不跑，只能叫："笨迟"。

又接着，几个双腿纤细、颀长的女子，手牵着各自的马，扭摆腰肢，陆续缓步走出，走一步，顿一下，叉开腿，斜倚马背，挺胸昂首，一手抚臀，一手捂裆，摆个撩人造型，冲舞台下看客眨眼、媚笑。

后面出来的几个女子，一律袒胸，露出半拉奶子，一弹一弹。左右肥臀，甩来甩去，若无栏杆阻挡，也就甩出台外了。女子们走了几步，停稳，拿马尾巴在身体各部位扫来扫去，眼神迷离。

台下男子们的眼珠立刻就不转了。站在我身后高我一头的汉子，口水滴答，湿了我半个肩膀。

再接着，一名女子哭丧着脸，垂着头咬住唇万般羞怯地走过，任凭看客叫嚷、起哄，自顾自地漫步。就像迷路后又被歹人劫了色。

"强！"我赞道，"名马成群，美女如林。"

"我喜欢饭特稀，比这些名马实惠。"真霏淡然道。

"饭特稀是最廉价的大马车。"我兴奋地说，"等咱们富贵了，一定要有自己的私家宝马。"

"玄真说过，贫富天注定，不可强求。"

"玄真的道理又不是真理。"我有点儿不高兴，看了她一眼说，"自从我父亲死后，我就发誓要继承他老人家的遗志，过上富贵的日子。

"他老人家怎么死的？"她好奇地问，

"笑死的。"我面无表情地说。

"什么？"她瞪大眼睛，"笑死的？"

"当年，赌馆发行福利奖券，我父亲买了一张，孰料竟中头奖，上千两银子呐。他一阵狂喜，笑掉了大牙，把自个儿噎死了。"

真霏扑哧笑出了声。

"我心都碎了，你还笑。"我面露忧伤，叹了口气道，"我父亲是一个很有追求的人，却没能过上富贵的日子。”

“追求富贵就算有追求吗？”

“凡人不就追求这个吗，难道娘子是仙女？脚先落地的？”我反问。

“我……”话不投机，真霏欲言又止，扭脸望向台上。

台上，又一个女子牵出一匹汗血宝马，转悠一圈，女子倚立马前，表情桀骜不驯，下死眼狠狠瞪着台下，目光足以击落一只苍蝇。

“这姑娘好面熟。”真霏说。

“你认识？”

“嗯。”她点点头说，“是孟婆婆戏班里的，孟婆婆一定在这里。

“呵呵，你这小媳妇，居然梦见了婆婆。”旁边的落爷笑道，转而又冲我眨眼，“就是你娘。”

“才不是做梦的梦呢。”真霏羞涩地笑，拉着我往舞台后走，“咱们去看看孟婆婆。”

“去吧。”落爷笑嘻嘻道，“丑媳妇终要见公婆。两情若是长久时，又岂在猪猪肉肉。”

“什么乱七八糟的。”我觉得这老头愈发老不正经了。

名马展销区后台一间大马棚，三间茅屋。

马棚里拴着各种马。一帮伙计在忙碌，有的喂马，有的从退场的姑娘手中接过马。茅屋里，换好装的姑娘跑进跑出。

孟婆婆手拿旱烟袋，板着脸站在来往的人丁中指挥自若：“树大招风，财大招贼，眼大招灰，都仔细着点儿，名马拔根毛，都比咱的腰身粗，挂花了马皮喷上漆也不是原装的。”

指挥中，孟婆婆一转脸，瞅见真霏，笑容展露：“哟，这不是桃花山上的小宅女吗？”

“孟婆婆。”真霏迎上前亲热地叫道。

“果然女大十八变，越变越耐看，婆婆险些认不出了。”孟婆婆拉住真霏的手端详。

“婆婆怎么来瓷都啦？”真霏笑着问。

“穷居闹市无人问，富在深山有远亲。这瓷都开‘藏宝大会’，富商都来了，演戏不如走秀，婆婆也来一票捞个够。”孟婆婆接着问，“你怎会也在此处？”

“我随夫君来瓷都。”真霏说，“夫君也想去‘藏宝大会’。”

我跟着上前施礼、寒暄。

“呵呵，后生长得好精神哟。”孟婆婆眉开眼笑，“铁树能开花，星火可燎原，宅女也有好姻缘。”

“可是——”真霏蹙眉道，“婆婆我好害怕。”

“怕什么？”孟婆婆说，“人无千日好，花无百日红，有什么过不去的坎儿，讲给婆婆听。”

“我们、我们有一件宝贝……”真霏嘟囔。

“宝贝？”孟婆婆颇有几分惊讶。

“夫君。”真霏问我，“把事情给婆婆讲讲好吗？”

我挠挠头，把莲花碗的由来，以及拾得莲花碗的始末，一一道出。

孟婆婆听罢，更为惊讶。接着，她忧心忡忡地对我说：“老身看来，后生你得的不是宝贝，而是灾祸。”

此言一出，真霏吓得不轻。

“何以见得是灾祸？”我说，“请婆婆说明。”

“这莲花碗，乃盗贼偷来之物，亦是皇上心爱之物，各地衙门自会寻其下落，顺便捉拿盗贼。”孟婆婆吸了口旱烟道，“你可知这‘藏宝大会’是何人主办的？”

“何人？”我和真霏一起问。

“当朝的蔡宰相。”孟婆婆顿了顿，接着说，“贼人盗物，必得销赃。老身推测，蔡宰相在江南瓷都召开‘天下第一藏宝大会’，重金悬赏献宝者，其目的便是把莲花碗和盗贼一同引诱出来，然后碗贼两得。”

“不会吧？”我强作镇定，脸却已然变了色。

“如何不会？”孟婆婆语重心长地说，“常言道，酒是断肠毒药，色是惹祸根苗，财是下山猛虎，气是杀人钢刀。后生，你小心人财两空！”

真霏脸都白了。此时，天色渐黑，“藏宝大会”即将举行，我不想改主意，尽管孟婆婆的话听上去有几分道理，但我始终坚信另一句话：要致富，就要走险路。

28

QIANSHI

月亮浑圆，夜色迷人，空中雪花纷纷飘落。

市集中心的宝塔下，一个巨大的会台。

一串疾鼓雷动，会台上各式彩灯一盏盏应声亮起，刹那间五彩斑斓。

会台左右廊柱分别垂下对联：喜迎四方高人，尽显天下宝物。上方有一横批：天下第一藏宝大会。

会台上桌椅齐整。几个老学究、西域打扮的鉴宝大师陆续上台，相互寒暄、入座。

会台下铺着长长的红地毯。地毯两侧的间道人潮涌动，挤满观众。

我和真霏挤进人群，找到落爷和潘生。

“开始了吗？”我兴奋地伸长脖子往台上瞧。

“没开始。”潘生脸通红，“我想拉屎。”

“注意门风。”落爷呵斥道，“不许随地大小便，违者没收工具！”

我侧脸看真霏，她惴惴不安，东张西望。

“别担心。”我宽慰她。

“什么？”由于此时会场的吹拉弹唱已震耳欲聋，她没听清我的话。

说话间，一个身着奇装异服的家伙登上舞台，高声宣布：“街坊们，各位大师、各位成功人士，在下是侯雷仁，来到瓷都，主持盛况空前的‘天下第一藏宝大会’，现在我宣布——”

侯主持话语未完，一声锣响。

台下一阵哄笑。

“谁敲的？”侯雷仁回头发飙，“敲个锣都不会，人品问题。”说罢，转向观众，尴尬地笑道，“现在，我宣布——开幕！”

三声锣响，恢弘乐声响起。

台下，一富商怀抱一个红绸包裹的宝物，意气风发地走过红地毯，朝会台上走去，边走边向左右的观众挥手致意。四周口哨、尖叫、掌声四起。

“大家看，快看，著名徽商李富贵以及本地富商刘有财、张宝库都来到了现场。”侯主持卖力吼叫着。

紧接着，一个奇矮的富商携高个子夫人走过红地毯，男的肩扛一块物品，冲左右观众挥手傻笑；女的手托一卷物品，笑容可掬，冲左右观众飞吻。

“连京城富商邓银富和他的夫人也来了，来了来了，他们真的来了！”侯雷仁带头鼓掌。

“哼！”落爷嗤之以鼻，“这么多献宝的，老夫倒要看看，有多少真货，多少假货。”

此时，会台桌上已摆满宝物，每个宝物都由红绸包裹，显得很神秘。

“下面，揭晓第一件宝物。”侯主持拉长声音道，“富商李富贵带来的钻石。”

碎鼓声中，侯主持慢慢揭开红绸，一块黑黢黢的嶙峋怪石出现在眼前。

“吁——”台下一片嘘声。

侯支持比了个手势，止住观众的不满，煞有介事地拿出一根铁棍，展示给观众看，然后开始猛钻石头，终于钻开一个洞，石头碎成两瓣。

“看！石头被钻开了，钻开了，真是名副其实的钻石！”侯主持表情夸张地喊，“看这价值连城的钻石，重达 30 斤，单手拿不动的极品钻石！”

“干！这都行，气死老夫了！”落爷一脸怒气。

“师父。”潘生拍手笑，“这叫钻石恒久远，一颗就破产。”

“这和咱的莲花碗根本没法比。”我轻声嘀咕。

“夫君。”真霏扯扯我衣袖，“我们一定要献宝吗？”

“当然献。”我坚定地说，“富贵近在咫尺。娘子把碗揣好，咱们瞅准时机就献宝。”

“不献，好吗？”她面露焦急。

“为何不献？”

“该听孟婆婆的话。”她说，“常言道，酒是断肠毒药，色是惹祸根苗，财是下山猛虎，气是杀人钢刀。想拿宝贝碗捞笔大横财，恐被猛虎伤！

“不发财，如何生活？”我不耐烦地说。

“孟婆婆不说了吗，夫君要赚钱，可到婆婆戏班里来码字写戏文。”

“码字？”我轻蔑道，“码字能赚几个钱？不干，我要致富。”

“可我害怕。”她可怜巴巴地说道。

“怕什么，富贵险中求。”

“夫君快看。”她神色突然紧张起来，“台下那些人，个个面带杀气。”

“别疑神疑鬼，他们也是来看鉴宝的。”

“宝个屁！”落爷接口骂道，“老夫又看到一个假货。”

我往台上看去，侯主持揭开一块红绸，一个土黄色的泡菜坛呈现眼前。

“姜开胃蒜打毒，泡菜吃了壮筋骨！”侯主持演说道，“据传，此乃当年唐明皇食用的泡菜……”

“不好意思。”旁边的富商打断他说，“是秦始皇。”

“对，对，了不起啊！”侯主持改口道，“当年秦始皇食用的泡菜，就泡在这个坛子里，恭请各位鉴宝大师鉴赏、讨论。”

会台上的几个鉴宝大师围拢，手拿着小榔头、眼镜片，敲打察看，边看边议论：“好坛好坛，确实好坛。”

“娘的。”落爷愤愤不平地嚷，“大师论坛，一帮脑残！”

“师父，拿锤来，看徒儿去砸了它。”潘生道。

“别乱来。”我拉住潘生，又劝落爷，“您大人有大量，不和他们计较。”

“哼！”落爷情绪难平，“下一个若还是假货，老夫非砸它个稀巴烂不可。”

我还想再劝，却听见真霏一声惊叫。

“娘子怎么了？”我吓了一跳。

“夫君快走。”她焦急地说，“我看见追杀我们的人了。”

“你是说杂种成剑？”我瞪大眼四下踅摸，“不会吧，在哪儿呢？”

“那边。”她手指左侧间道。

“幻觉，一定是幻觉。”我一脸茫然道，“他不可能在瓷都，他早被土匪绑架了。”

“走吧夫君。”她扯我衣袖。

“不！”我甩开她，“把莲花碗给我，我去献宝。”

“夫君别去，人若死了，富贵有何用？”

“要是一辈子穷困潦倒，那才是生不如死。”我据理力争。

“人死如灯灭，平安才是福。”她反驳。

“没有荣华富贵，拿什么享福？只能学看风水，死后占个好坟墓。”我气咻咻道，“快给我莲花碗。”

“不给！”

“给我！”

我失去耐心，伸手到她怀中去拿。

她躲闪，护住胸口。

“别拉拉扯扯的！”落爷喝道，“老夫晓得你们是夫妻，人家还以为你们耍流氓。”

“嘻嘻。”潘生挤眉弄眼地说，“师父，他们想圆房。”

我气得脸煞白，只好停手。

真霏也羞得满脸绯红，盯着我说：“夫君疯了，为了富贵，连命都不要。”

“我没疯。”我粗声粗气辩解，“不能让你过上好日子，我算什么男人。快把莲花碗给我！”

“不给，摔了也不给！”她双手护住胸前，神情如猫见到狗。

“你敢！”我厉声道。

“原来你也会对我凶。”她咬咬嘴唇，难过地说，“原来在你眼里，富贵比什么都重要，比平安重要，比我更重要。”

说完，她转身欲走。我一把拉住她。

“我是不想你跟着我吃苦受穷，这有错吗？”我语气缓和下来。

“放开我！”她挣脱我，冷冷地说，“穷不是你的错，穷还瞎折腾你就错了。你知道吗？女人最怕的不是穷，是寂寞！”

说完，她转身挤进人群，又回过头，无限幽怨深邃地望了我一眼。

这一眼让我心如刀割。

我想追过去，耳边却传来一串隆重的疾鼓和侯主持的声音：“街坊们，下面请看一件号称至尊宝贝的奇宝，京城富商邓银富带来的冰麒麟！”

会台上，侯雷仁揭开红绸，一尊白雪包裹的麒麟闪闪发光。

“哇！哇哇哇，瞧一瞧，看一看。”侯主持声嘶力竭大叫，“这不是一般的麒麟，它乃玉雕而成，封藏于雪山千年，今日惊现人间，它吸日月之精华，天地之灵气，雪山里生长，冰雪中绽放，它就是举世无双的冰麒麟！”

鉴宝大师闻声全体起立围拢。

“各位大师，可用舌头鉴定，看看是不是很冰。”侯主持笑着说。

大师们伸出舌头舔麒麟，纷纷点头：“冰，好冰。”

“哈根达斯！”一个来自西域国的大师，跷起大拇指赞道。

“啥意思？”另一个大师问侯主持。

“意思是顶呱呱。”侯主持道。

“什么玉雕的冰麒麟，狗屁！还顶呱呱，一群大傻瓜！”落爷在台下气得咬牙切齿，握铜锤的手发抖。

我一时不知如何是好，在我愣神的一瞬间，只听落爷一声喊：“徒儿跟我上！把这些妖魔鬼怪砸个稀巴烂！”

潘生应声与落爷一起冲出人群，直奔会台。

我想拦住他们，已是鞭长莫及，眼看一老一小疯子一般奔上台。

落爷一个前空翻上台，口中高喊：“三足鼎立！”砸一锤后又喊，“一锤定音！”再砸一锤后，又喊，“五五分成！”

最后一锤砸得惊天动地，桌上的钻石、坛子、冰麒麟被依次砸烂，碎片飞溅。

会台上，侯主持、鉴宝大师等人或捂头钻入桌下，或作鸟兽散。

潘生紧跟上台，撕碎字画，将纸屑雪花般抛撒到半空，哈哈大笑。

台下人群大乱。

此时，会台对面的宝塔上，跳下无数个武装到牙齿的武士，犹如天兵下凡。看他们的样子不像捕快，更像是御林军。

我心头一紧，莫非真如孟婆婆所料，“藏宝大会”重金悬赏献宝者，就是为了把莲花碗和盗贼一同引诱出来？

我箭步冲上台，叫落爷和潘生快跑。但为时已晚，那些武士风驰电掣拥到台上，圆桶阵一般将我们牢牢围住，也不动手，只是飞速转动。我和潘生立刻就晕眩、呕吐了。

落爷还扛得住，提锤打翻数名武士，带我们冲出圆桶阵。武士再度拥过来，落爷狂舞铜锤，且战且退，一锤击中凉棚左梁柱，一跃而起，蜻蜓点水般踩过几名武士头顶，飞身到另一侧，又击中凉棚右梁柱。

“哇！”潘生看得眼直，“这才是师父的压箱底绝技啊，都不教我！”

他话音未落，凉棚轰然坍塌，巨大的棚顶倒下来，台下人群四散。

“快跑。”我拉拽潘生，跟随落爷朝宝塔跑去。刚跑到宝塔下，又有一群武士一拥而出，雪亮的刀架到我们脖子上。

须臾，宝塔内，走出一个官员模样的人，他身后站立一排御林军。

“坏我大事！”官员怒气冲冲道，“找不到莲花碗，皇上降罪，咱们脑袋都难保。把这三个刁民关进水牢，扇他们一千八百个大嘴巴。”

“喏！宰相。”御林军齐声回应。

果然被孟婆婆言中了。此刻，我后悔莫及，我想到真霏，既愧疚又心痛，她此刻在哪里呢？我有一种很不祥的预感，我和她将从此分离。

更糟糕的是，当御林军押着我们穿越街市时，我恍惚看见了聚友的一帮凶徒。

29

QIANSHI

我们被关进瓷都的一间水牢中。

我、落爷、潘生蹲坐一张残破草席上，脚下水池泛着绿光，深不可测。

"好冷。"潘生浑身哆嗦。

"四处找找，有没有路可以逃出去。"落爷道。

我背靠牢墙，神情颓丧，喃喃自语："如今还能往哪儿逃？想当初京城落榜，若是没有娘子……怎能逃回逍遥镇，可是，如今，娘子，娘子已离我而去……"

忽然，一颗湿淋淋的头颅从水池中猛地冒出来。一个穿着囚衣、浮肿丑陋的光头男人赫然出现在眼前，我和潘生吓得浑身一抖。

"水……水鬼！"潘生叫道。

"何方妖孽？快现原形！"落爷怒指光头男。

光头男环顾左右，满脸惶惑道："我又不是金刚，变什么形？"

"你……你是人是鬼？"潘生万分恐惧。

"当然是人，不信你摸。"光头男伸出手。

"拿开。"潘生躲闪，"你、你既是人，干吗隐身潜水？"

"水下有机关，可以逃出去。"光头男说。

"有机关？"潘生和落爷异口同声惊叫。

"嗯。"光头男点头道，"我爷爷的二表叔的表弟的外甥的堂兄，以前在这牢里当狱头。他说过，瓷都衙门的刘老爷最爱贪污受贿，为了能私放犯人，就设了机关。犯人交够了钱，刘老爷就来喊一声——'见证奇迹的时刻到了'，机关哗啦就开啦。"

"机关在池子下面？"落爷问。

"对。"光头男说："在池子上面，有一副象棋残局，解开棋局，池底的石板就能打开，下面有一条通道，直通郊外。"

"那你怎么不下棋？"潘生问。

"我不识字，只好天天潜水，泡在池子里搬石板。"

"靠！"落草敲光头男脑袋，"你人又不聪明，还学别人秃顶，棋盘在哪儿？"

光头男上池揭开草席。角落处，出现一块石刻象棋盘，上面布满石头棋子。

“果然有副棋！”落爷叫道。

“师父我会下棋。”潘生急不可耐地说。

“快下。”

潘生蹲下移动棋子，我仍颓丧地瘫坐在一旁，心事重重。

一个时辰，潘生下得满头大汗，棋局未能解开。

“你到底会不会？”落爷急躁不安。

“怎么不会？”潘生盯着棋盘说，“小时在学堂，我和赵姐姐天天下。”

“马飞田、象走日，你会个屁。”落爷低头看了一下，怒骂，转而又冲我吼道，“你犯什么愣，会下棋吗？”

“会。”我无力地说，“可我不想逃。过去，我以为我只是很颓废，今日方知，原来我早就报废了。人生就像是茶几，上面全都是杯具。如果幸福是浮云，如果痛苦似星辰，我的生活真是万里无云，满天繁星……”

“靠！”落爷敲我脑袋，“都什么时候了，你还有功夫做诗！你娘子不见了，你不逃出去找，就忍心让她一个人孤单无靠吗？亏你还是爷们儿！”

这番话骂得我一激灵。

“是男人就坚持。”落爷催促道，“时间太瘦，指缝太宽，快点！”

我挪到角落处，埋头看棋盘思忖，一边走棋，一边念叨：“吃炮、走马、退车……”

石头棋子落地，啪啪回响。

不知过了多久，终于，我走完最后一步棋，如释重负般道：“成了！”

话音刚落，只听汩汩水声，满池污水泄流，瞬间流尽，露出池底。

“兄弟。”潘生激动地抱住我，“你太有才了！”

“成功了，成功了。”光头男也情不自禁欢呼，“我不是一个人在越狱，我不是一个人！”

“小点儿声。”落爷敲光头男脑袋，“快走！”

我们四人鱼贯跳下池子。池底中央有一块四方形的石板。

落爷运气搬石板，石板却纹丝不动。

“怎么搬不动？”落爷抬头问光头男。

光头男抠头皮，恍然大悟：“坏了！他没念刘老爷的口诀。”

“还有口诀？”我惊异道。

“你没喊‘见证奇迹的时刻到了’。”光头男说。

“我再试试。”我攀上池边，重走最后一步棋，大喊一声，“见证奇迹的时刻到了。”

我喊一句，落爷搬一次石板。反复数次，石板纹丝不动。

“老夫崩溃了。”落爷累瘫在地。

“贵在坚持，师父。”潘生摸石板，忽然失声叫道，“师父快看，石板上有字。”

落草歪头细看，点头说：“果然有字。”

“我看看。”我跳下池，低头看石板。

石板上一副残缺的对联，上联在左：问世间情为何物。右边有无数个打乱的石块，分别刻着不同汉字。旁有小字注明：只能移动一次，否则机关永久封锁。

“问世间情为何物？”潘生念道。

“必须用右边的石块字拼成下联，才能打开机关。”我说。

“那还等什么？”落爷嚷，“快拼快拼，爱拼才会赢。”

“不能乱拼，机会只有一次。”我目不转睛地看石板，口中反复念着上联，“问世间情为何物……问世间情为何物……”

一时间，我陷入沉思，脑海闪过真霏的面容。

此刻，牢房外的通道传来脚步声。

“你可快点，貌似有人来了。”落爷催促。

“笨死了，笨死了。”我拳击自己脑袋。

无数刻字的石块和真霏的面容叠在一起，飞来转去，让我眼花缭乱。

“兄弟撑住，贵在坚持。”潘生鼓舞道。

“问世间情为何物，问世间情为何物……”我绞尽脑汁也想不出下联。

“全是屁话！”落爷骂道，“什么这物那物，动物植物，依老夫看，世间万物，不过是一物降一物。”

“哈，对！”我恍然醒悟，“问世间情为何物，不过是一物降一物。”

我迅即移动石块拼成下联，喊道：“见证奇迹的时刻到了！”

哗啦一声，石板开启，露出洞口，我们快速钻进洞，潘生太胖，卡在洞口。

落爷使劲拖拽，终于将潘生拖进曲折幽深的地下通道。进了通道，我们一路狂奔，越往前跑水越深，渐渐漫过腰身、胸口、脖颈。

“全体潜水，游出去。”光头男指挥道。

“我恐水。”我胆怯地说。

“闭眼深吸气。”落爷说。

我深吸一口气，抱住落爷，一起潜入水中。

落爷拖着乱蹬乱踢的我，与潘生和光头男像鱼一般越游越远。

不知游了多久，我们终于在郊外的一个烂泥塘露了头。泥塘四周养了很多猪，它们先是看了看我们，然后一齐冲了过来。

“快走！”落爷喊道。

我们连滚带爬翻出泥塘，跑到田间大路上。光头男一溜烟没了踪影。

“死光头跑这么快，典型的过河拆桥。”潘生很气愤。

“江湖很乱，把心放宽。”落爷做出一副见怪不怪的样子。

“我要去找娘子。”我说。

“不妥。”落爷说，“咱们先回客栈取马车。”

“取马车干吗？”我坚持道，“我要找娘子。”

“天网恢恢酥而又脆，咱爷仨是逃犯，得赶紧离开此地，待安顿妥当，再回来寻你娘子。”落爷边说边拽我。

“不。”我甩开他，“我要带娘子一起走。”

“痴情，这就叫痴情。”落爷仰天长叹口气说，“想当年，老夫也是一颗痴情的种子，结果淋了场雨，就淹死了。”

“听师父的，兄弟。”潘生劝我，“你又不知娘子在哪儿，怎么找？”

我拗不过他们，只得悲叹望天：“娘子啊，你在哪儿啊？”

落爷和潘生一使眼色，不由分说将我拽走。

30
QIANSHI

“啃得欢”大酒楼灯火通明。

进了酒楼后院，落爷直奔马棚牵马，我驻足发呆，若有所思。

“又犯什么愣？”潘生问。

我脑海里闪现出昨日真霏在客房里说的话，她说明日去集市买一样东西，有了这东西，就算和夫君失散了，我也能找到夫君。

“有了。”我伸手在袖子里摸。

“有了？潘生愣头愣脑问，”谁有了？”

“我知道怎么找到娘子了。”我从袖子里掏出一个小竹笼，那只“爱疯”手鸡在里面上蹿下跳。

我打开竹笼，“爱疯”迫不及待地跳了出来。我用手指在空中往左一抹，“爱疯”唰地往左摆头，往右一抹，“爱疯”唰地往右摆头。接着，我用手往上一挥，“爱疯”发出昂扬的叫声。

潘生和落爷吓了一跳。

二楼客房，几个大汉探头俯瞰，同声高叫：“是他们，那两个穷书生和疯老头！逮住，逮住，别让他们跑了！”

我抬头一看，原来是聚友的一帮喽啰，他们果然来了瓷都。我心想，解霸等土匪真够笨的，怎么就没挡住这帮杂碎呢？

“你俩还愣着干吗，快上车！”落爷已驾上马车，冲我和潘生吼。

我和潘生刚要上车，落爷却已驾车往外冲去，我们跟着马车狂奔，聚友凶徒在后面紧追不舍。

“师父停车……”潘生悲愤地喊。

“跳上去！”我把“爱疯”装入袖中，喊道。

我们往前一扑，没跳上车，只好双手抓住车尾，被马车拖着走。

我们脚底擦出火花，一路风驰电掣。

“爱疯”在我袖子里欣喜若狂，兴奋地大叫不停。难道真霏就在附近？

她能去哪儿呢？我忽然想到了孟婆婆，对！她一定在“名马展销区”的后院中。

落爷驾着大马车穿越街市，经过市集中心时，我从袖中取出“爱疯”，它越叫越响亮，头往“名马展销区”的方向偏去。我确定，此时真霏也在用手鸡召唤我。

“快停车，停车！”我冲落爷喊，“娘子就在此处，我要找娘子。”

“你小子疯了。”落爷头也不回道，“此处到处都是衙门的人！”

“我不管。”我加大音量喊，“我要娘子，没有娘子我不能活。”

“停下就自投罗网，吊儿锒铛入狱，咱爷仨都不能活。”落爷根本不听我的话。

我上前拽马缰绳，潘生从后面将我抱住说：“兄弟，冷静。”

我拼命挣扎，落爷边驾车边抵挡我，我们三人扭做一团。

此时，背后传来喊杀声。聚友的凶徒们已驾车追了上来，离我们越来越近。

“驾！”落爷催马狂奔。

眼看我们离市集越来越远，我心碎得跟饺子馅儿似的。

马车一路奔出城。城外，白雪飘飞，我坐在车内，抚摸着“爱疯”，它相当兴奋，精神抖擞地看着我。

“爱疯啊爱疯，你告诉我，娘子在哪里？”我喃喃自语，“我想她，特别想她……”

“你没救了。”潘生看着我，一个劲摇头。

我再次扑到落爷身后，带着哭腔喊：“求你了爷爷，掉头回去，我要找娘子。”

“掉个屁的头。”落爷怒吼道，“她是你转身就忘的路人甲，怎能陪你蹉跎年华到天涯？”

这句话让我的泪水夺眶而出。

佛说，五百年的回眸才换来今生的擦肩而过。我和真霏也算夫妻一场，怎能就此离别错过？

我想起在桃花庵门前，第一次见到真霏的情景，她瞅着我乐，我窘迫地用手抹脸上的泥。又想起在京城集市，她用手点我眉心的俏皮样子。

我永远忘不了在逍遥镇的老宅里，她解开头上一对抓鬏，乌黑的发丝随风飘散，有些蓬乱，又显得格外小巧、妩媚的样子。

这一切仿佛就在昨天，却又恍若隔世。

一阵剧烈的颠簸，把我从回忆中颠回残酷而悲伤的现实中。

此时，落爷驾驶马车已奔在崎岖的盘山路上。

山势陡峭，白雪皑皑，一边是万丈深渊，一边是嶙峋峭壁。

聚友凶徒们紧随其后，眼看就要追上我们。

“临死都来不及见到娘子，活着还有何滋味？”我仰天苦笑道，“横竖是个死，想当初跳河不成，今日就跳崖吧。”

“别慌。”落爷沉着地说，“老夫掐指算过，此时当以不变应万变，以不动应万动。”

“懂了。“潘生说，“师父的意思就是等死。”

“有老夫在，死不了。”落爷坚定地说，“稳住！”

“与其这样死，不如回去和娘子一起死。”我突然冲上前，拖拽落爷。

马车左右摇晃，落爷被我拽得往后一仰，缰绳紧勒，马儿急刹，扬蹄嘶鸣，前蹄已悬在半空中，脚下就是万丈深渊。

“跳车！”落爷高喊。

可是，已经来不及了，马儿冲得太猛，急刹后前蹄落下，顺势往前一坠，我们连人带车坠入山谷。

大朵大朵的雪花飘落。

我去了。

这一世，我没有什么可留恋的，只有一个人让我牵挂，让我放心不下，那就是我的娘子——真霏。

我清楚地记得，我见到了阎王、黑白无常、牛头马面，以及无数小鬼。他们的面目并不如平常人所言的那般恐怖、丑陋，而是很有特点。平常人不长的东西，他们长；平常人长的东西，他们也长。其实，他们比一些现实中的人好看。譬如，牛头马面，比衙门差役面善；黑白无常，比奸商的形象敦厚；阎王比衙门老爷的尊容端庄。

我想，我将与他们混同于另一个世界。

悲哀的是，这个期盼，如同我曾有过的每一个憧憬，都是泡影与妄想。

牛哥马哥拉着我的手，说："我等在尘世间，经历无数磨炼和苦难，方来到此番境地，你才刚开个头，还得轮回呢，慢慢熬吧。"

黑白无常点头称是："对，还得再练。"

阎王老爷端详我一张苍白的脸，语重心长道："你转世将是千年之后。若你要喝孟婆汤，这一世的事都将烟消云散，若你不喝，便都会记得。"

我没喝。因为这一世我爱过一个人，我不能忘了她。我后悔没听她的劝告，让她一个人孤孤单单留在这一世。这一世，我们在窘迫、匆忙和混乱中度过。如果有来世，我想给她全部的爱。

走过奈何桥，我步入幽远迤逦的阴阳通道，往尘世间去。

一路经过刀山、火海、油锅。我以为许多人在那里受苦、挣扎、饱受折磨，哭天喊地，不忍看上一眼。然而，一串串爽朗的笑声传来，听上去怡然自得，欢畅淋漓。心下惊异，不由侧目看去——刀山上，一帮壮汉，赤膊攀岩，争先恐后，不亦乐乎；火海中，女子们翩翩起舞，姿态飘逸，声色诱人；油锅里，有男有女，笑语不绝，相互嬉戏，往对方身体上泼着油，股股香味扬起，凝神一闻，香味穿透灵魂。

转世路上，"爱疯"仍在不停地叫，我感觉像在梦里行走一般。

今生

JINSHENG

生死轮回，陈生转世为现代“八零后”的一员，开始了一段全新的青春爱情生活……

1

JINSHENG

新的一天，电话不厌其烦地响，不到黄河不死心地响，不见棺材不落泪地响，响了又响，终于将我吵醒。

我接了电话，翻身起床，披上衣服，胡乱刷牙，用凉水洗了把脸。照镜子，对镜子里一头金黄色长发，左耳挂着三个精巧耳环的家伙十分满意。我敢打赌，若从背后看，你笃定分不清男女。

洗脸时，我回想起刚才做的梦，那个梦我做了多次，梦里我回到前世。前世很混乱，我总是被人追杀，总是在不停地奔跑。那时，我有一个爱人，后来，我们天各一方。梦到这里，我便在忧郁和伤心中苏醒。

瞻仰完自己的独特造型，我开门，下楼，走到阳光四射的大街上，招手叫来一辆出租车，坐上去，十分钟后，我兴冲冲地来到"恒远商贸公司"——名称吉祥，恒远恒远，恒久长远。

隔着一百米的距离，我看见公司门口站满男男女女。人事部经理站在台阶上，挥舞手臂，口沫四溅，仿佛在演讲。

我走过去，挤进人堆，问他们，出了什么事？他们反问我是谁？我说我是新聘员工，前来报到。人力资源部经理悲哀地告诉我，今天一大早，公司老总搞"模仿秀"，模仿张国荣，用一种难度系数非常高的姿势，从楼上旋转跳下，一声闷响，当场毙命。自杀的原因是：炒股被套，无力偿还贷款。

这事很奇特，我每混进一个公司，那个公司就会神奇地垮掉。

先是在一家商场，我待了半年，商场倒闭。后来，我又混进一家包装设计公司，由于接不到业务，只得转项，全体人员挨家挨户推销《中国书法全集》。口号是：《中国书法全集》，又练书法，又练拳击，陶冶性情，强身健体。但公司很快关门。

对于这一奇特现象，我无话可说，追根溯源，只有一个可能，那就是我天生倒霉，使别人也跟着倒霉。然而，每当灾难降临到我头上时，我又会侥幸逃脱。要不然，我简直没有活下去的理由。

后来，我又混进一个朋友的广告公司。头脑震荡，激发出一系列惊人创意，譬如：发展新媒体，在长江两岸装广告牌；又譬如：使用氢弹，在月球上炸出两个企业标志，炸出一个大对勾：耐克，炸出一个小对勾：李宁运动装；甚至，我还想进军餐饮业，每天中午，给国防部送盒饭。

强烈的阳光，在头顶上打转，犹如一群嗡嗡盘旋的苍蝇。

我相信自己是有来历的，因而，每当我走在拥挤的人群中时，总感觉不自在。

我穿过人车交织的喧闹街头，路过一排商厦，一串饭庄，一窝茶房，拐弯钻进一条浓荫覆盖的小路，拿手机拨了个号码。接电话的是英平，我问他，有没有广告策划的活儿？他说，手头正好有一个。约好见面地点，时间尚早，我走进附近的一家“网吧”，挑了个空位坐下，点燃支烟，打开电脑，度过无聊时光。

前些日子，我在网络论坛上认识了一个女孩儿，彼此聊得挺欢。她说她叫小满。我说这名字有点怪，也挺特别。她说不特别，只因她出生那天，是农历的一个节气“小满”。

我上网，找到小满，约好了晚上见面的时间。

实际上，我们已经网聊了两个月，小满的言语、口气总给我一种似曾相识的感觉，但我却想不起像她的那个人是谁。

在交谈中，我发现，她是一个对周遭事物都相当淡然的人。我喜欢这样的人。

在她之前，我在网上认识了另一个叫许静的女孩儿。见面后，许静说起她的一段恋情，她曾经爱上了一个离过婚的男人，爱得不能自拔。她强调说，那个男人绝对是一个爱情杀手，许多女孩儿都围着他转。

我眼前，立刻出现了一个风流倜傥，美貌与智慧并重，侠义与智慧之化身的男人形象。

她说："其实他身材一般，五官一般，只是鼻子长得不同凡响。"

"他一定比较有钱。"我说。

"我可不是看重他的钱。"她白我一眼，接着说，"他只是特别能把握女人的心理，比如我的手机欠费，他就悄悄地替我交了费。比如，我过生日，他会发现，我缺一个名牌提包，他就不声不响地带我到商场，买给我。"

"太感人了。"我怂恿她，还有多少生动事例，一并道来。

她继续滔滔不绝地讲："他带我去了很多我以前没去过的地方，在岷山饭店看演出，在锦江宾馆喝咖啡，去九寨沟旅游，在九寨沟山脚下的一个宾馆里，我把青春献给了他。回来后，我们经过府南河，坐在绿幽幽的草坪上，背靠背，一支支吃着冰淇淋，把腮帮子都冻硬了，说不出话，相对无语，看着河水。"

"哇噻！"我港味十足地感慨，"好浪漫的啦！"

"浪漫早成昨日事，回首已茫然。"她满腹哀怨，将头靠在我肩上。

我一把抱住她，嘴凑到她粉脸上，推土机似的一番扫荡，然后，温存地在她耳边唱起："我让你依靠，让你靠——我靠！"

翌日，我对许静说，我们在一起混吧。她有几分矜持，又有几分傲慢，告诉我，追她的男人，有银行的主管、地税局的处长、法院的检察官，遗憾的是，岁数都挺大。

我勃然恼怒，骂了一句："靠！都是江湖儿女，装他妈什么装！"

小满却一点不装，她给我的感觉既真实又亲切。我们之所以还没见面，是想约定在秋天。小满说，秋天代表收获。

我相信，收获这个词，会让很多人都心生好感。那意味着你终于得到报偿了。而我和小满之间，收获了什么我并不清楚，但这个词让我对生活有了一种莫名的美好向往。

约定时间地点之后，我出了“网吧”，直奔英平的广告公司。

2

去英平的广告公司，一半是无聊，一半是拮据。

与英平在一起，我见过很多人，各种各样的人，形形色色的人。暴富的商人、潦倒的诗人、电台主持人，三陪小姐、高级暗娼，甚至，还有“北大”的博士。

当然，更多的还是策划人。

有一天，我见到一个叫余二人的策划。余二人的父亲姓余，母亲姓徐，余二人这个名字，便是将他父母的姓合而为一了。但余二人是个不幸的人，在他十八岁成人的时候，他的父母、大哥、弟弟以及小妹都在一起车祸中丧生了。余二人侥幸逃过劫数，是因为当天他吃坏了肚子，上吐下泻，在家休息，全家出门旅游没有带他去。

余二人全家死绝后，余二人想改名为余单人，转念一想，单人也多余，不如直接叫余人，可是，每年 4 月 1 日的“愚人节”时，余二人都感觉别人把他当节过了。因此罢了，还是坐不改姓行不更名，依然叫余二人。

余二人自称是财大的“MBA”。他问我是干什么的，我说我是写字的。他说你写过什么，我说写过一本《意淫全国各大城市》。接着，他咨询我的学历。我说我初中就辍学了。他非常失望，说你没有文凭，绝不可能写书。我几乎笑晕过去。

我喜欢和这类人胡扯，喜欢看他们一本正经，煞有介事的模样。我觉得，那简直棒极了！并且，我发现，像余二人这样的蠢货，特征之一是：看人看事只看表面，却自认为见多识广，在社会上相当吃得开；特征之二是：用学历判断能力。

英平的公司里，还有一个小蜜，李薇薇。

英平曾为李薇薇举行了一个隆重的生日宴会。地点在辉煌夜总会，狐朋狗友，欢聚一堂，胡吃海喝，载歌载舞，耗资七千元。当时我推测，他笃定没把李薇薇拿下，否则不至于如此豪迈。不幸的是，我猜中了。盛宴过去，第二天晚上，李薇薇主动献身，宽衣解带，四仰八叉地躺到办公桌上。

英平无疑是新时代的佼佼者，当我们还陶醉于纯情恋爱，迷恋于流行歌曲的时候，英平已经在险象环生的生意场上折腾了。他精明干练，善于钻营，像一只敏捷的耗子，窜来窜去，发现一个洞，立刻钻进去，每一次，总能从洞里掏出一些粮食，装入私囊。

从“网吧”出来，我走过几条街，半小时后，我见到英平。他正在接西安的长途，一口流利的四川普通话，使我想起那些拙劣的四川方言电视剧。李薇薇沏了杯茶，端到我面前，媚笑动人。这小妖精今天打扮得花枝招展，口红涂得像刚喝了人血，头发湿漉漉的，像刚下锅就捞起来的面条一样披散着。

沏好茶，小妖精拿来一叠资料，坐到我身旁，向我介绍业务情况——西安一家药厂，推出一种妇女减肥的新型药物，给药的方式，是采用推杆式膏剂，直接注入肥胖女性的体肤。药厂属下的销售公司在本市设立了办事处，希望全面占领本市市场。因此，广告先行。西安方面要求，广告创意要新颖、独到、一针见血，超出国内广告创意水平。

我心不在焉，和一个瘦骨嶙峋的小妖精，讨论妇女肥胖方面的问题，总有些不合时宜。我们谈了一会儿，业务室的一个电话响了。

“你先看看资料吧。”她从沙发上起身，说，“我去接个传真。”

“好的。”

我又看了一会儿资料，英平打完电话，从总经理办公室出来，说我们到外面，找个地方坐坐，顺路叫上余二人。

路上，我提出一个关键性的问题。

“这笔业务，能赚多少？”

英平胸有成竹，大手一挥，说：“往前走一米，就是阳光。只要创意精妙，可以拿到广告的全案代理。”

所谓全案代理，就是怂恿客户，在所有的媒体上做广告，电视媒体、广播媒体、报刊媒体、路牌灯箱，促销活动，一个也不能少。如果不是担心有损西安药厂的形象，我甚至会印刷宣传单，贴到电线杆上。

车窗外，阳光耀眼，府南河水缓缓流淌，堤岸成排柳树，渐次退后。路过游乐园时，我听到园内翻滚列车轰隆的开动声，以及车上传来的惊恐尖叫。车子驶过府南河，拐了两个弯，在曹家巷停下。等了一会儿，面容憔悴的余二人朝我们走来。

余二人在我之前与英平相识。我们三人之间的关系，相当古怪。余二人是个废物，我是个无聊之徒，我们从未成功策划过一起广告。但每一次，只要有业务，英平都要找我们，结果，一塌糊涂，事后，各谋生路。下一次，依然如故，反反复复，恶性循环。

对于这一现象，我百思不得其解。甚至，我怀疑，英平有受虐狂的倾向。他是个商人，商人是理性的，那么，我只能得出结论：他是一个贱骨头。

车子开到“望江公园”附近的一个茶楼。我们下车，进了茶楼。坐定后，余二人得意洋洋地告诉我们：“昨天我想了一夜，全想好了。”

“想好什么？”英平递给我们一人一支烟。

“创意啊，减肥药的创意。”

“说来听听。”我喝了口茶，饶有兴趣地问。

余二人抽着烟，故弄玄虚，云山雾罩，东拉西扯，一会儿分析人体的构造，一会儿又谈到失恋。

“这跟药品有关系吗？”我和英平一头雾水。

“是不是搞一个促销活动？”我忍着笑说，“像内衣秀似的，众目睽睽之下，当场试穿，这次让她们当场试用药。”

余二人白我一眼，继续胡扯，愈发不着边际。这是他的习惯，比如，要讲桌上的一杯茶，他先讲桌子的一条腿，然后是另一腿，然后是桌面，然后是桌布，总之让你头昏脑涨，眼神发直。

抽完整整一包烟，嘴也木了。英平按捺不住，灭掉最后一颗烟蒂，低吼一声：“有屁直接放。”

余二人又憋了半天，吐出三个字：“搞活动。”

“靠！”英平一下气晕过去。

余二人继续说：“邀请成都市妇联，各大著名的整形医院，展开一次关于妇女健康、妇女减肥的大讨论。必要的时候，从肥胖妇女失恋的角度，推出药品。”

不能说著名的余策划是个疯子，实际上，他思维开阔、天马行空、敢想敢干。曾经，他想拍一则公益电视广告，画面：一个小孩子问父亲：“爸爸，熊猫的眼睛为什么是黑的？”父亲沉吟片刻，仰天长叹，意味深长地说：“是被烟熏黑的。”

余二人义愤填膺地指出，这叫：破坏环保。可以利用这个广告，敲诈卷烟厂，因为他们把熊猫搬上了烟盒。

当然，与余二人在一起。我也常常凭空生出好多幻想，惊人的幻想。

外面，天渐渐黑了。

胡扯了一下午，我们都有些疲惫。英平开车送我们回去，顺道吃一个饭，我说还要去办点儿事，就不跟他们一起走了。

“办事还是办个人？”余二人问我。

“一箭双雕。”

英平说：“电话联系。”

我下车，往前走了两步，一转眼，汽车消失在夜色中。

3 JINSHENG

城市夜晚，有两种味道，食欲的味道与情欲的味道，交相混杂，在城市上空弥漫，漂浮到各个角落，蛇一般蜿蜒爬行、蠕动、缠绕，无处不在，无所不在。

迪厅、酒吧、咖啡店、KTV 练歌场，霓虹招牌，闪闪烁烁，忽明忽暗，时尚男女们，开来一辆又一辆亮晃晃的轿车，停在娱乐场所门口，景象一派繁荣。

他们笑逐颜开，他们寻欢作乐，他们纸醉金迷，他们可爱之极。他们在每一个娱乐场所，装模作样。装处女的以为自己是纯情公主，装深沉的以为自己是思想家，装前卫的以为自己是性感明星，装大款的以为自己就是比尔·盖茨。

他们实在可爱，他们无所不能，他们可以轻松陶醉在自己的感觉里。我认为，他们是一群最富有想象力的演员，城市是他们的舞台，夜晚是他们的空间，快乐是他们的掌声。我喜欢观看他们精彩绝伦的表演，喜欢观察他们的神情、姿态，乃至每一个小细节。我喜欢这一切，因为，可以从中找到无聊的快感。

我在约定的地点，等了小满一个多小时，不见人影。我挺失望，又有些愤愤然，我搞不明白，她为何要失约。

附近街口，有一家刚开张，装修一新的音像店，透过宽大明亮的玻璃橱窗，可以看见排列整齐的五花八门的影碟、音乐碟。

我走进音像店，转悠一圈，挑了几张碟，正要去收银台给钱，一摸兜，坏了！钱包没了!我努力回想，想不出钱包是什么时候在哪里丢的，唯一的可能性就是余二人干的，他最近穷得想打鬼。

我悻悻地把碟片重新放回货架，又不甘心，往音像店门口看。

由于音像店刚开张，门口尚未安放磁性感应的防盗装置。我环顾左右，店里也没几个人，便索性顺了一张十分中意的音乐碟，揣在兜里。

“拿出来！”一个女孩子说，“我已经观察你很久了。”

我回头一瞧，是个穿红色制服，体态有些微胖，皮肤白皙的女孩儿。

我确定我见过她，准确地说，是在前世见过。而且，我们还有一段姻缘。因为，她在我无数个爱情梦中出现过。

我一时手足无措，张口结舌，倒不是因为顺手牵羊被发现，而是因为我不知道对她说什么好，总不能对她说，你是我的前世爱人，梦中情人吧。我笃定，如此一说，她非吐了不可，吐后便会把我当流氓交给音像店的保安。

半晌，我故作镇定地说：“又不是白拿，我先搁兜里，待会儿付钱不行吗？”

说谎时，人的嗓门总是特别大。

我大声嚷着，继续装作购物，实则漫无目的地转悠，摸摸这个，瞧瞧那个，暗自思忖如何脱险。

女孩儿始终紧随在我身后，一双黑白分明的眼睛牢牢盯住我的脊梁骨，如芒刺背。

逛了半小时，终于，我丧失了逃脱的信心，低声下气地问女孩儿："有钱吗？借我点。"

女孩儿诧异地看我一眼，笑了："我凭什么借钱给你？又不认识。"

"出门忘了带钱包，我家就住附近。"我说，"不信，你跟我回家取去。"

"你们小偷被当场抓获，耍的都是这套小伎俩吧？"

"我确实没带钱。"我柔声细语地说，"看你就是个大善人，歌里唱得好，只要人人都献出一点……"

"行了，行了。"女孩儿打断，"又是那首春晚里把围棋大师家的保姆唱哭的歌，肉麻——把东西交出来，你走吧。"

我从兜里摸出音乐碟，交给她。她接过来，放回货架。我像个受了富家小姐施舍的乞丐，千恩万谢。

"走吧，走吧，别假惺惺的。"女孩儿温和地说，"你是个怪可怜的小毛贼。"

"你真善良。"我讪笑。

"挺烦你这种嬉皮笑脸的。"女孩儿板起脸说，"你走不走，不走的话，留下来罚你当众演唱二十遍《忐忑》。"

"饶了我吧。"我抬脚往外走，走了几步，又回过头，看女孩儿，她也看着我，目光极不友好。

这时，我看清了她红色工作制服上工作牌，上面写着她的名字——小满。

回家路上，我既惶惑又沮丧。惶惑的是，此小满是彼小满吗？沮丧是，因为见到了梦中女孩儿，我却是这样一个不光彩的亮相。

剩下的时间里，我心绪烦乱。

回到家，发现家里空空荡荡，老妈笃定又出门搓麻去了。我没开灯，点燃支烟，躺在床上慢慢吸着，透过卧室的玻璃窗，我能恍惚看见对面楼里灯火通明的家家户户，他们在吃饭，在看电视，谈笑风生，怡然自得。

这情形让我愈发感到空虚。

我爬起来，洗了一个热水澡。然后，打开冰箱，拿出一瓶冻牛奶，煮热喝了，又吃了几块饼干。然后，拉上卧室的窗帘，慢腾腾地爬到床上，蒙头大睡。睡了一会儿，忽然惊醒，想到音像店的小满，便怎么也睡不着，索性起床，在卧室与客厅之间，来回走动，无所事事。家里没有别人，自从父母离异后，我一直和老妈住，她也常不在家。为了不让自己浮躁，我又冲了个热水澡，打开电脑，在 QQ 上等待小满出现，两小时过去，也没见到她上线。

由于无聊，我到网上的文学论坛去转悠，看了一会儿，兴味索然。

所谓网络文学论坛，多如牛毛，毫无新意可言，版面也无非是：舞文弄墨、煮酒论史、玄幻鬼话、闲聊灌水。

甚至，在某个文学论坛，我还看到这样的字眼——“文学阵地，严禁灌水”。一帮乌合之众，还真拿自己当了盘菜。

网络上，人人都是作家。网络作家这个名称，很模糊，模糊到月朦胧，鸟朦胧的地步。也就是说，这个名称褒贬不定。褒义是说，你出名了，不过，是在网络上；贬义是说，似乎作品离开了网络，就什么都不是了。这对当今已经红透，或者即将红起来的网络作家来说，左看右看，上看下看，网络上搞文学，仿佛他妈的一点儿都不名正言顺。网络作家遇见传统意义上的作家，好比偏房遇见了正房，那一脸的躲闪加不平，名分不足，倒也能自得其乐。

恍恍惚惚的，恍恍惚惚的，一个学理工的台湾人就成了作家，写了本《第一次亲密接触》。小说中，得了皮肤病的“轻舞飞扬”是男主人公心中的美人，不光外表回头率高，而且内秀，还聪颖过人，性格也开朗。仔细一想，不就是一个喜欢上网的劳动妇女吗？被老蔡活生生地写成一个天仙。女主人公就这样了，男主人公号称“痞子”。从头到尾，我就没看出他什么地方痞了?与“轻舞飞扬”交往,痞子一句粗话没有,也没半点恶意勾引的意思,摸摸搞搞的动作更是不见踪影。痞子不是痞子,成了君子。因为什么呢?老蔡告诉读者了,因为爱情,纯得流油的那种爱。就是一个套路:男女相爱,死去活来。一方得绝症,生死两相依。这大概是一种智商高的表现,有想象力的表现。这么二者兼顾,追求真挚情感,表达精美爱情的网络作家,不乏其人,蔡志恒就是其中的一个。

并且,他是有高潮的,在《第一次亲密接触》的小说里,用香水制造了一场香水雨。浪漫——意思是说,饭可以不吃,病可以不治,钱不多,也要糟蹋。欢迎广大少男少女争相效仿。

有一回,一个女孩儿向我推荐老蔡的另一个小说,她告诉我,小说的章节结构是这样的——第一章不叫第一章,取名为:第一支烟。第二章就是第二支烟。每支烟,都写了字,你猜是写的什么?我说,那肯定是吸烟有害健康。她说,错,写的都是情话。

老蔡所谓的精彩语言诸如:把整个太平洋的水都倒出来,也浇不灭我对你的爱。等等诸如此类。这叫创意吗?这叫没话找话,北京话叫:话痨;成都话叫:筛话。此等格式的语句,在网络上俯拾即是,譬如灌水狂徒常常说,等咱有了钱,就买两碗豆浆,喝一碗,倒一碗;等咱有了钱,就修两幢别墅,修一幢,拆一幢。也可以再说一句:等咱有了钱,就去取钱,取一张,存一张,咱永远都那么有钱。

这仅仅是网络作家的代表人物之一。网络作家也有通俗、美声之分,可笑的是,这两派还打架。美声的,常常骂通俗的是狗叫,言下之意,自己是专业的,科班出生,满耳朵全是名人经典之作,你们通俗就是干嚎,跟你们玩儿,如同逗狗;通俗的认为自己能卖钱,你们那叫曲高和寡。

两派的说法,我都不赞同。宣纸不是一样可以用来擦屁股,只要你不嫌贵;草纸一样可以练书法,画国画,不信就叫张大千什么的,在草纸上画张国画,画出来保准是宝贝,价值还不可估算。再譬如,一个人,逗狗玩儿的时候,是否也在被狗逗呢?人还别嫌弃狗的智商低,逗一个智商比你低的狗,你还乐呵呵的,自以为得计,证明你的智商也不怎么样。没准儿你还不如它。

总之，眼看那些穷极无聊又自命不凡的家伙，日复一E地发表狗屎文章，面对一筐一筐的文字垃圾，我简直无言以对。于是，我听了会儿音乐，关掉电脑，再次睡去。

4 JINSHENG

翌日午后，我醒来，听见窗外传来菜进油锅的“嗞嗞”声，楼道里的人语喧哗声，我感到饥饿，走进厨房，看到老妈在做饭。

午饭时，老妈谈到我的工作问题，由工作问题又谈到我的发型，谈到我的打扮，最后，谈到恋爱问题。她指责我，不男不女，瘦骨精一个，染一头黄发，活像孙悟空，带回家的女孩子，又全是小妖精。

老妈的数落，搞得我郁闷至极。

不得不说，老妈是一个典型的小市民妇女。在她眼里，只有四件事，吃饭、睡觉、打麻将、料理家务。她喜欢家里永远一尘不染，家具饰物像狗舔的一样干净、亮堂。有客人来的时候，她会像国庆典礼中人民军队展示新型武器一样，炫耀家里的整洁与美观，并从中获得一种强烈的满足感。

她身怀两门绝技，一是打麻将，总是赢得多，输得少；二是与商贩讨价还价，几乎每次都能占到足够的便宜。

她对出门购物充满了自信。

对我，她几乎是毫无原则的一味迁就，尽管她看不惯我的一切。当然，我也不欣赏她，尤其是她青春时代的感情生活，淡如一瓶矿泉水，经人介绍，认识我爸，相处成家，说到底，就是找个伴侣过日子，毫无激情可言。

彼此不欣赏，相互看不惯，这就叫代沟吧！

事实上，我不是很清楚，老妈那一代的恋爱具体是个什么样子。但是，对于当代的恋爱活动，我十分了解。它说不上简单，也谈不上复杂。我个人认为，那更像是两个人在下棋，招招盘算，步步为营——

第一幕：试探，猜测，绕着圈子打听对方所想，目的不过就是想听对方说出，“我看上你了”“我喜欢你了”“我愿意和你在一起”之类的承诺。问题是，谁先说？承诺又是否属实？种种问题，令人大伤脑筋。

第二幕：示爱——表达需要技巧，更需要训练。达到的效果应该是巧舌如簧，把黑的说成白的，把丑的说成美的，把老的说成年轻的，把个矮的说成个高的。简言之，当一个说客，智取，劝降。

第三幕：相恋——程序是：牵手，亲吻，抚摸。步步占领，得寸进尺，其间男方应使出十八般武艺，不达目的誓不罢休。女方应半推半就，装腔作势，七分含羞，三分带笑，如要挖光男方钱包，应看准时机，狠咬一口。

第四幕：分手——这应该是男女之间最简捷的一步，一记耳光就可以达成心愿。如果你是缠绵型的，可事先收看天气预报，阴雨绵绵的日子，将是你的最爱。如果你是伤感型的，那么，买几个催泪弹，挂在灯光昏暗的酒吧中，音响里传出当前最流行的忧郁情歌，歌曲必须是港台的。感觉到位，还可以适当来点酒。

我心目中的恋爱，却非如此。我今生要与之相恋的人，一定是我前世的爱人。我们无须任何言不由衷的肉麻表白，我坚信，她看到我，也会有一种似曾相识的感觉。

倒霉的是，这一世，我活了二十多年，终于见到了她，却被她当贼给逮了。我相信，下次见面，她一定就有似曾相识的感觉了。

我记得，在前世，她叫真霏。这一世她变成了小满。我想，她转世时，一定喝过了孟婆汤，对前世的事，全然不知，一切爱恨情仇，一切悲喜过往，都早已化作云烟，飘散无影。否则，她不会把我当贼擒了再放。

我琢磨着，如何才能再见到她。直接去音像店，需要巨大的勇气，我自认没有。再说，估计这世上也没人到案发现场去求爱的。

胡思乱想中，我打开电脑，等待网上的小满出现。抽了几支烟，她出现了，打字飞快，先是道歉，说找到一份实习的工作，新单位临时通知她去新开的连锁店上班，因此爽约。接着，她兴奋地告诉我，第一天在新店上班就逮了一个偷音乐碟的贼，那贼怪可怜的，她发善心，没把人交给保安，而是私自放了。

她打在电脑屏幕上的话，看得我心惊肉跳，只能回答“呃”。末了，她还问我：“你说，我该不该放走那个贼呀，我做得对吗？”

我当即关掉电脑，灰头土脸落荒而逃。不幸的是，几天后，我又碰见了她。

之前，在酒吧，英平向我引见了一个电台的主持人高尚。

高尚最早是电台《网络空间》的主持人，每日午后播音，推荐些电脑配件，讲解些软件常识，聊些网络上流传的新鲜事，活像居民老太太，坐在院门口东家长西家短地聊闲篇。

电台改革后，主持人分配了广告任务。高尚在电脑领域难有作为。于是，高尚一边在电台做主持人，一边在英平的公司跑广告。当一个新时代的主持人不容易，不光嘴皮子要翻得快，腿脚也得比过去的主持人跑得快。

高尚的名字很特别，不知是精神高尚？还是肉体高尚？反正他的尊容一点也不高尚，只能用“丑”来形容，嘴脸酷似猩猩，双眼鼓胀欲裂，前额异军突起，盖过鼻尖，下雨也不用打伞。首次观赏，即能使人联想到人类进化论方面的问题。他的存在，新新人类，应改名为“猩猩人类”。有句俗语叫“见光死”，看来就是特地为他发明的。

不过，他的声音堪称卓越，极富磁性，闭上眼睛听，若是女人，没准儿会爱上他。好在他是电台播音员，只管卖声。事实上，我一直对电台播音员的相貌不存幻想，因为既会说又漂亮的播音员，全都去了电视台。

高尚热情地对我说，电台要搞一个《方言说新闻》的节目，正在找自由撰稿人，问我有无兴趣一试。我心想，自由撰稿人就算了，当个“自由乱搞人”我倒挺合适的。但是，我更需要钱，便答应去试试。

第二天，高尚将我领进电台，电台有一个黄楼，一个白楼。黄楼是演播厅，里面有两个直播间；白楼是办公楼，还有一个录音室。主持人下了节目，都在白楼的办公室里休息、闲聊、神侃。

高尚颇为自豪地指给我看——哪里是直播间，哪里是办公区，哪里是收发室，哪里是食堂，哪里是厕所。而我只想知道财务室的位置，以便日后迅速准确地拿到稿酬。但高尚就是不说。

我们乘电梯上楼，与我们一起进电梯的，还有几个男女，高尚热情地与他们寒暄，开几句不着边际的玩笑，显示自己和这里的所有人都很熟，对他来说，他们很普通。而我是一个外来人口，周遭的一切对我而言充满神秘，这使他很有优越感。

电梯在四楼停下，我们沿着长长的走廊向深处走，高尚压低声音，嘴巴几乎贴到我耳朵上，说："主任办公室里有一台电脑监控设备，可以看到走廊里的一举一动。"我不禁感叹，不愧是人民的电台，防盗工作做得真细致。

在一间办公室里，高尚向我引见了新闻部主任。主任姓马，长得也是一张马脸，名副其实。只是此马与寻常的马不同，眼睛虽是一样大，毛发却少了许多，马主任的脑袋尤其可爱，像利用体育彩票收入新造的健身广场，周边栽了一圈植物，中央平坦光滑，可供中老年人跳交谊舞。

"你在哪里发表过作品？"马主任审视我，从他的眼睛里，我几乎看到整个房间。

"网络上。"

"写过新闻稿吗？"他赏我一支烟，准确地说，是甩过来的，我慌忙接住，像抓绣球。

"写过小品。"我答非所问，摸打火机，怎么也摸不着。

"也好。"马主任吐出一口烟，烟雾在他光秃秃的头顶上盘旋，仿佛广场失火刚被扑灭。他站起来，走到饮水机前给自己倒了杯水，端回原位，继续说，"《方言说新闻》，就是介于小品与新闻之间的节目，雅俗共赏。"

"我会写得很出色。"我铿锵有力地表决心。

"写好是一回事。"马主任慢条斯理道，"关键是不要出乱子，该说的说，不该说的千万不要说。"说完，他一双巨眼就直盯着我，看我是否领会精神。

"当然。"我说，"喉舌怎么动，大脑来支配，除非神经错乱。"

"这就对了。"他满意地笑，"一切听上头的。"

我心想，纯属废话，就算写一套反动口号，你们也没胆子播，何况，写反动口号也不挣钱，就算挣钱也不写，那是掉脑袋的事。

马主任确定我具备基本的政治素质后，指导我先听听节目。据说，节目已经播出了几期，反响甚佳，只是撰稿人欠缺，唯恐后劲不足，失掉听众。

事实上，这类玩意儿，名家瞧不上，舍不得动笔，怕掉了身价；文盲想写又写不出来，恰巧给如我这等半文盲提供一个舞台。

5

JINSHENG

离开电台，高尚拉我到茶楼坐坐。去停车场取车的时候，我们碰见两个女孩儿，她们亲热地和高尚打招呼，高尚告诉我，这两位美女是他小学的同窗好友，一个叫游艺，另一个名字让我心跳——小满。

"是你呀，真巧。"她一眼就认出了我，"原来你是高尚的朋友，看来那天放过你是对的。"

"你们认识？"高尚颇感意外，又格外好奇，问我，"那天你怎么了？干了什么她要放过你？"

我惊喜交加，但不知说什么好。

"什么也没干。"小满笑吟吟道，"我还不知道他姓甚名谁呢。"

高尚介绍了我，游艺邀我们一道去玩。高尚说我们还有工作要做。

"那下次见，拜拜。"两个女孩儿向我们告别。我叫住小满，悄悄告诉她，那天的事我改日好好谢谢她，她微笑说随便，和游艺蹦蹦跳跳地走了。

我看着她走远，告诉高尚，那天我在音像店盗窃的事。

高尚听罢，放声大笑，猛拍我背："你他妈的真有趣！"说着，他拿钥匙打开一辆红色捷达，此车看上去像头上未安顶灯的"野出租"，很容易引起警察的注意。

"《方言说新闻》节目，其实就是一单生意。"高尚钻进车里，一面打火，发动，一面对我说。

我等待下文，他别在腰间的手机响了，接完电话，他颇为自得地向我炫耀："一个听众，中学小男生，极喜欢我的声音。"

"你说生意，怎么回事？"我将话题拉回来。

"电台推新栏目，用意是拉广告。"他说，"节目播音员三个，一个女的，两个男的，我是其中之一，两个编辑，一个就是马主任，马编，另一个是牛编。"

"懂了，一块蛋糕，众人分割。"

"马编和牛编有矛盾，一直在暗地里打架。"

"我该听谁的呢？"

"当然听马编的，马编是主任，牛编连副主任都不是。"高尚眼望后视镜，技巧娴熟地摆弄方向盘，将车倒出停车位，开到停车场门口，向管理员交了三元钱停车费，然后开出车场，一路狂奔。

到了茶楼，他告诉我，今天实际上是一边喝茶，一边跟茶楼老板谈广告。茶楼老板是个暴发户，以前在中学当语文老师，难免附庸风雅。引诱她做广告，她要先看播音稿，想是长期批改作文落下的毛病。

我和高尚坐在茶楼靠窗的座位，等了一刻钟，茶楼老板犹抱琵琶般款款现身，是个女的，四十来岁，狼一般的年龄，风骚之中强作典雅。她挨着高尚在我对面坐下，一坐下，身子就软得像棉花糖，紧贴高尚。她身上的香水味浓郁之极，几乎使茶水也变了味。也只有上了点年纪的女人才会把香水喷得过分，粉扑得过厚。青春已逝，要靠双倍的化妆品来抚慰。

高尚叫她陈总，并厚颜无耻地向陈总介绍我，把我描绘成著名青年作家。我不得不同样厚颜无耻地附和。

"最近生意清淡得很。"陈总忧郁地望着我，"还望作家妙笔生花，替我们好好宣传。"

"这个——自然没问题。"我垂下头，喝茶，脸皮红如牙龈出血，由点扩散成面。

"陈姐放心，你的事，就是我的事。"高尚的腔调像主持娱乐节目，"我们都是新新人类，敢于创新，会用最酷、最炫、最辣的方式推出品牌！"

幸亏他口有遮拦，及时刹车，只说“你的事，就是我的事”，没说“你的生意，就是我的生意。”否则，陈总会当场昏倒。

对于豪言壮语，陈总不置可否，提议我们参观一下茶楼。尤其是我，头回来，熟悉环境是必需的。仿佛我要留下来上班。

她着重强调：本茶楼不是光卖茶，还兼营桑拿按摩，洗头洗脚。

于是，我们转悠了一圈，感觉比较独特的是茶楼大厅，中央造了一个假山，山上小桥横架，山下流水潺潺，水下埋伏了一串袖珍彩灯，使流水斑斓。假山前面摆了一架钢琴，夜晚的时候，一个白衣女子，倾情弹奏，所涉曲目之广，不仅有民歌《走进新时代》，还有港台式的《青花瓷》。可谓中西合璧，土洋共存，独具匠心。

包间则比大厅有情趣，单是洗头便与众不同，是躺在按摩床上洗，小姐个个都像外科大夫，站在床边伺候，先是按摩你的肩部，接着是颈部，最后是头部，按摩完毕，小姐转至床头，摆弄你的脑袋，先将头发弄湿，再往蓬乱的头发上涂抹洗发水，一边涂一边揉，使头发更加蓬乱。揉搓达到一定效果，拿来淋浴笼头冲掉满头泡沫。这样搞，耳朵难免进水，绝妙的是，小姐用消毒毛巾擦干头发后，俯身下来，捉到自己未消毒的一头秀发中的几根，挽成极细的一股，伸进你的耳朵，一下接一下，耐心撩拨。只消数十下，耳中水珠全干，连耳屎也顺便掏了。更绝妙的是，此动作具有色情倾向，可令男人心猿意马。同时，在整个动作的过程中，小姐的脸与你的脸，若即若离，轻轻触碰，又倏然闪开。

高尚享受地闭着眼说：“我们是免单的。”

“不打折多少钱？”我好奇地问。

“九十八。”坐在我身旁掏耳朵的小姐抢答，“如果再做全身按摩，加浴足，全套才一百五，很划算的。”

我靠！脸和脸似是而非地挨一下就要九十八元，倘若全面的肉体接触，岂不上千。

“她们还可以给你洗澡。”高尚淡淡地说。

我侧过脸，用疑问的目光征求小姐意见。小姐微笑点头：“当然，这是我们的服务项目之一。”

“怎么洗？”我愈发好奇。

“只洗两端，不洗中间。”高尚旁边的小姐答道。

我顿时就有一种被肢解的感觉，失望地问：“为何不洗中间？”

“中间那部分自己洗，这是规定。”小姐们异口同声地回答，表情凛然。

一般来说，从事半色情服务工作的同志，往往装得最纯情。

临别，高尚嘱咐我，把茶楼广告融入节目，完稿后交给他，他交与陈总审阅，若陈总满意，当场即可拍板签合同。

高尚请求我与他秘密合作，如此，我将分到一部分广告提成，而不仅仅是电台的一笔菲薄稿酬，同时，他的广告任务也得以完成，互利互惠。

显然，我是一个被他拉来的壮丁。而且，我必须跟他是一伙的，否则一分钱也挣不到。何况，我也当报答他的引见之恩。他完全可以介绍别人来写节目，自由的人不多，自由撰稿人却满地都是。

退一步讲，倘若没有广告支持，节目迟早也完蛋。于情、于理、于公、于私，我都当义无反顾与之并肩作战。口香糖也叫做糖，被动挣来的钱也是钱。

6

JINSHENG

晚饭后，我溜达到楼下的花园，花园里，几个老头、老太太在锻炼身体，一对年轻的父母，用小车推着孩子，有说有笑，从我眼前走过。

时间变得漫长，我孤单寂寞，我磨磨蹭蹭，终于，我拿出手机，忍不住给小满拨了一个电话。

“喂。”

“谁呀？”她的声音略带沙哑。

“我。”

“你是谁？”

我告诉她我是谁。

“……”她沉默。

少顷，她轻声问：“你要报答我的释放之恩吗？”

“出来吗？”我问。

“出来干吗？”

“有事？”

“我们快考试了。”她说。

“上次，你失约了。”我踌躇半天，终于告诉他，我就是那个和她网聊过多次的“泰迪熊”。

“啊，原来是你。”她十分惊讶，“你人那么瘦，倒取个这么臃肿的网名。

“就……就是因为没见到你，我才到音像店闲逛，哪知钱包又丢了，所以才……”

“别解释了。”她打断我，“你这一解释，好像你偷东西倒是我的错了。”

“不是……”

“在哪儿见，说吧。”她说，“今晚我有空。”

我说了地方。

半小时后，我赶到小酒吧。小酒吧是两层楼，我踩着狭窄的楼梯走上去，推开一扇玻璃门，一眼看到靠窗的位置，坐着一个女孩儿，眉清目秀，一副既来之则安之的样子。我走过去，挨着女孩儿。我们相视一笑。

“我们去哪儿？”小满问。

她的声音不像一般年轻女子的清脆、柔美，而是低黯、缥缈、沙沙的。这声音，我在前世听过很多次，无法忘记。

“去吃饭、去逛街、去唱歌。”我问她，“你喜欢去哪儿？”

“哪儿都行。”她大方地说。

我们在一家著名的小吃店里吃东西，小吃店人不多，空了很多位置，服务小姐懒洋洋地站在远处。小满点了一个意大利炒粉和一杯鲜橙汁；我要了一份地道的四川小吃套餐。挺有意思，如今小吃店也是中西合璧。

吃东西的时候，小满问我，曾经跟多少女孩儿谈过恋爱？

我想了想，说：“没仔细数，几个吧。”

“第一次接吻，什么感觉？”她盯着我，像只波斯猫，眼睛雪亮。

“早忘了。”我嚼着嘴里的东西。

“咱们做个游戏吧。”

“什么游戏？”

“比如说，你跳楼……”

“跳楼？为什么要跳楼？”我想起恒远公司的老板。

“比如说，假设，”她解释，“你必须跳，不跳就没法玩儿了。”

“那就跳。”

“你想呵，跳之前，什么感觉？”

“心里发慌，扑通乱跳。”

“跳到一半呢？”

“晕了。”

“落地后呢？”

“摔成肉酱。”

我话音未落，她笑得前仰后合。

“干吗呀？”我糊涂了，“好笑吗？”

“现在宣布答案——”她非常兴奋，“你吧，第一次接吻的时候，开始，心里扑通乱跳。接到一半，晕了。最后，你居然摔成肉酱。”

“我倒！”

吃过晚饭，我建议去唱歌。小满说，不喜欢唱歌，尤其是港台的，都一个味道，不是模仿欧美，就是模仿日韩，越唱越郁闷。

我又建议去看电影，她依然不喜欢。最后，我建议，四处逛逛，她欣然应允。

我们走进一家热闹的商场，在琳琅满目的商品和绚丽的灯光中穿行，什么也不买，什么都浏览，她的兴致始终非常浓郁，我脚都酸了，她还意犹未尽，直到商场打烊，顾客纷纷涌出，四散到街头。

我叫上一辆停在街边的出租车，钻进车里，我摸她的手，感觉格外柔软。

她出神地看着窗外，半晌，转过头，问我：“你是不是喜欢我？”

我说我上辈子就喜欢你了。

她说你这话听起来又肉麻又假。

我说这是真的，千真万确，不单我上辈子喜欢过你，而且你上辈子也喜欢过我。你上辈子也不叫小满，你叫真霏。

接着，我滔滔不绝讲起前世的一段往事。她听完，摸摸我的额头问：“没发烧吧？”

“这一切都是真的。”我拿开她的手，解释说，“我死后没喝孟婆汤，你肯定喝了，不然你不会不记得我。”

“你可真是个充满幻想的人。”她一笑，又说，“常用这套说辞追求女孩子吧。”

我丧气地垂下头，片刻，又抬起，说了一句怎么听都像是扯淡的话：“我一直在等你的出现，守身如玉。”

她大笑不止。

出租车开到她所在的女子职中，我陪她下车，走到学院宿舍门口，送她进门。然后，看着她的身影，一点点消失在铁栅门后面。我点了支烟，抽了几口，走过一条街，电话响起。

“你在哪儿？”小满问。

“街上。”

“远吗？”

“不远。”

“我们同学的妹妹来了，宿舍里住不下。”

“来吧。”我说，“我在案发现场——你实习的音像店门口。”

我们一起回到我家。

我的房间乱糟糟的，我边叫小满坐，边把皱巴巴的床单拉直，把枕头放平，把脏衣服塞进柜子。

“别客气，”我说，“就跟到了自己家一样。”

“我家哪有这么糟。”小满笑着坐在堆满杂志的沙发上。

我整理完房间，殷勤地给她倒了杯水，递给她：“你的前世我知道，我想问，你这辈子常去男孩子家吗？”

“你什么意思？”她面露不悦，“把我当什么人了。”

“对不起，对不起。”其实话一出口，我就后悔了，讪笑着解释道，“我不是那意思，我这人就是嘴臭，本质并不坏，否则你那天也不会放我一马，你看人真准，钦佩。”

“少来这套。”她板着脸道。接着，她告诉我，她们女子职业高中，全班都是清一色的女孩子，很少有机会接触男生。

我若有所思地点点头，喃喃道：“嗯，尼姑庵，这就对了。”

“你有完没完了？”她蹭地站起身，做出要走的样子。

我连忙安抚她，说人生已多风雨，往事我不会再提，咱们珍惜眼前。

说完，我拿出一本相册给她看，她很感兴趣，仔细端详每张照片上的背景和人物。

“我爸和我妈离婚后，他就死了。”我说。

“怎么死的？”

“他迷恋一种气功，说练气功身体好，不生病节省医药费。一天早晨，他在公园湖边练功，不小心走火入魔，一头栽进湖里，捞上来已经咽了气。”

“真的？”

“真的。”

“我记得我前世的父亲，也死得很独特。”我充满回忆地说道。

“你能不提你那个前世吗？”她合上相册，正色道，“听着，其实你给我的印象不坏，不管在网上，还是在现实里，但是，你这人太爱幻想了，说话总不正经，这不好。”

我难堪地咳嗽几声，说：“我蛮正经的，不骗你，我爸的事报纸上都登了。”我从床下翻出一张旧黄的晚报，抖去尘埃递给她。

“天底下果真有这样的事。”她读完，仍半信半疑。

“都是钱害的。”我喝了口凉茶，说，“人为财死鸟为食亡，古今如此，不足为奇。”

“你也想发财吗？”

“不，不。”我想起前世的事，忙不迭申明，“我不想发财，我只想安安稳稳、平平淡淡地过日子。”

“我也这么想。”她说，“平安才是福，女人最怕的不是穷，是寂寞！”

她这句话，让我心里一抖，确定她就是前世的真霏无疑，可我不敢再提这事，否则她该把我当精神病了。为了掩饰心里的惊喜，我看了下手机上显示的时间，已是凌晨三点了。

“你睡床吧。”我说，“我在沙发上将就一宿。”

“你困了？”她双眼炯炯有神地看着我。

“有点。”我问她，“你不困啊？明天不用上课？也不实习？”

“我是怕你图谋不轨。”

“那你就坐到天亮吧。”我被气笑了，心想前世咱们都是夫妻了，不知同床共枕了多少回，今生却要从头装模作样，人生可真够累的。

“再聊会儿，我还没瞌睡呢。”接着，她讲起她的学业、她的朋友。她学的专业是外贸英语，可惜毕业后根本找不到和专业对口的职业，好多大学生毕业还没工作呢，所以她只能到音像店实习。

她很为自己的工作前途担忧，而我听着听着就迷迷糊糊地睡着了。

半夜，我醒了一次，发现小满坐在电脑前，正专注地看我写的一个东西。

她一边看，一边按动鼠标，鼠标“咔哒、咔哒”作响，使我无法入睡。于是，我坐起来抽烟，茫然地注视她。她背影弯曲，在幽暗的光线下，活像一只蜷缩着的慵懒的猫。

后来，她玩累了，就倒床睡去，神态安详，好像在做什么了不起的春秋大梦。

以前，我也带女孩子回过家，那不过是一夜情缘。一夜之后，我便轻易地把那些女孩儿忘掉，忘掉她们的样子，忘掉她们的声音，忘掉她们说的话，就像忘掉抽完的一支烟。

这一切都源于空虚无聊，我一直在等待前世的她的出现。现在，她出现了，我想我不会再错过。

7
JINSHENG

老妈对小满的印象不坏。尽管她更喜欢勤恳朴实的劳动妇女，准确地说，有点儿像八十年代国产片里的女人，上身穿白衬衫，下身穿花裙子，梳着齐耳短发，腰身粗壮，屁股肥厚，会生养，会做饭，会打扫卫生，上班下班，工作认真，闲暇时光，学学英语，逛逛公园。总之，一本正经，偶尔也向父母撒撒娇，一般是在个人问题上，作害羞状。顽皮的举动，至多是回家不洗手，直接就夹菜，此时，当妈的便拿筷子，打其手背，骂一句："馋猫！"

她们是八十年代的新一辈。她们说得最多的一句话：为实现四个现代化而奋斗！当时给我的感觉，不久的将来，她们就会坐着火箭去上班。

我是说，小满不是八十年代的新一辈，她是新时代的"宝贝"。尽管如此，与我过去带回家的那些小妖精相比，她已经相当纯情了。

吃过早饭，我把小满送回学校。路上，她告诉我，考完试，她就得回家了。她不是本地人，家在贵阳。父母因为工作的关系，不能照顾她，她十五岁便来到这座陌生的城市，和外婆住在一起。

我问她，我们什么时候还能在一起。她看了看我，说有缘自然会在一起。

我无言以对，我认为，缘分这东西实在不可靠，在很多时候，那更像是拒绝对方的巧妙借口，如果两个人真想混在一起，自然会创造互相接近的机会。

见我依依不舍的样子，她说，有空给我打电话吧。

回到家，我给自己沏了一壶热茶，打开电脑，放响音乐，动手写策划案。说是写，实际上是照抄一遍。诸如此类的广告策划案，大同小异，只需扑扑灰尘、改装一下、刷一遍漆，便可以弄出一个新的策划案奉献给客户。其格式如同小学生作文，四段式——第一，做市场调查及背景分析，其实根本没有什么调查，充其量去看看同类产品的价格，胡乱分析一番，用点广告专业术语，连缀成文；第二，对消费者的心理进行分析，这一点，任何一本关于广告的工具书上都写得清清楚楚，照搬就行；第三，建立广告营销战略，这同样是个专业术语，翻译成大白话，就是在各个媒体上做广告；最后，甜言蜜语，表表决心、喊喊口号——综上所述，采用立体化广告战略，形成强大的广告攻势和广告覆盖面，使品牌知名度迅猛提升，从而全面、彻底地占领市场。总之，绕来绕去，就一句真话：客户，掏钱吧！

策划创意只是一个噱头，只是让那些掌握公司广告宣传大权的家伙，跟公司有个交代，从而名正言顺、神不知鬼不觉地中饱私囊。

因此，客户首先在意的是价钱，其次在意的还是价钱，最后看看自己能否从中捞上一笔。所谓创意、策划，都是扯淡。

中午时分，我完成了一篇五千字的策划案，从头到尾把策划案检查了一遍，改了五十多个错别字，发现没有疏漏，打印了三份，一份留给自己。剩下两份，交给英平，英平通读一遍，十分满意，拿起电话，给西安药厂驻蓉办事处的老总打过去，在电话里，约好见面时间和地点。

之后，英平那边没有消息。我不知道他和西安方面谈过没有，谈的结果如何，也不知道他会付我多少费用。

英平与人合作的方式，一般是，在用你的时候，往往是万分急切、格外热情，天天与你在一起，就像口香糖一样，粘上就很难撕下去。一旦过了利用期，哪怕是在电话里，他也表现得相当冷漠。再见面，他又会与你混得如密友一般，这使你不好意思开口向他要钱。或者，你还未来得及开口，他便抢先一步，跟你说上次的生意，出于种种原因，税务的原因，客户付款的原因，媒体价格提高的原因，广告材料涨价的原因，到头来，不赔不赚，即便如此,大家是朋友,策划费用还是要付的,但不能一次性付完,下次我们接着合作,下次又是一笔大业务,下次一定加倍付给,下次、下次,永远是下次。

很早以前,人们就在我脑袋前面,挂了一串葡萄,我只要向前迈一步,就能吃到,于是,我就往前走,我走一步,葡萄也在走,永远距我一步之遥。我不甘心,又往前走,继续往前走,不停往前走,越走越口渴,终于我伸手扯下那串葡萄,看见葡萄上写着两个字:希望。如果我把它吃下去,就再没有往前走的兴趣,于是,我把葡萄重新挂在我的脑袋前面,继续走,自欺欺人地走,掩耳盗铃地走,走到终点,我发现,葡萄不见了,不知是被风刮走,还是被别人夺去,还是它已经干涸。我懊悔不已,早知道,我宁可把它吃下去,仅仅因为"希望"二字,让我以为前途一片光明,让我以为前方美妙无限,让我以为自己是最有希望的一代。

我说过,英平是新时代的佼佼者,他不但让自己永远活在希望中,并且有能力把希望当作精神鸦片,赠送给别人。让别人与他一起,投入到一个名叫"希望"的大型迷信活动中,如果允许,我更乐意把这个活动称为:希望工程。

当然,英平也不是精神鸦片的生产商,他只是一个经销商,他的精神鸦片来自客户——在饭桌上,在酒席间,在按摩中心,在娱乐场所的包房里,在现代妓院中,客户们寻欢作乐,豪爽许诺,将一颗颗精神鸦片塞给英平。最后,其中一部分精神鸦片,变成了实实在在的金钱;另一部分,则永远是精神鸦片,英平将它赠送给男性朋友,比如我和余二人之流。金钱那一部分,也被一分为二,一半用来购买汽车房产,一半用来购买李薇薇身上的肉。

那些天,我仍然无事可做。由于想念,我与小满频繁通电话。多数时候,小满也很无聊,大约,她把我当成了精神鸦片,她无聊时的精神鸦片。

有时候,一天之内,我们要通三次电话。早、中、晚,各一次。有时候,午间,我把电话打到她们宿舍的寝室里;有时候,是深夜,睡不着,聊得忘了时间。有一次，我们居然聊了一个通宵，天明时分，眼皮、舌头和嘴唇，都是肿的。

我们聊到她的家庭、她的父母、她的爱好、她喜欢的食物、她喜欢的音乐、她喜欢的电影。她说她只喜欢看欧美的电影，国产片与港台片，一点也提不起她的兴趣。我说我也讨厌港台的东西，无论是电影，还是流行音乐。为了证明自己的讨厌，我向她举出一大堆实例——港台影视剧无非三类题材：枪战，武侠，言情。怎么构思编造杜撰也逃不出这三个倒霉框架。枪战无非是警方与黑道之争，故事发生地点无非是码头、医院、警署、酒吧、赌场。拍上一千部，对话里总少不了一句："噎死儿"！并且，每一部剧的对白都可以交换使用，不信你试试，那些对白说的都是一个意思，适合于每一个港台枪战片。比枪战片还讨厌的，是武侠片，武侠片无非两个主题，一是夺宝，二是复仇。一个大侠不慎落入悬崖，总是死不了，不光死不了，还学得一门绝世武功，最少也能得一件宝贝，几粒丹丸什么的，出山后，依然"笑熬糨糊"。反正，大侠如神仙一般，打成蜂窝煤也照样活着，因为他们会飞，有钢丝悬着，可以从青城山飞往峨眉山。就算不会飞，在危急关头也总会出现一个救星，横空跳出，三拳两脚击退敌人，运气发功，打出的拳都霓虹斑斓，流弹似的，打到哪儿，哪儿就炸开。枪战片起码还能给人感官刺激，武侠片起码也有点儿塞外风光什么的，看着也不烦。比这两个东西还不如的是台湾言情剧。人物交流，张嘴就是卖儿卖女的伤心话，听完就得马上刷牙漱口，否则酸倒牙。还有一些胡编乱造地戏说历史剧，完全不知所云，人物、演员稀奇古怪，我翻过一本画报，封面是《还珠格格》的剧照，小燕子身着古装，手牵一匹白马，她的眼睛和那匹马的眼睛竟然是一样大的。

除了影视，我们接受得最多的，最直接的，还是流行歌曲。台湾的一些歌似乎还有那么点文学的味道。但大多数歌词都是平庸和粗制滥造，是一个大洗澡堂的肮脏肥皂泡。

譬如《月亮代表我的心》，歌是好歌，经典之作，几代人传唱，翻版又翻版。可是，月亮代表我的心，月亮凭什么就代表我的心啊？月球我又没去过，听说嫦娥在上面，跟吴刚同居，领没领执照我不清楚。我只知道，月球不是天堂，也有这样那样的毛病，它根本不能代表我的心，不光它不能，任何星球都不能。我从不对女孩儿说什么东西代表我的心，我的心就是我的，谁也代表不了。

又譬如《爱你一万年》，时间太长了吧？就算能活一万年，都老成那样了，还怎么爱啊？用成都话说这叫“玄龙门阵”。说实话，换成我，去爱一个人，一万天我都坚持不了，一万天大概是三十年吧，还是太长。有时间我还要干点别的事。

再譬如《把悲伤留给自己》，凭什么要留给自己？两人要好的时候，是有福同享，临了，你抛下我一个人走了，什么都不承担，把悲伤全留给我，那怎么行？就算真不过了，离，也要先把财产分均匀了，感情是双方投资的吧？既然是投资，就算财产吧？那就对半分，悲伤一人一半，我知道我傻，可我小学还是毕了业的，基本的加减法还是会的。

也许，我是个喜欢钻牛角尖的家伙。总是喜欢琢磨一些不起眼的，毫无价值的事情。琢磨来，琢磨去，觉得很多东西都是扯淡。我把扯淡的东西，讲给小满听。她倒挺喜欢听我扯淡，听得津津有味。

由于扯淡，我们之间，亲密了许多。

在电话里，我们还总是喜欢抢着说话，她的语速飞快，一句接一句，不喘气地说下去，肺活量奇佳，我根本插不上话，好不容易插进一句，她就会说：“你又跟我抢着说话。听我说，听我说。”以至于我们谈论的话题，总是进行到一半，就奇妙地转入另一个话题；以至于每次通话完毕，都感觉还要很多事没有跟对方讲；以至于我们好像永远都有说不完的话。

8

JINSHENG

小满还喜欢领我去见她的朋友，我只好接受她朋友们的参观和检阅。

在小满看来，都是有所作为，有头脑的正经人，其中没有一个像我一样的社会游神。

那天，我们在一条狭窄肮脏的小巷里，找到了名为“钟古铺”的饺子店。该店是小满的一个朋友开的，据说这个朋友相当了得。

小巷里，几乎全是由砖木结构的平房改造的个体小食店，热气腾腾，油烟弥漫。

一个留着长发，衣衫被汗湿透，浑圆如桶的肥胖男人，站在饺子店门口，冲小满傻笑。他看上去，就像一堵尿迹斑斑的墙。此人便是小满说的那个相当了得的朋友。

也许是喝了太多酒的缘故，我对那天吃饭的情形记得不连贯。印象最深的就是那个胖家伙，上桌便自我标榜一番。他说："我叫杨伟，现任本市有线电视台娱乐节目的策划兼助理主持，常和台湾人打交道，以前在咪咪夜总会的独狼乐队担任过贝司手。

甚至，他还炫耀自己如何高明地管理着这个比鸟笼大一点的饺子店，伙计们对他佩服得五体投地等等。

那天同去的还有小满的同学游艺，她始终近乎痴迷神往地凝视着杨伟。

酒过三巡，杨伟忧心忡忡地教导我，像个班主任教育犯错的学生："玩要玩出花样，年轻人嘛，成天穷混怎么行？要做你认为有意义，有价值的事，你现在，究竟想干点什么，告诉我。"

"我现在想撒尿。"我扔了筷子，起身扭头就走。

小满快步追出来。

外面，夕阳猩红，像打翻的葡萄酒，路人行色匆匆，我们沉默地走了一段落，在汽车站的塑料椅上坐下。

"你很讨厌我的朋友，是吗？"小满问。

"是的。"我似笑非笑，"你的生活真热闹，比你前世热闹多了，狐朋狗友一大堆。"

"多认识些人不好吗？"她说，"他们都挺能干，为人处世很有一套，社会经验……"

"你在影射我笨吗？"我打断她，反问，"你那些朋友不就是有两吊臭钱吗？就觉得自己是个人物了，狗屁！"我吐了口痰，刚好吐在她鞋上。

小满气咻咻地用卫生纸擦鞋："你总爱出口伤人，吐痰也不例外。"

"我伤谁了，我只想安静平淡地生活，不需要别人来教导我怎么活。"

"你以为你是谁？"

"今生是常人社会中的常人。"我说，"前世是宋代的一个书生，经历非凡。"

"又是前世。"她盯着我，一副无语的样子。

一辆乘客稀疏，车身绘着大幅化妆品广告的公交车到站停下，小满独自上了车。我仍坐在塑料椅上，麻木不仁地看着夕阳下匆匆过往的行人和车辆。

又是黑夜，空洞的黑夜，望不到尽头的黑夜，无边无际的黑夜。

黑夜没有任何意义，我是说，它只是白天的一个替身，可有可无的替身，悲哀的替身，倒霉的替身。

难道不是吗？在白天，人们也可以疯狂发泄欲望，也可以撕下面具，也可以做肮脏的交易。只不过，人们习惯把它们放逐到黑夜，看不见自己的黑夜，看不到世界的黑夜。

黑夜，我无聊至极。

说到无聊，让我顺便想起以前我在一家商场上班时发生的事。

那是个炎热的午后，商场里的营业人员，无精打采，神色慵倦。

店堂内外完全两个世界，外面，阳光灼热，行人车辆匆匆交织，似乎多停留一秒，就会当场熔化。与之相比，我们那个专销烟酒的店堂，显得格外冷清、阴暗。通常，午后时刻，顾客寥寥。即便有，也会被吓跑。我们习惯用审视的目光死死盯住顾客的双眼，或拿轻蔑的眼神对之由头到脚全身扫描。如此，再稳重的人也会尴尬地逃之夭夭。

想想看，我们当时有多么无聊。

由于无聊，我与几个男同事，先是比谁的中指长，比完了中指，比食指，分出长短后，相互敬烟。后来，我们把注意力转移到收银小姐敬霈身上。我们都知道，她和商场主管是一对姘头。起初，大家以为是绯闻，直到敬霈由营业员提升为收银员兼柜台组长，我们才知道，绯闻不假。敬霈因此让人很看不顺眼，尤其在令人昏昏欲睡的夏日午后，她仍装模作样，摆出一副热忱工作的架势，俨然一个假正经！

完全是由于极度的乏味与无趣，我和几个男同事，决定羞辱敬霈一番，以求刺激。我们打了一个赌——谁可以隔着她身上的薄衬衣，解开里面的胸罩。

一个男同事豪爽许诺，谁敢去，他就给谁买一条好烟。

看我的。我话音未落，已像只机敏的老鼠悄无声息窜至敬霈身后。她正在填写当日的销售报表，聚精会神，对即将到来的灾难毫无察觉。

透过她薄薄的衬衣，我可以清晰看到紧贴她背部的，一条狭长雪白的带子，带子中央嵌着一颗小巧别致的纽扣。我伸出被烟熏得焦黄的食指和中指，在那个纽扣上灵巧地一夹。与此同时，我听到一声尖锐的，犹如从梦魇中惊醒的失魂悸叫。敬霈下意识地双手交叉护胸，动作与声音配合得恰到好处。我想，她一定是感觉胸前猛然一空，以为自己那一对婴儿的伙食团脱落，或者弹出。

敬霈无比惊惶的样子，使对面柜台的一帮哥们儿笑得人仰马翻。当然，我也捂着肚子，笑弯了腰。

这一幕，恰好被巡视店堂的主管亲眼目睹。他怒不可遏，冲到我跟前，抬手给了我一记极富正义感的耳光，很响亮。出于惯性，我仍在笑，当醒悟挨了打，笑声才戛然而止，犹如高速行进的列车，被人猛然拉了急刹车。

这件事的后果是，我被商场严厉处分，扣掉三个月工资。喜剧的是，三个月未满，商场因长期经营不善，宣告关门。

真的，无聊会让人莫名地浮躁，浮躁也会让人更加无聊，相辅相成。每当这种情形出现，我的解决办法是找一点事来做，一直都是这样，不管是好事，还是坏事，不管所做的事，是否有意义，是否有利可图，是否合乎情理。

我决定去找英平，顺便打听一下广告的进展情况。他说了两个消息。我认为，一个是坏消息，一个是好消息。

坏消息是西安药厂不打算全方位投入广告宣传，他们只想在报刊上做一些文章。我们的立体化广告战略，宣告破产。好消息是，余二人被公司开除。

在此之前，英平与余二人一同前往西安公司驻蓉办事处。当着西安方面几位老总，余二人侃侃而谈，主题是品牌如何占领市场。

一开始，余二人谈得头头是道，几位老总颇为欣赏。然而，谈到一半，余二人话锋一转，强调指出，贵厂的妇科药，必须采用逆向思维式的广告宣传。要出名，不能光想着流芳百世，遗臭万年也是好办法。

“哪怕是一泡屎，张总闻了，宋总闻，宋总闻了，王总闻，虽然很难闻，记忆却深刻。”

余二人一边说，一边做出一个惊人之举——他攥紧拳头，比作屎，凑到几位西安老总的鼻子前挨个儿一晃，使每个老总逼真的感受。

老总们本能地往后退，惊骇之余，面面相觑。双方极其尴尬。

“我靠！”我笑骂，接着问英平，“生意还能成吗？”

“如果有经典的创意，还可以说服西安方面，把全案代理拿到手。”英平急切地说，“快来吧，研究方案。”

9 JINSHENG

路上，我的心情慢慢变得轻松起来。下车的时候，电话响了，

我看了一眼液晶显示屏上的号码，居然是小满。

“我想见你。”她说。

“有事？”我搞不懂她的意图。

“没事。”停了一下，她说，“就想见你。”

“在哪儿？”

“学校，来接我吧。”

我关掉电话，下车，换了一辆出租车，开到小满所在的学校，看到小满在学校门口的路灯下站着，神色茫然，形影孤单，楚楚可怜。

我叫她上车，她上来，紧紧依偎着我，直到下车才松开。

见我带来一个女孩子，英平心中不爽，面上却很平和，亲自冲了两杯咖啡，端给我们，表现出一个商人应有的虚伪。然后，他拿出一大摞资料，一张张翻开，跟我介绍。我一句也没听进去，看着资料发呆，模样却很像在思考。

小满无聊地坐在一旁，听我们谈话，玩儿自己的手指。过了一会儿，李薇薇从总经理办公室里出来，看到小满，两人一见如故，立刻打得火热，你一言我一语，像一对唧唧喳喳的小鸟。

“你们出去玩儿吧。”英平对她们说，“我们有工作。”

“一起出去吧。”李薇薇提议，“待在办公室也想不出创意。”

英平看着我，征求我的意见，我看看小满，她充满期待。于是，我赞同李薇薇的提议。于是，英平开车，我们一行四人，来到迪厅。

一般情况，我不会带女孩子去迪厅，只会把迪厅里的女孩带出来。根据我的经验，能带出迪厅，并与她们上床的女孩儿大致分三类：第一类是明娼型，她们衣着性感，发型夸张，笑声放荡，举止奔放，喜欢跳摇头舞，还比赛；她们抽大麻，服摇头丸，眼神游移，会主动和男人搭讪，惯用的手法是借火，要烟，说下流话；她们对一切都满不在乎，直来直去，干脆利落。第二类是暗娼型，她们穿着时尚，神情高傲，面对男人，她们绝不主动出击，心里却非常渴望男人的靠近，至少可以骗到回家的出租车费。如果你要跟她们上床，她们会同你周旋一番，说一些“她其实从来不卖，或者从没卖过”之类的屁话。先侮辱你的智力，然后开出很高的价钱。她们表面冷漠，内心浮躁，擅用心计，她们或许根本不跟你谈钱，但你必须拿时下最流行的手机和时装来交换。第三类是自我欣赏型，她们来迪厅之前，会花上两个小时精心化妆：洗脸，护肤，做面膜，打粉，描眉，涂眼影，上睫毛膏，勾唇线，抹口红，喷香水。一切完毕，来到迪厅，坐在不显眼的位置作颓废状，平常不喝酒的，此时必喝，平常不抽烟的，此时不光抽，而且猛抽；装出恶习很深的样子，尽量使自己产生堕落感、历经风尘感、成熟感、看透世事的沧桑感，而一双空洞无物的眼睛，怎么也掩饰不了内心的空虚、无知和虚弱。

她们极少单独出入，通常结伴而来；她们基本都有正当职业，朝九晚五，甚至晚上还到成人电大去上课什么的；她们的生活是枯燥的，乏味的，循规蹈矩的，需要换一个方式来宣泄；她们寻找堕落感，却没有真正堕落的胆量；她们甚至鄙夷真正堕落的同类；她们有很强的自尊心，不勾引男人，也不反对男人来勾引，前提条件是，你要英俊潇洒，风度翩翩，气质成熟，高大魁梧。那么，她会同你热烈地闲聊，跳舞，喝酒，但绝不会当天就与你上床，而要拖延几天。她们喜欢男人追求，最好是对她一见钟情，把她捧在手心，苍蝇似的围着她转悠，她们的拿手好戏就是磨炼男人的耐心。因此，就算得到她们，也味同嚼蜡。她们从不关心男人的感受，更谈不上理解，还挑剔，非常挑剔，不管自己模样多么丑陋，知识多么贫乏，职业多么低贱，也千方百计要找个完美男性。她们要求你去逛街，哪怕什么都不买；她们要求你去高档饭馆吃很贵的饭，哪怕毫无胃口；她们要求你去欣赏艺术电影，哪怕根本看不懂；她们要求你买装帧精美的名著，哪怕买回去当摆设。

值得庆幸的是，我和英平身边的两个女孩儿，不在这三类之中。李薇薇虽为暗娼，但不是一般意义上的暗娼。凭她的姿色和头脑，你必须把汽车和别墅摆在她面前，方能奏效。小满更是与众不同，对她来说，钱不是万能的，要她嫁给一个穷光蛋，也是万万不能的。

一到迪厅，屁股没坐热，李薇薇就拉着小满到舞池里去跳舞，我和英平要了一打啤酒，一边喝，一边谈起广告。

说到广告，顺便说一句，很多干过广告的人，把广告说得万般神秘，说得至高无上，甚至，把广告说成是艺术与商业的完美结合。言下之意，自己是杰出人才，既懂艺术，又懂商业，既感性，又理性，天下无双。然而，不管如何粉饰、如何夸耀、如何巧辩，说直接一点，说浅显一点，说明白一点，广告就是在广场上贴告示，屁大的事嚷嚷得全世界都知道。嚷嚷的方式，层出不穷，最简捷、最见效的方式，就是手里提着锣，当街敲一通，卖什么吆喝什么，这一方式，同样适合广告公司本身，生意不景气，把业务员派到街头，敲锣打鼓，扯着脖子，用干燥的嗓音一声嘶吼——有做广告的没有？

广告就是叫卖，即便是广告大师大卫·奥格威也是叫卖，即便是李奥·

贝纳也是叫卖，即便是乔治·葛里宾也是叫卖，即便是威廉·伯恩巴克也是叫卖。更别提中国广大的广告混混儿了，他们只是语言的收荒匠，小聪明的批发商。

而那些可怜的消费者，他们总是落入圈套。尽管他们已经近乎本能地拒绝广告侵扰，但是，他们仍然会被小聪明者所算计。因为，他们老老实实地生活，本本分分地过日子，他们没有挖空心思去制造欺骗的幻象。致使一个又一个的广告策划人，妄自尊大，厚颜无耻地活在世上，而且活得相当滋润。

如同我和英平，我们讨论减肥，讨论如何让当今的中国妇女们，意外地发现有一种新型的减肥药。这种减肥药，正在召唤她们，正在走向她们，正慢慢扎根在她们心里，这就是所谓的品牌深入消费者。由此可见，我们多么不平凡。因此，即便是在农贸市场般嘈杂喧嚣的迪厅，我们仍然兴致勃勃地讨论着。

“想来想去，我觉得，还是要从给药方式入手。”英平放大音量，冲我喊。

“我同意。”我也喊。

“有一句特别关键——把药直接推入体肤。”英平又喊。

“拿这当广告词，太普通了。”我嗓子都疼了，换了个位置，靠近英平，凑到他耳边，说，“拿这当广告词，太普通，不够档次。”

“问题是，西安药厂的减肥药，没什么特别的，就是减肥。”

“当然，想在报刊上做文章，只能采用惊人的广告语。”

“那咱们想想广告语，以广告语为切入点。”

我点点头，继续喝酒，连喝了三杯，脑子越来越迷糊，眼神也恍惚了。

舞池里，一个个充满肉感的女人，一张张兴奋、迷醉的脸。她们年轻、动人的躯体，在光怪陆离的灯影下晃动、跳跃、翩翩飞舞，忽隐忽现。她们是一群青春、活力、健康的哺乳动物，她们痛快地宣泄，忘我地疯狂，她们是正常人，她们没有病，她们可以不吃药。

“女人减肥可以不吃药”——这难道不是一个绝妙的广告创意吗？女

人减肥为什么可以不吃药，因为，她们将西安药厂“推杆式膏剂”，推入体肤。

我把这个绝妙的创意，讲给英平听。英平拍手称快。接着，他将创意延伸——在报刊的头版，登出一行醒目的粗黑体字——女人减肥可以不吃药。括弧：详见第四版。好奇的读者一定弄不明白怎么回事，于是，翻到第四版，看见广告——女人减肥可以不吃药，因为女人们，正在将“某某减肥药剂”推入身体。

随后的时间里，英平异常兴奋，把车开得飞快，活像是飞行员转业的。凌晨两点，车开到公司楼下，英平说肚子有点儿饿，干脆吃点东西再睡。

我们来到西门著名的“老妈蹄花”饭庄。饭庄通宵营业。过夜生活的人，此刻陆续从娱乐场所里出来，四处觅食。我们刚坐下，饭庄里陆续又来了十几个人，男男女女，吵吵嚷嚷。英平叫我点菜，我把菜谱交给两个女孩，李薇薇说她懒得点，小满说她不会点。于是，我顺着菜谱胡乱点了几个菜——青椒皮蛋、肉末蒸蛋、卤水煮蛋、番茄炒蛋。

菜端上桌，英平笑骂：“你他妈怎么全点的是蛋？”

“我肾亏，得补补。”我说。

“没听说过蛋可以补肾的。”李薇薇说。

“补肾应该吃腰花。”小满天真地说。

我们哄堂大笑。

吃完夜宵，英平叮嘱我，两天之类把策划案做好，篇幅要长一些，内容要多一些，说服力要强一些。我说这好办。

10 JINSHENG

很多天过去，小满考完试，要回家，回她贵阳的家。我陪她到火车站，买好车票，她提出，再与我混一天。我说，再混一天，是什么意思？是不是混过这一天，就此便永别。她先说，是。须臾，她又说，不是。我看看她，想起她还有另一个情人，有些丧气。她也看看我，说你要不愿意，就回去吧。我说我愿意。

可是，我一时竟不知道带她去哪里混。外面，下着蒙蒙细雨，我们在火车站的候车大厅，讨论了半天，做选择题似的，用排除法把所有想到的地方一一排除，又打车回到音乐学院，仍无结果。

这种情形，我遇到过多次，两个人或者一群人，没地方可去，徘徊不定，把时间耗完。

然而，没地方去，并不要紧，头疼的是，彼此又不愿分开各走各的，于是，勉强找出一个可以去的地方，这岂止尴尬，简直是可怕。

“你带我去一个我没去过的地方吧。”小满说。

这话听起来就像是要与我私奔，电影里，从封建家庭逃出来的妇女，都对自己的情人说，你带我走吧，你带我去一个没人的地方吧，你带我到天涯海角吧，我们找一个属于自己的家，你挑水来，我浇园。

“我不知道什么地方你没去过。”我说。

她想了想说：“很多地方，我都没去过。”

“你该不会连望江楼都没去过吧？”我随口一问。

谁知，她眼里闪光，摇着我的胳膊，说：“带我去，带我去，我还真没去过。”

望江楼是望江公园里的一个楼——很久很久以前，有个古代的“三陪”，名叫薛涛，在望江楼上吟诗作赋。最早，她的职业是，陪吃饭、陪喝酒、陪吟诗，穿梭于风月场所。一个偶然的机会，她认识了成功男人元稹，与之混在一起，混出感情。不久，元稹去了扬州，临别，跟薛涛许诺，它日回来，咱们接着混。然而，这一去，从此杳无音信。实际上，元稹不过是逢场作戏，在他眼里，薛涛只是当时无数个“乐妓”中的一员。薛涛还真拿自己当了盘菜，终身等待，孤独老去，一天又一天，在溪水边，制作桃色纸笺，创立两个品牌，“薛涛笺”和“浣花笺”。末了，她想不开，跳井自尽。那口井，就在望江公园里，名为：“薛涛井”。据说，“薛涛井”就是薛涛造纸的地方。

这一切，说明在对待感情方面，古代的“三陪”比如今的“三陪”专一、痴心，而且，更舍得自己。

我把这段胡乱的传说，当故事说给小满，她听后，竟有几分幽怨，几分伤怀。还拉着我的手，叫我带她去看“薛涛井”。

由于下雨，公园没什么人，我与小满如同两个孤魂，穿过随风摇曳的繁茂竹林，身上都湿了，冷飕飕的，左转右转，还没转到“薛涛井”，就已经招架不住。于是，找了一个茶园，叫服务员端来两碗滚烫的热茶，唉声叹气地喝。茶园里，也冷冷清清，天气晴朗的时候，这里是另一番热闹、喧嚣、热火朝天的景象。你会看到无数的麻将桌、无数的流动小吃摊、无数的人，走动的人、赌博的人、钓鱼的人、神侃的人，都是闲散的人。

当然，我也不认为望江公园有什么诗意，什么“隔窗看竹影”，什么“感时伤怀”，什么“伊人独坐小楼望江河”等等，仿佛挺有意境和情调，但我毫无感觉，只是觉得公园的规划不到位，显著特征是厕所离茶园比较远，喝上一会儿茶，想跑厕所，必须穿竹林，踏甬道，过小桥，才能撒下一泡尿。如果你懒得麻烦，就只能憋着。

我和小满正是憋不住了，才不得不起身，离开茶园。在扑朔迷离的竹林里穿梭了好一阵，才看见一个厕所，疾步冲进去，真是豁然开朗。

排泄完毕，雨也停了。我们再次钻进竹林，竹林里，一股股清香扑鼻，竹叶上的雨珠落下来，落在我们的头发上，手上，脸上。

小满看中一根清秀的，正在发育期的竹子，说我们把名字刻在上面吧。我翻遍全身，没有刀，只找到一把钥匙，勉强可用。于是，我们分别刻下自己的名字，还刻下日期——某年某月某日留念。

钻出竹林，我们又转了一圈，找到“薛涛井”，井口上盖着一块厚重的石墩。小满站在井边，对我说：“以后我不想活了，也从这井里跳下去。”

“别逗了，你连石墩都搬不动。”我说。

“你帮我搬。”

“那就是谋杀了。”

“那我们一起跳。”她挑衅地看着我，“你敢吗？”

“你疯了？”我说，“前世我就是跳崖死的。”

“又来了。”她哼了一声说，“就知道你对我不是真心。”

“主要是我不会游泳。”

离开“薛涛井”，我们来到望江楼脚下。我在看楼的老太太手里，花6元钱买了两张票，拿着票，牵着小满上楼，楼是全木结构，楼梯狭窄，旋转向上，稍不留神，就会踩空，我在前面走，反手牵着小满，姿势别扭。楼里空空荡荡，我们上了两层楼，走进一间古色古香的屋子，屋里陈设简单，只有两张椅子和一张茶几，廊柱上刻着一些我看不懂的诗句。

我们在椅子上坐了一会儿，继续往楼上走，登上楼顶。从楼顶望出去，眼界开阔，天高云淡，楼下的南河犹如一条柔软弯曲的绸缎，蜿蜒延伸到远处。河面寂寥，波澜微微，一叶孤帆，悄然驶过。

“我喜欢这儿。”小满闭上眼，仰起脸，长发飞起。

我忽然想到著名的滥情电影《泰坦尼克》。在船上，那个叫“接客”的帅哥，对“肉丝”说，我带你到甲板上去吐口水。于是，情不自禁，我深吸一口气，吐出一口浓痰，然后，从后面抱住小满，展开她的双臂，举向空中，作飞翔状。着实体会了一把恶俗的浪漫。

“这一世，跟我在一起混吧。”我动情地在她耳边嘀咕。

“好。”她温存地答道。

“混多久？”

“你要多久？”

“我要很久，非常久。”我说，“今生今世不分开。

她转过身，抱着我，然后，推开我，双眼直勾勾地盯着我，目不转睛。

“怎么了？”我上下瞅瞅自己，没发现有不对劲的地方。

“毕业后，我想出国。”她说。

我无言以对。

11 JINSHENG

我们坐在出租车里，一言不发，把目光投向车窗外。外面又下起雨来，雨水顺着车窗流下来，遮挡视线，窗外景致一片模糊，街道、高楼、行人，都是湿淋淋的。

下车的时候，她说："我想你了，就给你打电话。"

我说："知道。"心里想，她幸亏没像元稹那样，跟薛涛许诺——它日回来，咱们接着混。否则，我就该跳井了。

那天剩下的时间里，我十分沮丧。脑袋里转的，统统都是与钱有关的事情。最直接的，我想到英平，他还欠我一笔策划费没有付。

我给英平打电话。他说他在土豆迪厅。我说我来方便吗？他说，你来吧。

放下电话，我打车前往土豆迪厅。

位于市中心的土豆迪厅，半年前，这里发生过一场触目惊心的血腥殴斗，死了两个人。各个媒体，电视、报刊、电台争相报道，搞得妇孺皆知，名气陡升。有关部门勒令迪厅停业整顿。半年后，土豆迪厅重打鼓，另开张。由于媒体的报道，所处地理位置又优越，因此，迪厅的生意比以前更火暴。这就像一个凹凸不平的土豆，擦掉黄泥，削去皮，切成片，油炸一番，塞进外观华丽的包装袋，然后，当成进口营养食品，贩卖给消费者。

走进土豆迪厅，我感觉，这里更像个庞大的农贸市场，繁杂喧嚣，人头攒动，区别仅在于，农贸市场明亮些，而这里灯光暧昧，若隐若现。倘若农贸市场改在晚上开放，二者就更像了。

我在一个乱糟糟的桌子前找到英平。坐在他旁边的是李薇薇，坐在李薇薇旁边的是一个女孩儿，个头矮小，跳起来也不到 1 米 6，看一眼就够了。

与三人打过招呼，我埋头喝酒，英平带来当天的都市报，我翻开来看，眼前霍然一亮，报纸的头版头条，醒目写着一行黑体美术字——提要：女人减肥可以不吃药（详见第四版）。在这条广告的前面，是一条科技新闻——“涮水油”可当柴油烧。

真有意思，这使读者分不清，哪条是广告，哪条是新闻。还能使人联想到老崔的歌词：不是我不明白，这世界变化快。

“广告款打过来了吗？”我直奔主题。

英平立刻像以往一样唉声叹气，他告诉我，西安方面签了合同，但迟迟未将款打入他的户头。接着又说，这笔生意相当麻烦，西安方面已将广告语“女人可以不吃药”注册，已属于他们的作品，如果用在其他厂家的产品上，就算侵权。也就是说，我们白忙一场。下一步，准备找几个道上的朋友出面，死活要搞到广告款。

他像糊弄傻子一样糊弄我。他说，他有一个“三哥”，胆大心黑，背景复杂，关系庞大，手下人武器装备精良，看谁不顺眼，就吊销谁的身份证。

我心想：真有那么个刀枪齐全的组织，谁都敢灭，何必做广告生意，直接抢银行更简捷。

事实上，我也的确傻。英平的这套言辞，我听过无数次。听了又听，仿佛温故而知新。不光如此，他还要和我胡扯一些别的。

“你那个小朋友呢？”英平问。

我知道他指的是小满，可是我装傻：“你说谁？”

他给我杯里倒满酒，注视我片刻，说：“分手了吧。”

“不存在。”

“别想了。”英平拍拍我肩膀，“换人吧。”

“换谁？”

英平向坐在对面的“矮女孩”努努嘴，又掉脸看我，意思是问：“怎么样？”

“不怎么样。”我看着“矮女孩”说，“太矮，只能当个枕头。”

“透过现象看本质，壳美不见得里头就新鲜。”

“回头再说吧。”我打断英平的唠叨。

“别呀。”英平一把将我按在座位上，低声说，“没拿到钱，也要慰劳慰劳你。”

“我对你的菊花不感兴趣。”

“去你妈的。”英平把手伸到跨下，拖动椅子，坐得离我近些，“把枕头发给你。”

“我不要。”

“人家不比你那小朋友差。”

“差远了，天壤之别。”

“你，你不会是爱上你那个宝贝了吧？”英平眼珠瞪得溜圆，问我。

“前世就爱上了。”我趴在桌上，斜眼瞅“矮女孩”，她正和李薇薇说话，我感觉她最多值三十元人民币。

“你完了，你完了。”英平跟我分析，“女学生，那么年轻，就像墙头草一样不可靠，风朝哪里吹，就往哪里倒，玩玩就可以了，千万别去跟风，何况，你跟得上吗？‘郎财女貌’，财产的财，你有吗？”

英平的话准确击中了要害，不愧是时代佼佼者。

说到财产，家里倒是有三套房产，一套归我爸，一套归我妈，其余一套，对外出租。估计混到父母那个岁数，我就可以继承财产了。

接连几天，我坐立不安，东奔西跑，胡思乱想。我把手机铃声调到最大音量，在家里，听电脑音乐，听一会儿，感觉电话在响，赶紧拿起来看，结果没有来电。于是，又把电脑音乐关掉，关掉又觉得冷清，再次打开，把音乐声调到最小。每一次电话响起，我都以为是小满。但，每一次都不是。

我打电话给她，连续几天，她的手机都呈关机状态。

我想，她大概是和家里人一起去旅游了，大概已经忘记了我的存在，甚至和别的什么人好上了。当然，所有的想法，都得不到证实。

有一天，电话响了很久，我也没听见，后来一看，是长途号码，立刻打过去，对方是个男的，问我是不是四川大学的张教授，他是财经大学的“MBA”。我甚感好笑，心想，这人跟余二人似的，逢人就迫不及待地强调：我是财大的“MBA”。

这还不算可笑，更可笑的是，一天清晨，我醒来，打开书柜，老鼠似的一阵翻腾，终于，我找到一本积满尘垢的《旅游地图》，接着，在花花绿绿的地图上寻觅，找到她所在的城市。紧接着，我的嘴巴就凑了过去，亲吻那个城市，实际上，那个标注在图中的城市，只是一个黑点，一个名称。亲吻的后果是，嘴上都是灰，而且，嘴里还残留了一股浓郁的樟脑丸的味道。

我翻开电话本，找到上面记录的号码，给朋友们打去电话，约他们出来，随便去什么地方。我先是找到高尚，他说没有空，他要在外面做“商演”，他们那一拨青春主持人，大都在外做商业演出，按小时算钱，收入不菲，简称：“商演”。哪里搞促销活动，哪里就有他们的身影。

于是，我又找了几个朋友，他们都说有事要忙。搞得我很尴尬，仿佛全国人民都在干事业，只有我一个人傻乎乎地闲着，四处找人娱乐。于是，我拨出最后一个电话，打给老夏。他正好休息，于是，他叫上小凡，我们一起在外面吃了饭，又去迪厅喝酒。

12
JINSHENG

老夏是小凡的未婚夫，小凡是我的表妹。

小凡与老夏的一段历史说来比较有趣。老夏十九岁的时候，就使十八岁的小凡受孕，由于年纪尚小，胆量也小，两人先是对受孕一事心存侥幸，拖了一个多月，去医院检查，结果不幸命中。于是，两人商量，是药物流产还是做手术？为了减轻疼痛，小凡打算药物流产。又听说药物流产极不可靠，弄不干净，到头来还得做一次手术，商量来，商量去，又拖了一个月，去做手术。意想不到的是，小凡被查出患有妇科病，不能做人流手术，必须先治病，后打胎，于是又拖了三个月。如此一拖再拖，小凡只能做引产。做引产必须住院，小凡只得向父母撒谎说，技校组织学生到外地单位实习，历时两个月。

引产事件后，小凡的体重直线上升，对老夏的感情直线下降。不久，小凡认识了银行职员小钟，又为小钟怀了一个孩子，由于前车之鉴，小凡这次下手果断。老夏获悉奸情，非但不恼，反恳求小凡回归，一切照旧。小凡模棱两可，难以抉择——老夏性格内向，不爱说话，给人的感觉很闷，又有几分假深沉；小钟性格外向，像孙悟空一样活泼，和他在一起有一种身陷马戏团的错觉。

苦恼之下，小凡结识了第三个男人，一个来自云南的司机，既活泼又沉稳，美中不足的是，这个男人又太穷，在本市无房、无车、无存折。与之鬼混后，小凡清醒过来，婚姻与爱情是两码事。云南司机适合做情人，小钟适合做爱人，老夏只能做佣人。小凡最终决定找一个可以伺候自己的人，于是，投奔老夏。

还有一点很重要，老夏的经济条件不错，他在自己姨夫开的电脑公司任办公室主任，打打考勤，买买盒饭，写写文件，不干实事，还领工资，所以叫白领。作为大都市的一名小白领，老夏有一套贷款房。

老夏被小凡折磨得心力交悴，痛苦不堪。曾用“好马不吃回头草”的名言勉励自己。也曾对我发誓：“我如果再和你表妹来往，你就把我的手膀子卸下来！”但是，一切都没有用，老夏酷爱自我欺骗，他爱说的一句话是“我就喜欢跟比我岁数大的人交朋友”，以此标榜自己也很成熟。在老夏心目中，一个成熟男人的标志是：能屈能伸，为爱可以放弃一切，包括自尊。

可是，后来，小凡认识了第四个男人，警察，体魄健壮，性欲旺盛。小凡没有别的想法，只想婚前再疯狂一次，她有情人，有爱人，有佣人，就差个一夜情人，她要整齐全了才嫁给老夏。老夏再度默默忍受。

总之，我没见过比这一对更不三不四的未婚夫妇。

实际上，我不喜欢和老夏、小凡在一起。他们不三不四的工作，不三不四的恋情，不三不四的为人，不三不四的话题，无不在证明，他们是两个趋炎附势，没什么经历和见识，又硬装成熟的家伙。但是，与他们在一起，吃吃喝喝，不费脑子。何况，孤单茫然，心慌意乱之时，我迫切需要的是和人待在一起。甚至，讨厌的人也可以。包括所去的地方，即便我厌倦、我反感、我嗤之以鼻。但是，总比没有地方去要好。

在迪厅，老夏与小凡喝酒调情，摸摸搞搞。还向我宣布，他俩快要结婚了。

我置若罔闻，找来两个行政小姐陪酒，其中一个，皮肤细腻，柔声细语，只是一口龅牙，人未至，牙先到，偶然一亲热，满脸皆是伤。另一个五官整齐，却像张飞一样黑。

我们采用一种游戏的方式轮番喝酒。规则是，扔骰子，扔到九，喝光一杯酒；扔到八，喝一半；扔到七，斟酒；扔出两个一，“点杀”，点到谁，谁就喝。我笨得出奇，老是输，一帮人中，我是酒喝得最多的。如此，酒喝得比较有趣，桌上很快堆满横七竖八的空酒瓶。后来，我还喝出了感觉，小凡与老夏走后，我仍意犹未尽，继续与小姐喝酒、调情。

最后，我喝得醉熏熏的，晕头晕脑，把几个陪酒小姐也得罪了。我说她们如同农贸市场禽肉柜台悬挂的一群猪肉，谁有钱谁就能割一块，装进网兜，拎回家，煎煮烹炒，下酒也可以，下饭也可以。小姐们都骂我：“恶心，就跟你多高贵似的！”我说你们太缺乏职业道德了，嫖客就是上帝，怎么张嘴就骂人？小姐们看在钱的分上，也不跟我计较，纷纷散去。我独坐半晌，甚感失落，站起身，穿过充斥着香水味、汗水味、屁臭味、腋臭味、空气清新剂味的人群，趔趄地走向大门，这时，迪厅中央的舞台，正在上演节目，几个衣衫褴褛的模特儿，风情万种地从后台走出来，看上去和拿树叶当时装的原始人相差无几，她们行至台端，驻足、造型，仿佛城市雕塑。随后，腰肢一扭，款款踅回，左顾右盼，眸中含情，眉间带笑。表演告一段落，不男不女的主持人，手执麦克风，热情万分地蹦上台，疾呼：“刚才的表演，爽不爽？”

台下一帮自以为很洋气的土鳖，号丧似的应和：“爽！”

“酷不酷？”

“酷！”

“刺不刺激？”

“刺激！”

“要不要再来一次？”

“要！要！”

“呕爷！你要我就给，这里是音乐的海洋，快乐的天堂，让你尽情疯狂！”

主持人唾沫四溅，歇斯底里渲染气氛，激情乐声响起，男女们条件反射似的涌上舞台，

像巴甫洛夫的狗听到铃声就流口水。

狂放、紊乱、刚劲的摇滚乐在壅塞的迪厅轰然爆炸，气势汹汹，如洪水决堤泛滥，似万马脱缰奔腾，震碎耳膜，刺破神经，变幻莫测目不暇接的斑斓灯光下，男女们乱哄哄挤作一团，忘情忘形地扭腰、摆臀、摇头晃脑、失控般手脚抽筋。体力耗完，大汗淋漓的男女们，气喘吁吁地回到座位，拼命吸吮酒精，吞吐尼古丁，服下“嗨”药，这就叫享受吗？

13

JINSHENG

我破天荒地打扫房间，整理床铺，归置书报，倒烟蒂，把脏衣服、臭袜子放进洗衣机，花了两个小时才洗完，甩干，晾到阳台上。接着又打扫个人卫生，洗了两个澡，刷了两遍牙，吹了三次头；最后，连手脚的指甲都修剪整齐了。甚至，我心里还升起一股生活重新开始的憧憬。

我坐到电脑边，动手写《方言说新闻》的节目稿。

节目里，有三个虚构的人物，一个是街头卖报人，一个是记者，一个是社区服务中心的妇女主任。两男一女，每天按时在社区服务中心里聚会，你一言，我一语，聊时事，谈新闻。好像这才是他们的本职工作。

卖报人文化素质低，代表低层群体，满腹牢骚，骂几句贪官什么的，一旦话说过了头，记者就跳出来，予以纠正。而妇女主任则是一个圆滑的角色，时而起哄，时而一本正经，更多的时候，她会讲一些俏皮话，使气氛活跃，使一个简单得不能再简单的事情，听起来生动。

他们操一口四川方言，把原本正经、真实的新闻，弄出了滑稽的效果，宛如哈哈镜里看人，从任何一个角度看过去，都是变形的。所达到的效果，仅仅是“搞笑”。人们竞争一天，奔波一天，尔虞我诈一天，已经累了，很少有人喜欢听正经八百的说辞。人们需要的是“搞笑”，没完没了的“搞笑”，

无穷无尽的“搞笑”，不见不散的“搞笑”。只要“搞笑”，即能获得市场，获得利益，获得名声。影视广播，无不如此。贺岁电影即是一例。自从一个导演把小说《你不是一个俗人》拍成了贺岁电影，贺岁电影一年比一年多，搞贺岁电影的家伙也一年比一年多。

大家都一样，时代需要“搞笑”。

多少年后，也许我们，包括我们的下一代，下一代的下一代，会自豪地说，我们是“搞笑”长大的。

也许，新闻是真实的。但是，在我写作新闻小品后，新闻也变得异常可笑。所谓新闻，无非是重复昨天的故事，一张旧船票，登上无数艘客船。类型无非几种——打假、事故、擒贼、河里救人、球赛近况。

因此，我轻松自如地完成了一个又一个新闻小品。将电视台的情景喜剧翻译成广播版，拿所谓的新闻当幌子，实际我在“搞笑”，引诱别人与我一起傻笑。这就是我干的工作。

关于工商部门捣毁制造“注水猪肉”窝点的新闻，我写了三十个。

关于酒后驾车酿成事故的新闻，我写了二十五个。

关于居民自行车被盗，警方英勇侦破的新闻，我写了十五个。

关于殉情自杀，跳楼跳河的新闻，我写了十个。

关于体育赛事，扬我国威的新闻，我大写特写，直至无事可写。

忽然间，我发现，我的生活，只有左膀，没有右臂，只有过去，没有将来。我所谓的职业，撰文卖字，旱涝不保收；当然，还有所谓的爱情，似是而非的爱情，虚无缥缈的爱情。

总之，一片渺茫。我似乎需要一份可靠的，崭新的，可以生存的工作。

于是，我到楼下的报摊买了当天的日报、晚报和都市报。每个报刊上都有密密麻麻的招聘信息，仿佛所有的企业公司都人才短缺。我看了很久，发现自己除了一项符合标准以外，其他条件都不具备。那一项是：男性。

好不容易，我找到一家急聘服务生的宾馆，基本符合他们提出的条件。于是，跑去应聘，到了宾馆人事部，看见一条犹如斑斓巨蟒的应聘队伍，长长蜿蜒，队伍中的男男女女，都是八零后青年，浪迹社会，八方求职，四处跳槽，应聘表填了一大摞，长篇小说那么厚。

我像一只壁虎趴在墙上，歪歪扭扭地填好应聘表格，交给工作人员，然后，站在原地等待面试。等了又等，时间一分钟一分钟地过去，为了打发无聊时光，我找旁边的女孩儿搭讪，她们很冷淡，仿佛都是正经人家的孩子。我站得腰腿酸疼，索性蹲下，点支烟抽。

这时候，人事部办公室有人叫号——“一百一十九号，面试”。喊了几遍，无人应答。须臾，在场的应聘人员，集体做出反应：手机无应答，请稍后再拨。然后，一阵哄笑，相互打听，谁是火警？我也跟着笑，心里觉得并不好笑，偏偏笑得夸张。笑着笑着，我忽然反应过来，火警正是我，笑容如冻肉，凝结在脸上。

人事部经理是个五官粗糙，身材臃肿的中年妇女，宛如煤气罐。她向我提出三个问题。我记得自己前世在大酒楼求职时，就曾答过。

这三个问题是，一为何辞去原单位职务？我说公司倒闭，不得不辞；二为何应聘宾馆服务生？我说天生喜爱服务行业，不得不应；第三个问题，比较敏感，关于钱，对待遇有何要求？ 我说遵从宾馆制度，不计得失。

而我后面的一个家伙，与我的回答大相径庭，他先是说，看不惯原单位领导的做派，一个个假装“正神”；接着说，服务行业他熟，高级宾馆进了无数回，看也看会了；最后说，满足温饱，略有节余即可。

结果，他被当场赶回了家，我被聘用。

人事部经理建议被聘用者参观宾馆全貌，熟悉工作环境。这建议使我觉得她有点儿厚颜无耻。与其说这是家宾馆，不如说是个破破烂烂的招待所——迎宾厅外的椭圆形喷水池中，蓄满近乎凝固的污水，如一碗黑芝麻糊，水面漂浮着烟蒂、花生壳和废弃的小食品包装袋；厅内光线黯淡，靠墙的人造革沙发和盆栽植物看上去奇形怪状，安装在总服务台墙面上，指着世界各地不同时刻的一排石英钟无一准时。

第二天，清晨，人事部组织新员工去医院体检。途中，我夺路而逃。我受不了冷若冰霜的医生抽我的鲜血，拿细长的玻璃棍子捅进我的屁眼儿，查我是否患有肝炎、痢疾之类的传染病。如果没有，就能领到一张健康证书，证明我可以在宾馆从事服务工作。但是，这种健康检查的方式，让我陡然而生一种被人那什么了的感觉，欲哭无泪。

14

JINSHENG

逃出医院，我脚步如飞，满头汗水，感觉四周充满了危险，似乎一个白衣天使正拿着玻璃棍子从后面追来。我疲惫不堪，实在没了力气，跌坐在街边，过了好一会儿，点上一支烟，抽了两口，起身走到一个小商店，买了瓶冰镇矿泉水，一口没喝，浇在脑袋上，甩甩头，清醒了几分，又继续走，横穿两条马路，看见树立着臀部标志的麦当劳快餐店，走进去，买了杯可乐，坐在靠窗的位置上，一边喝，一边望着窗外出神。透过宽大、一尘不染的落地玻璃窗，可以看到外面流动的街景，车如游龙，走走停停，人如蚁群，在交谈，在嬉戏，在浏览。我眼睛疲倦了，刚一闭上，小满的样子便浮现出来，像做白日梦一样，我看见她朝我走来，先是笑吟吟的，后来不知为什么，竟流下两行泪来，泪水从眼角流到嘴角。我睁开眼，眼前仍是车流和人群，我再次闭上眼睛，小满又再度出现，如此反反复复，简直无法忍受。

我不由自主地站起身来，朝卫生间走去，在卫生间里，我打开冷水，洗了把脸，看着镜子里的自己，觉得陌生极了，我强迫自己与镜子里的人对视，良久，呼吸慢慢变得平静、均匀、通畅。忽然，我的手不听使唤，它不由自主地抬起来，又缓缓垂下，然后，伸进裤兜，然后，摸到裤兜里面的手机，然后，拿出手机，然后，手指在电话键上拨出一串号码，电话居然通了。

“喂。”我听到小满的声音。

“你好吗？”不知为什么，我感觉自己呼吸急促起来。

“不好。”小满说，“刚才跟同学打电话，占线。”

“郁闷？”

“嗯。”

“出了什么事？”

“不能告诉你。”

我一时不知该说什么，换了只手拿电话，片刻，她在电话那头哭了起来。

“想我了？”

她没出声音，不知为什么，虽然在电话里，我却看见她在摇头。

“和你爸妈吵架了？”

“不是。”

“丢钱了？”

“不是。”

接着，她说：“你别猜了。”

说完，她挂断电话，我再打过去，总也打不通，听到电话里传出短促的忙音。

带着各种诡异的猜想，我走出麦当劳快餐厅的卫生间，走出大门，走到街上，点支烟，半天吸一口，长长地吸一口，长长地吐出一口。快到家的时候，电话再次响起，还是小满的声音，她仍然吞吞吐吐，最后，她还是告诉我——

“我得了病。”她说。

“什么病？”我心头一紧。

“四肢末端长红斑。”停了停，她说，“我在网上查了，好像是败血症。”

“不会吧。”我万分惊讶，如此幸运的事，怎会降临到我头上？买彩票我就从没中过。我不敢相信，也不愿相信这是真的，前世我们天各一方，难道今生也要就此诀别？

“回来吧，我陪你去医院。”愣了半天，我艰难地说。

“跟我在一起，你后悔吗？”

“不，有什么可后悔的。”我说，“上辈子我们就在一起了。”

“你真相信有前世？”她问，“难道你上辈子欠了我的？”

“是欠了你的。”

“我有点儿想你了。”

“以前不想？”

“回来吧。”

“好的。”

“我等你。”

“好的。”

“你爸妈知道你生病吗？”

“不知道，我不想让他们知道，怕他们伤心。”顿了顿，她又说，“其实，我一直没告诉你，我爸妈在我十五岁时，就离婚了，这世上，除了外婆，没人管过我，我一直想有个自己的家。

“同病相怜。”我想了想说，“我给你一个家。”

挂了电话，我打定主意，把家里的一套出租房收回来，让小满住过来。我想，如果她真的患了重病，不可能再住学生宿舍，我要每时每刻守着她，直到最后一天，最后一小时，最后一分，最后一秒。如此一想，一种悲壮的情绪涌上心头。

当然，这事要经过老妈的同意，当然，将事实真相告诉她的后果与目的笃定是背道而驰。我找了许多条理由，最能站住脚的，最不像谎言的一条就是：我遇见了这一生的真爱。极其肉麻，就像写了一本肉麻的言情小说，哭了一路，就为换点儿生活费。

真爱在老妈这个年龄的人看来，多少有些虚幻和吃饱了撑的。她见过小满，但没什么深的印象，只是说，还算干净。

老妈借机絮叨，叫我正经八百地找个工作，攒点儿钱，如果真觉得小满好，就把小满娶过来。我索性顺水推舟——

“已经找到了。”

“哪儿？”

“人民电台。”我大言不惭。

“做什么？”

“帮他们写节目。”

“人民电台没编辑吗？不会自己写？找你。”

“改革了，竞争上岗。”我擤擤鼻子，煞有介事道，“老的统统淘汰，新人又难寻，我是临危受命。”

我也不知道我怎么如此会胡扯，也许能写两个字的家伙，在说谎方面都比一般人强些。

最后，她同意了我的要求，当晚，我就找来一些赞美母亲的诗歌、散文，躲在自己房间里，热烈地读了一通。

实际上，我无比羞愧。时至今日，当我在经济方面面临困难之时，总要被迫撒谎，而且是向父母撒谎，我将自己归类为一种传说中的动物——寄生虫。

15

JINSHENG

搬入我们的小窝之前，我与小满一同前往女子职中的学生宿舍，搬东西，搬她的被子、枕头、床单以及各种小零碎。由于还有一个月才开学，宿舍里的学生大都还在家里过暑假，十分冷静。

我要说，小满所住的学生宿舍看一眼就能让人心寒。十平方米的小屋里，八张铁床，上下铺，靠窗有一个公用的破旧书桌，上面放了些乱七八糟的书，窗户终日敞开，却没有新鲜空气透进来，因为窗外是一堵厚实的红砖墙；门左侧，有一个没上锁的书柜，里面塞了些莫名其妙的破烂儿，右侧有一个带镜子的梳妆台，像三十年代上海滩歌女使用过的纪念品，那是小满同学不知道打哪儿捡来的。她们这帮住校的小女孩儿，每天清晨，就坐在那个梳妆台前面化妆。这使我想起曾经看过的一个香港恐怖片《魔镜》，残废的女主人公，也是天天坐在这样一个梳妆台前，对镜化妆、梳头，梳着梳着，竟把脑袋弄掉了。

“这里太适合拍鬼片了。”我环顾阴暗的宿舍。

“跟你讲个故事吧。”她兴致勃勃。

“要是鬼故事就算了。”我把挂在墙上的，她的一幅黑白艺术照取下来。意外地发现，她的床头还贴着一面小型的国旗。

“不要怕。”她接过艺术照和国旗，放进一个大纸箱子里，接着说，“是人的故事——有个晚上……”

“我就知道，这类故事的开头，都是一个漆黑的夜晚……”

“讨厌，不听算了。”她用脚踢了一下脚旁的纸箱子，站在原地，生闷气。

“好，好，我听。”我过来，搂住她。

“让同学看见。”她挣扎着推开我，说，“想跟你讲个故事，你还不听。”

“我没说不听。”我松开她，一边替她收拾床铺，一边听她讲。

“半夜，我穿着睡袍，白色睡袍，拿着手电去厕所，上完厕所回来，在宿舍门口，听到里面有动静，我就在门外躲起来……”

“还没弄完呢。”这时候，小满的同学甜甜从外面走进来，吓了我一跳，小满也受了惊。甜甜看我们俩的表情说：“怎么了你们？”

“没事，我正跟他说你呢。”小满转脸冲着我，“从屋里出来的就是甜甜，她一出来，我就伸出舌头，拿手电筒从下巴往上一照，大叫一声——啊！”

“长得就跟鬼似的！”两个女孩儿一起笑起来。

她们的生活，如此单调和乏味，除了上课、下课、回宿舍、吃饭、上网以外，似乎没有更多的娱乐生活，以至于一个小孩子玩的把戏，也能让她们从中体会到无限的乐趣。令人心酸，不禁让我想起前世的桃花庵。

出于对她们无聊时光的同情，我也跟她俩讲了一个发生在学生宿舍的故事——

某年暑假，大部分学生都回家了，宿舍里空荡荡的，只剩下一些准备暑假勤工俭学的学生。有一天半夜两点，一个女生起来上厕所，看见楼道里有个老头儿正在拖地，本来老头拽着拖把面向她，见她出来，老头儿立刻转过身，拉着拖把向反方向走去，地上留下一片红色。女孩儿睡眼惺忪，根本没有注意，上完厕所回去又睡着了。

天快亮时，女孩儿被楼道里的喧哗吵醒，好像是发生了什么事情，她穿好衣服跑出去，听到同学说，昨晚有个女生被人杀死了。女孩儿突然想起昨晚上看到的一幕，又想到打扫卫生的从来都是阿姨，根本没有老头儿，而且楼道里面也没有拖把……

“老头儿用什么在拖地？”我问她们。

小满怯生生地说：“人头吧？”

甜甜吁了口气，说：“除了人头还能有什么。”

“恐怖吧？”我乐呵呵的，很满意自己讲故事的效果。

“晚上我都不敢起来上厕所了。”甜甜羡慕地望向小满，“你搬走了，你就不用怕了。”

恐怖故事是具有惯性的，越听越怕，越怕越想听。讲完一个，小满又怂恿我讲第二个。于是，我又讲了一个。她又要我讲第三个，我便再讲了一个。

我们收拾完东西，和甜甜一起出去吃饭，在女子职中附近的个体餐馆里，我讲了第四个恐怖故事。甜甜说，天黑了，一个人不敢回寝室，要我们先送她回去。想想也能理解，这倒霉的女子职中，与殡仪馆相隔不远，走路也就两分钟，一条狭窄的小路，晚上八点以后，几乎就没什么行人和车辆。

送甜甜回宿舍后，恐怖故事对于小满的吸引力仍未减弱。在车上，在搬东西上楼的途中，在整理房间的时候，我的嘴一刻也没闲着，把我所能想到的，所记住的，自己编造的，听人转述的，书上看到的，所有的恐怖故事，鬼故事，灵异传说，统统讲了一遍。讲得口干舌燥，喉咙发痒，她也不许我去喝水。她害怕一个人呆着，哪怕是独自呆上几分钟；另一方面，故事的中断也让她心急如焚。

她睡去之前，我跟她讲的最后一个故事是《赶灵车的人》。说是一个英国人，从乡下到城里找朋友，他朋友恰好要出差，让他一个人留在二十层高的公寓里。这个人不习惯城市的黑夜，晚上好不容易才睡着，睡到半夜，听到楼下有马车的声音，他觉得奇怪，便下床，来到窗前，探出头，从八楼往下一瞧，立刻汗毛倒竖，那是一辆运死尸的灵车。灵车夫抬起头来，面目狰狞，冲楼上喊了一嗓子：还差一个人，你上不上？乡下人一晚上没睡着，马车夫的脸一直在眼前晃悠。翌日，乡下人离开公寓，在楼里等电梯，几分钟后，电梯停了，门开了，里面挤满了人，电梯管理员竟与马车夫是同一张脸，他探出头，喊了一嗓子：“还差一个人，你上不上？”乡下人抱头鼠窜，从楼梯往下飞奔，到第五层，听到轰隆一声巨响。事后得知，那电梯在开动中出了事故，无人生还。

我说完“无人生还”四个字，小满就像一台被遥控器关掉的电视，当即没了声息，瞬间便睡去，任什么也弄不醒的样子。其实，更恐怖的故事，我还没讲给她听，那就是前世我在客栈里撞见的自缢身亡的书生。

我关掉手机，关掉台灯，伸手抱过她，她没有醒，软软的。然后，我们一同睡去。

睡到中午，小满仍像没睡醒似的，无精打采，赖在床上。我把作为早饭的牛奶喂到她嘴边，她懒懒地张嘴喝了，喝了两口，摇摇头示意没有胃口。我把牛奶放到一边，帮她穿衣裳。

“浑身都疼。”她娇弱地说。

“怎么疼法？”

“酸疼。”

“我给你揉揉。”

“骨头也疼。”

“我给你找药。”

“脑袋也疼。”

“我给你找两种药。”

“眼睛也不舒服。”

“我再找找眼药。”

“下面也疼。”

“我们去医院吧。”

到医院的时候，已是下午。我替小满挂了妇科的号，拿着挂号单找到诊断室，室外走廊两侧的绿色塑料椅上，坐着三三两两神色颓唐的患者与家属。没一个好脸，眉宇间无不透出焦躁与晦气。患者都像是被告，家属则是旁听，不时朝门虚掩着的诊断室里望一眼，里面的医生和护士，如同法官和陪审员，这种审判是没有律师的，任何辩护只能是自欺欺人。

阳光从走廊一端的天窗上成群结队射进来，无数尘埃颗粒在光束中飞舞跳跃，狭长变形的窗户投影，犹如一柄利剑遗落在地；浓重的福尔马林气味钻入鼻孔，使人在镇静中感到冰冷。我把小满送上审判席，然后在几个家属中坐下。

按照医生的吩咐，我陪着小满，花了一个多小时，做完了所有的化验。按医嘱，三天后来拿结果。

医院里人满为患，让我有些心烦。出了医院，我问小满想吃点什么，她说什么也不想吃。我建议她好好想想，病人更需要营养。为了避免盲目消费，我们站在一家连锁超市门口思考，那模样不像是要进去购物，倒像是去推销产品。

"想不出吃什么，有个最简捷的办法。"我东张西望，注视超市门口进进出出的人。

"什么？"

"输葡萄糖，既营养，又省事。"

"你已经开始不耐烦了。"她白我一眼。

"没有。"我说，"只是医院太多，晃得我心烦眼花。"

"我不缠着你了。"她抽身朝西走去。

"你怎么这么敏感？"我追上两步，问她，"去哪儿？"

"少管。"

"我不管你谁管你？"

"自己管自己。"

"你起码要告诉我你去哪儿？"我拽她胳膊，被她一甩挣脱开。

"回学校上课。"

"说谎。"

"没有。"

"是吗？"

“本来就该去上课。”

“那你走错方向了。”

她驻足，停了两秒，蓦然转身，看也不看我，朝东走，我跟着转身，追上她：“我送你去。”

“不用，你忙你的。”她再次停住脚，盯着我看，“你怎么一天到晚就跟没事干似的？不上班，也不挣钱。鬼混。”

我腮帮子的咀嚼肌跳动，气呼呼道：“你太让我失望。”

“彼此彼此。”

她跑了，瞬间没了人影。

16 JINSHENG

我坐上一辆公交车，车上人不少，天又热，挤来挤去，一些来自周边县市的朋友还散发出明显的狐臭，重感冒患者都能闻到。我烦躁之极，一脸怒气，加上一头黄色长发，周围人等与我对视一眼，便飞快地垂下眼睑，或者扭头望向车窗外。他们大概把我当成患有严重神经质的地下摇滚歌手了。

车厢里的恶臭熏得我迷迷糊糊，若是往常，我是不会坐公交车的，只是为了给小满治病，节约一点开销。要知道，在炎炎烈日下，坐在出租车里吹冷气，看着车窗外备受高温煎熬的来往人等，是一种乐趣，还能油然而生一种优越感。

车驶了一站，停下来，我挤出层层封堵的人群，下了车，坐上停在街边的一辆出租车，我不打算节约开销，甚至想绕城多跑两圈，因为小满已经跑了。我叫司机往前开，开了一阵，司机问我到底去哪儿，我觉得委实无趣，跟小满斗气，没必要跟钱斗气，我对司机说了地址。

我穿过繁杂的小区，沿着街边走，街边一排鱼龙混杂的麻将茶社，暧昧的美容按摩室，其中穿插着个把小饭馆和冷饮店，堪称吃喝嫖赌一条街。每家营业场所门口，都停着自行车、电动自行车和摩托车，车轮镀铬瓦圈在阳光下闪闪发亮，晃得人睁不开眼。

小区宿舍楼造型统一，一幢幢排列紧密，活像一母所生的多胞胎，难分彼此。我走进硕大梧桐树后面的一幢楼，黑洞洞的楼道里，伸手不见十指，每个楼梯拐角，杂物堆砌，残缺不全的家具、废弃的自行车轮胎、几只沾满粪便的烂鸟笼、无数个肮脏的花盆；楼梯扶手积满厚厚的尘垢，墙面灰浆脱落，一壁斑驳，残留着信手涂鸦的儿童画。

回到家，我打开电视，看亚洲杯中国足球队的比赛。

据说，四肢发达的人，头脑都比较简单。这话对中国男足不合适。中国男足几乎都有经济头脑，知道怎么踢，既赚钱又能保全自己。这种天赋在国内职业联赛中暴露无遗。他们是非常聪明的人，开高档轿车，住豪华的饭店，泡靓女，这些待遇，你有指望吗？

我喜欢看中国男足与外国球队的比赛，非常好看，总结起来无非三点，打边路，小传配合，快速渗透。为什么要打边路呢，因为中路实在走不通，人太多，拼技术是不行的，惹不起躲得起，打不赢就闪。尽管皮球被带出边线的次数比观众人数还多，但失败乃成功之母，不要紧，我们再来，集中力量打边路，继续沿着边线闷头带球，正带得舒畅，对方从中路杀向禁区，一脚射门，球进。事后，教练在记者招待会上说："我们的中场实力的确不如对方。"

我关掉电视，在租房人手里买来的二手冰箱里找冰淇淋，冰淇淋都化成了水，湿了一手，我弯腰检查电源插头，发现它牢牢地插在插座上，又伸手拍拍冰箱，发动机轰鸣声响起，再拍一下，声音停止，再拍一下，又响。我索性拔掉电源插头，沮丧地走到水池前，接了杯自来水，咕噜喝下，又用凉水浇了浇头，然后走进洗手间洗澡，脱衣服的时候，发现小满换下的衣服还挂在门后的挂钩上。我放了一浴缸温热的水，躺进去，闭着眼想，她会回来取她的东西。

果不其然，黄昏时分，小满打来电话。她倒没有装腔作势地以取东西为噱头企图回归。很多时候，她不是个假模假式的女孩子。

她只是提了一个问题:“你是不是真不管我了?”
“你是没地方去,才投案自首的吧?”我反问。
她不出声。
我沉吟了一下,说:“不管你想不想我,我想你了,你回来吧。”
“那好吧,我回来。”
“我等你。”
“不。”
“又怎么了?”
“我找不着家了。”

17
JINSHENG

我承认我没有工作,没有固定收入,没有婚姻,没有前途,我他妈简直“四大皆空”。是的,我是在鬼混,我早就发现自己是废物。甚至,与我一类的家伙,哪怕多读了些书,多了几张大学文凭的,也同样如此,除了找点自我感觉以外,剩下的就是朝九晚五,屁颠屁颠地卑躬屈膝地一口一个“经理早,经理早”。

我不知道如何改变现状,也许根本无法改变。

我们在第一次见面的那家小食店里吃东西。她仍然点了一份意大利炒粉和一杯鲜橙汁;我仍然要了一份地道的四川小吃套餐。

我告诉她:“我打算找个差事来干。”

“干什么?”她挺兴奋。

“一个很酷的差事。”其实我根本没想好干什么,只不过是唱国歌给她听。

“不会是去当职业杀手吧?”她上下打量我。

“你的想象力真丰富。”

“那你要干什么?”

“什么发财干什么,而且,要快。”

“抢劫？贩毒？卖盗版？”

“你把我想得太伟大了。”

“那到底干什么？别卖关子。”

“总之，君子取财有道，杀人越货，坑蒙拐骗的不干。”

“这就对了，这就说明你还有上进心。”她狐疑地瞅着我，“你好像真的有计划了，说来听听。”

“买彩票。”

她立刻不高兴起来，我知道，这种态度令她反感，她爱的是那种正经的、有追求的、起码表面很光鲜的人，譬如杨伟。

举凡女人都希望自己的男朋友具备上进心。试想，一个男人上进了，势必就可能提高经济地位，经济地位提高，意味着社会地位的提高，生活品质的提高。因此，女人要一个男人有上进心，如同往银行里存了一笔钱，盼望利息天天向上，十位进到百位。

为了不使气氛过于沉闷和僵化，我不得不摆出一副正经的嘴脸，对她说，我准备当作家。因为，我实在想不出更完美的说辞。又穷又缺乏靠山的人，一般都装作有智慧，起码头脑够用。而作家正属于无数智慧型号中的一种，能说几句俏皮话，就有可能被一般人说成“才华”。最有趣的是，即便一如既往地穷下去，也可以拿“文学创作是清贫的事业”当遮羞布，生活潦倒，情操是高尚的。可见，穷不要紧，要紧的是穷的方式。

“你真打算干这个？”小满问。

“是的，起码比买彩票的几率大一些，万一成名了呢？”

“说正经的好不好？”她双眼透亮地注视我，“怎么想到干这个的？”

“你不觉得，我可以当个美男作家吗？”我搔首弄姿，“出于生态平衡，也应该有几个公的活跃一番，再说，我总不能把自己骗了吧？”

“我相信你能成功。”她言辞恳切地说。

由于我豪迈地畅想未来，勾画出一幅美好灿烂的前景图，小满非常愉悦。我们之间的气氛轻松活泼。我们吃了很多东西，从小食店出来，我们又在附近的街头流动烧烤摊上吃了些烤羊肉串、烤鸡翅膀之类的东西，又买了一大把花花绿绿的冰淇淋，放进家里不可靠的冰箱里。我们还兴致勃勃地跑去上了一会儿网。

实际上，她哪有心思在网上与人闲聊。她打开电脑，便迫不及待地在地址栏里输入一个与医学有关的网址，敲击回车键，进入界面。而我，则在一旁装模作样地上文学论坛，遇到一大群装模作样的家伙。话说一些写手在网络走红，混进现实作家队伍，他们如同几支持续上涨的股票，给后进股市的新人塑造了一个绝妙的希望，结果却往往是一败涂地。

我胡乱地看了些文章，回了一个帖子，有个叫"版主"的家伙发短信问我，过去在哪里混？我说去过两个大号的文学网站"桑树下"和"槐树下"。他颇为诧异，大呼：闻所未闻，光听说过"榕树下"，什么时候栽了那么多新品种？我毫不留情地反问，你没听说过指桑骂槐？

我乐呵呵地在论坛里胡扯半天，转脸看小满，她愁容满面，紧跟着，眼泪也下来了。

"怎么了你？"

"我想，我快死了。"她的眼里流露出强烈的恐惧。

"四肢末端长红斑——败血症的先兆；浑身酸疼说明病情已经开始恶化。"回到家，小满边诉说网上查询的病症，边把手伸到我眼前。

"别动，我仔细瞧瞧。"我抓住她的小手，一个手指接一个手指辨别，"是有一点红斑。"

"脚趾也是。"她往上伸了下腰，把脚放到我腿上。

我看她的脚趾，果然。

"身上也疼。"

"酸疼？"

"嗯。"

"我的肌肉也常常莫名其妙的疼。"

"我不光肌肉疼，连骨头都疼。"

"不会真是败血症吧？"

"我想是的。"她摊开手掌，让我看，"你看，我的生命线多短。"

“哪条是生命线？”我观察她手掌错综复杂的纹路，犹如掉进迷宫。

“这条，最短的一条，只有香烟过滤嘴那么长的。”她指给我。

“错了吧？男左女右，你给我看的是左手。”

她换了只手，悲哀地说：“这只也短。”

“这只长些，有两只香烟过滤嘴的那么长。”

“也许我只能活到十八岁。”

“不会的，你死了我怎么办？”

“不知道。”

18 JINSHENG

真正的恐怖总是突如其来的，它喜欢在人们毫无意识的时候出现。犹如当头棒喝，主要是突然。

“打死我也不信。”半夜，我仍喋喋不休，“这是琼瑶、痞子蔡最喜欢的言情故事，怎么可能发生在我们身上。”

“不到黄河不死心，是顽强，到了黄河还不死心，就是顽固了。”

“那也要等到确诊后。”

“等着吧，后天就到黄河了。”

第二天，小满又指出，自己的视力明显下降，看东西是模糊的。这也是患败血症的表现。

“这是几？”我伸出四个手指头，在她眼前晃。

“四。”

“答对了。”

“你还气我。”她泪水涟涟，委屈极了。

“怎么会呢，我又不是医生。”

“我都快死了……”她抽抽噎噎地说，“我都快死了，你还气我。”

“你不会死的。”我拿张餐巾纸擦去她满脸泪。

她不再吃东西，不再喝水，不再打扮。只是赖在床上，仿佛就此便可以安然死去。我提出种种具有诱惑性的食物，她摇摇头声明，没有胃口；我冲了一杯香浓的咖啡端到她面前，她说加入一万块方糖也是苦的。

可是我饿了，非常饿。她要我好好活下去，快乐地，坚强地，充满阳光地活下去。出于此种冀望，挨到晚上，她陪我到楼下的小饭馆里吃饭。我点了几个有肉片的家常菜，一份酸菜粉丝汤。菜上齐后，她也象征性地吃了一点，喝了几口汤，基本上是默默地看着我吃，我吃得很慢，许久，嚼一口菜，就像录像画面缓缓播放。从始至终，我们一言不发。这是我吃过的最沉闷的一顿饭。买单的时候，她坚持要付钱，说平常都是我请客，今天她愿意请我。

昏黄路灯下，我们的影子比我们本身更瘦长。

她牵着我的手说："以后吃饭也尽量慢一点。"就像是临别遗言。

她又说："衣服要经常换，头发别留得太长。"

她还说："不要随地吐痰，走路注意挺胸收腹。"

虽然，人之将死，其言也善。但听人如此细致地数落我的诸多陋习，仍令我反感。好像她在世的时候，我可以是一个混混儿，她死后，我就必须成为温文尔雅的君子。

"你打算怎么个死法？"我问她。

"什么意思？"她翻翻眼睛，看着我。

"我是说，死在父母身边，死在自己家里，还是独自死在外面？"

"死在你身边，死在我们的家里。"她口气坚定，不容动摇。

我很感动，停住脚，不再往前走，我想拥抱她，可双手僵硬抬不起来，像在梦里一样。

她望着我，似乎也不知所措，一时间，我们都呆立在原地，仿佛两尊蜡像。

"你能看到那儿吗？"片刻，我指着远方一座高耸的灯火辉煌的商厦，叫她辨认楼顶霓虹广告牌闪烁的美术字。

"看不清。"她顺着我手指的方向看去。

"把泪擦干了看。"

“看不清。”她看了又看，仍这么说。

我从裤兜里摸出一盒烟，抽出一支，正欲点燃，她说：“给我一支。”

我递给她一支，她接过来叼在嘴上，我拿打火机替她点燃。她抽烟的姿态很别扭，像国产电影里打入敌人内部的女地下党，一看就是正经人，偏偏故作妖媚状。

我们坐在街边抽烟，我感觉她不是往里吸，而是往外吐。路人不时侧目瞥我们一眼，亮着明晃晃车灯的汽车往返驶过，少许灰尘扑入鼻中。

“你可以把我们的遭遇写下来。”她说。

“写成小说？”

“当然。”

“不行。”

“为什么？”

“太真实了，容易搞成报告文学。”

“可以写成一部中国版的《挪威森林》。”

“我去过一家小资俱乐部，门口有个新新人类站岗，口令是背诵《挪威森林》第二章第四段。”

“我没跟你开玩笑。”

“你是在抬举我。”

“不不，没半点抬举你的意思，我是说，你有亲身体验，有现成的例子，只需要记录就行了。”

“如果这样搞，又有可能弄成《第一次亲密接触》。那就太恶心了。尽管一切都是事实。”

“那有什么不好？”

“要不然，我拿出一个月的开销，你也用香水冲个淋浴。”

“讨厌。”

“不干了是吧，所以呵，当务之急不是浪漫的死，是想办法治病救人。”

“我得的是绝症！”她跳起来，无语对苍天，泪水四溢。

“没确诊呢。”我想不出更动听的话安慰她。

“种种反应已经证明了。”

我垂下头，无可奈何地垂下头，一声叹息。我始终不相信她会就此死去，可她身体的症状使我不能不信以为真。唯一的希望在医生手里，十根手指有长短，荷花出水有高低，一群庸医里面，总有个把精英。或许可以用一些新鲜、干净的健康血液来换取她体内的败坏分子。我一厢情愿地想。

“就算换血，也没钱换啊。”小满问，“你有吗？”

我呛了口烟，连连咳嗽。

“也不想让我爸妈知道。”她接着说。

“到头来他们还不是要知道。”

“他们才不会管我呢。”她无比悲哀地说，“再说，他们也没钱！”

凌晨一点钟，我与小满已围着东光小区转悠了无数圈，疲惫不堪，才回到我们的小窝。

屋子里漆黑一片，我拧亮灯，小满立刻伸手把灯关掉，我们一起陷入黑暗中，看不清嘴脸，面对着形容模糊的轮廓，感觉到彼此鼻腔呼出的热气。四周静悄悄的，没有一点声响，我们站立着拥抱，我觉得她在不停地眨着眼睛，她的眼睫毛又细又长，我脸颊痒酥酥的。她的嘴唇移到我耳边，轻轻咬我的耳垂，咬一下，轻声说一句话。

她说：“我死后，你每年都要到我坟前献花。”

“一定。”我答应她，“我穿一套黑色西装，戴着墨镜去。”

“我要死在你怀里。”

“好的。”我说，“最后一秒再告诉我银行卡密码。”

“我是你的。”

“我幸福极了。”

“陪我到生命的最后一天。”

“好的。”

由于我们的脸紧贴着，我感觉一条湿润的蚯蚓在脸上爬动。

这一觉，我睡得昏昏沉沉，呼噜声犹如摩托车发动，大得自己都能听见。我在做梦，梦纷乱之极，像一部未经译制的外国系列片，有人物、有情节、有环境，可是我一点也看不明白，也没留下任何记忆。

中途我醒过一次，看了看手机荧屏显示的时间，才八点，又翻身继续睡去，小满始终抱着我，无论我的睡姿如何花样复杂地改变，她都抱得相当牢靠。不知过去了多久，我再次醒来，已是午后，我腰酸背痛地坐起来，抽了支烟，下床，找水喝，饮水机里空空的，暖壶里也空空的。于是，我来到厨房，从冰箱里拿出两袋冻牛奶，凑到鼻子前闻闻，牛奶已变成了酸奶，我把它们扔进垃圾桶，关上冰箱门，打开煤气，烧上一壶水。等水开的工夫，我用平底锅煎了两只荷包蛋，分别装进盘子，一手端一个，踅回卧室，肚子却猛然疼起来，我放下盘子，风风火火地奔向洗手间，屁股没坐稳，又跑向客厅，随手找了本杂志，再次冲进洗手间，正排泄到酣畅淋漓之际，水壶哨声响起来。响了足有两分钟，我听见小满穿着拖鞋，踢踢踏踏地跑去厨房，关掉煤气开关。与此同时，我按下抽水马桶阀门，哗哗一阵冲水声。我推开洗手间的门，恰巧与小满撞上。

“把你吵醒了。”我对她说。

她面色苍白，头发蓬乱，眼神空洞，呆呆地看着我，看了好一会儿，才问我：“今天咱们去哪儿？”

“当然是去医院。”我在桌边坐下来，看着她。

她走过来，坐到我大腿上，抓了抓头发，说：“去拍照吧。”

“婚纱照？”

“随便，是合影就行。”

“还是去医院吧。”我把她的脑袋抱在胸前。

“先去拍照，再去医院。”

“也许拿到诊断结果，你就不会去拍照了。”

她靠在我胸前长叹一声，抬起脑袋，泪汪汪地望着我：“结果都知道了。”

自从转世投胎，来到一个新鲜的人间以来，我对很多事情都持侥幸态度。考试侥幸及格，升学侥幸过关，应聘侥幸成功。最经典的一次，发生在初中，我犯了个错。当时，我老爸还没来得及与我老妈离婚，揍我就像揍贼一样。而我的班主任郭晋蓉，她的杀手锏是请家长，并且是请男家长。

那一次，犯的什么错我已经忘了。总之，郭晋蓉要求，在一周之内把我父亲请来。于是，七天之中我惶惶不安。幻想着郭晋蓉出点儿意外事故，从而逃脱惩罚。侥幸的是，就在第六天晚上，郭晋蓉家访回来，抄近道往家走，竟被几个大汉丧心病狂地轮奸，失血过多，住进医院，险些没抢救过来。

当时，这个城市正在进行大规模的旧城改造，许多街道、楼房都在拆迁改造中，路两边的树木被砍伐，整条街光秃秃的，像一个毛发茂盛的人，心血来潮剃了个光头，分外狰狞。郭老师一脚深，一脚浅地走进一条正在施工的，坑洼不平的，人迹寥寥的，黑咕隆咚的街道，道旁的建筑支离破碎，四周皆是断壁残垣。她加快脚步的同时，几个如狼似虎的恶棍也加快脚步，向她逼近……

后来，当她回到学校上班，早忘了叫我请家长的事。

后来，我是说，长大以后，侥幸逃脱厄运的事情屡屡发生。因此，在小满这个事上，我也始终抱着此种心态。

在影楼，我与小满拍了一套“大头贴”。我们先在图片集里选一些稀奇古怪的背景，然后站在电脑前做出各种丑态百出的造型，一按回车键，拍成一张。可以贴到手机上、书桌上、闹钟上，只要能贴的地方都贴。如果要贴到大街上，那就是“牛皮癣”广告。

我们起码照了十个以上亲密的照片，每张照片中，我们都在甜蜜的微笑。

其中一张，我至今仍保留着——我手捂胸口，宣誓一般，仰着脸，深情地凝望着小满，而她则高贵地昂起头颅，享受我的追求。

拍完“大头贴”，我们上了一辆出租车，小满紧紧攥住我的手，比以往都紧。我感觉自己的手都快被她捏碎了。司机把车里的音响开得很大，听亚洲杯现场直播。

我们来到医院三楼的诊断室，白衣天使们仍在忙碌。而最后一间办公室里，放了一台二十九英寸的彩色电视机，一些病人家属，还有几个医生凑到一块儿正看比赛，聚精会神。

有人手里还夹着烟，一边吞云吐雾，一边评论。我挤进去瞄了一眼，中国球员在场上的确卖力，跑得相当快，只是过于激动，有些不辨方向，那架势，更适合参加马拉松。

“看什么呀，去拿结果。”小满拉了拉我的胳膊。

“平常你不是号称爱国吗？”我看着电视屏幕，心不在焉地说，“床头贴着国旗，关键时刻就不加油助威了。”

“我都快死了。”她叫。

“那也要重于泰山地死去。”我脖子都酸了，龟头似的一缩，“不看了。”

“看重播嘛。”我们走进诊断室，得到的答复——前天的化验结果，今天下午三点才能拿到。我们只好坐在走廊的休息椅上等待。小满说：“你去看会吧，我在这里等。”我说不想看了。

我们坐在那里，看着一个又一个人来回走动，大约今天是集体拿化验结果的日子，等候判决的人特别多，一会儿的工夫，我们周围就坐满了邻居。

约摸过了一小时，一个小护士从走廊一端走来，手里捏着一大把化验单。在座的人立刻拥向各个诊断室，从一号到五号诊断室，只是一瞬间，门口便站满了中国人，浓缩成相片也挤不进去。我与小满站起身，一看场面如此壮观，又坐了下来。

“我去拿吧。”我对她说。

“等等吧，人太多。”

“怕你着急。”

“不，死到临头也就不急了。”

“别这么说，我想结果不会很坏。”

“这又不是赌博。”

“不争了行吗？让结果来证明。”

她点点头。说实话，那一小段时间，我还是有些许紧张的，就像多年前，等待请家长的第六天夜晚，但是，奇迹往往就发生在最后一刻。

这次也不例外！

小满的化验结果显示——淋球菌荧光（定量）DNA呈阴性；沙眼衣原体荧光（定量）DNA与解脲支原体荧光（定量）DNA均呈阳性。简言之，她患的是一般性的炎症。除此之外，没有任何病症。

我晕！拿到这样的结果，我们很不服气，找医生理论，怎么可能只有这么一点小问题？

医生反问："你们想出什么大的问题？"

"难道不是败血症吗？"小满期待地看着他。

"败血症？"医生狐疑地瞅瞅她，转脸又瞅瞅我，"你们认为是败血症？"

"是的。"我说。

"笑话。"医生指出，"败血症不是想得就能得的。"

"我们知道要得这个病是很不容易的，可是……"我叫小满伸出手，让医生看指尖上一点一点不均匀分布的红斑，"四肢末端长红斑，浑身酸疼，难道不是败血症吗？"

医生看小满的手相，左看右看，那模样有点儿像街头算命的骗子，看罢，对我说，"许多病的症状是相似的，绝对不是败血症。"

"真不是？"小满问。

"放心吧，如果是败血症，你还能满大街乱跑？"医生拿笔写处方，龙飞凤舞，"就是炎症，吃药可以，输液也可以。"

"不会那么轻吧？"我感到难以置信。

"你还想患点儿什么？"医生已经不耐烦了。

"真的不会是败血症？"我不厌其烦地问。

他终于按捺不住，噌地站起来，郑重其事道："我建议你们到精神科检查一下。"

我勃然大怒，一拍桌子："你这是什么态度！"

"我什么态度？我什么态度？你们，你们，简直是——"他满脸通红，嘴唇颤抖，终于找出两个成语，“简直是——无中生有，莫名其妙。”

“妈的！”我叫骂一声，直取医生脸部，他鼻梁上那架大眼镜晃得我头晕。医生腾挪躲闪，身手倒也敏捷。

小满一把拽住我：“别闹，别闹。”

“少拦我！”我挣脱她，“今天我非把这高级知识分子的玻璃招牌砸了。”

这时候，隔壁诊断室的医生和护士闻讯赶到现场，有的说快打“110”，有两个身强力壮的人横在我与那厮中间。其中一个面带负责相的男人，五十多岁，估计是主任之类的干部，语气和蔼地息事宁人：“有话好好说。”

“有什么可说的，我们是来查病的，他叫我们去查脑袋。”我指着躲到窗边的“眼镜医生”说。

主任回头，目光犀利，问：“是你说的？”

“眼镜医生”唯唯诺诺地点点头，把事情原委陈述了一遍。

“那你也不能让人家去精神科啊！”主任严肃地批评道。旋即，转过头，像川剧演员变脸似的，换了副笑容，跟我们道歉，“是我们不好，我们应该对患者耐心一些。”

主任道过歉，亲自带我们去一楼的皮肤科，亲自替我们挂了号，亲自找了一个医生，安排妥当，留了一个电话号码，说以后有事，直接找他。

皮肤科医生细心地给小满检查，得出结论：手指末端的红斑，不是败血症先兆，而是常见的荨麻疹。

20

JINSHENG

“怎么了？”我赶上去，“死里逃生还不高兴。”

“有什么可高兴的。”她一副怨天尤人的口气。

“你这个人脾气太古怪了。”

“我怪还是你怪。”她停下来，盯着我，“人家医生也是好意，干吗对人家那么粗暴？”

"粗暴？"我失望地叹气，"他骂我们是精神病。"

"我们是有些多疑了。"

"是你多疑！"

"是我，是我多疑，可是，你就不能耐心点儿吗？"她数落我，"你行凶的样子，很丑陋，很没有档次，你知道吗？"

"要像绅士一样？"

"至少面上要像。"

"过于在乎表面，你会吃亏上当受骗的。"我开导她。

"问题是，你内在也不好。"

"一无是处？"

"是的。"她毫不粉饰地判定。

"好吧。"我故作轻松地耸耸肩，摊开双手，"既然如此，我们散了吧。"

"你想散？"

"迫于无奈。"

"如果你肯悔改的话，一切照旧。"

我看了她好一会儿，才说："我又不是犯人。"

我心里有些疼痛，从来没有过的疼痛，由委屈引发的。人被委屈说明这个人命不好，性格也有些懦弱，其中还有少许倒霉当作料。

我疼痛地走开，漫无目的地往前走，前面都是阳光，我看到的是阴影，前面是阴影，我看到的却是阳光。

不知走了多久，小满从后面追上来，叫我："等等。"

"随时可以回去拿东西，钥匙你有。"我对她说。

"我会的。"她问我，"你花了多少钱？"

我愣了一下，从兜里掏出她的药、病历、划价单，把它们全部递给她："都在这儿。"

她接过东西，装进自己包里，一手拿着划价单，看了看。

"以后还你。"

"不用。"

“要还。”

“非要把每一项都算那么清吗？”

“各归各，医药费算我暂借。”

“好吧。”

“现在我就回去拿东西。”

“好吧。”

“我知道你对我好。”也许是认为伤我了，她的口气缓和了许多。

“一般吧。”

“只是看不惯你的一些行为。”

“我也看不惯。”

“能答应我一个要求吗？”

“什么？”

“以后对人不要凶巴巴的。”

“好。”

“真的？”

“真的。”

“那我不离开你。”她亲热地挽住我的胳膊。

共进晚餐时，小满冲着天花板翻白眼，我偷偷观察半天，不明就里。她告诉我，她在祈祷，能死里逃生，都是上帝的眷顾与恩赐。

“你也祈祷吧。”她说。

“我又没病。”

“没病你就感激上帝赐予你食物。”

无奈之下，我也握拳于胸，冲着天花板翻白眼，口中念念有词：“感谢上帝赐予于我青椒肉丝、盐煎肉片、炒土豆丝、拌黄瓜以及番茄蛋汤。”

我边祈祷边在心里想，上帝才没闲工夫管这些破事儿呢，上帝那么忙。

后来，她得寸进尺，提出一个更荒诞的要求——去教堂祈祷。被我断然拒绝。

在我的印象里，即便是白天，教堂那种地方，也只是在礼拜天清晨才有一点人气。圣诞节平安夜，教堂里会聚集一大帮穿着奇装异服，举止荒诞的新新人类，模仿洋瘪三走些过场。然后，各自散去，奔向各个迪厅、酒吧、KTV包房，寻觅临时姘头，混到凌晨，去宾馆开房间。上帝知道真相，一定特生气。伟大的一个神，轻易就被新新人类利用了，还收不到中介费。看来，心中有上帝也挺实惠，干了违背人类道德的事，可以立马忏悔，罪过由此一笔勾销，等于什么也没干。不像佛教，讲究因果轮回，行善作恶，统统记录在案，零存整取，到时候算总账。

值得一提的是，转世投胎后，自小我就是个缺乏信仰的孩子。宏大理想、辉煌事迹、各种主义，统统遥远，不具感召力。

我与那些刻苦学习的孩子格格不入。我的心思，不是用在功课上，而是从早到晚，胡思乱想。

一个长辈眼中的乖孩子，循规蹈矩，天性聪慧，刚上小学一年级，就心潮澎湃地加入了少年先锋队。而我，在小学混了四年，仍然是个普通群众。于是，小小年纪，我便领教了众多蔑视的眼光。

我渴望平等，对一条红领巾望眼欲穿。

好像是一种安慰，当权者开恩，让我搭上末班车。记忆中，那是个寒冬，棉袄棉裤外面套上白衬衫和蓝布裤，裤线坚挺笔直，可以削水果。凛冽的寒风中，有人带我宣誓。唱少先队歌时，我挨了训斥，老师说我故意捣乱。说实在的，一个天生五音不全的人，唱什么都不上调，觉得委屈也只好认了。

半年之后，系在脖子上的红领巾就摘了，中学时一个更具有诱惑力的召唤在心中起伏：加入中国共青团。

可惜，我的成绩一塌糊涂，离共青团员的标准差距十万八千里。数学、英语两门功课的成绩，加在一起还不到六十分，智商低到中国人民无法容忍的地步。期末考试完毕，家长座谈会上，班主任将成绩后十名学生的家长，请上讲台，坐成一排。用意是让家长受辱，继而回去激励孩子。真是好办法！当然，我的父母，每次都能光荣进入后十名的排行榜。我说过，我是个倒霉蛋，会使别人跟着我一起倒霉。

除了这些，我的学生时代，没有几件事可以留下深刻印象。由于智商过低，我没有什么所谓的校园情节，或者说，比一般人淡漠得多。充其量是记住了几个被我无声爱慕过的小女孩。

终于，稀里糊涂的，我混入了今生的社会。

社会，曾被许多有经历的人吹嘘得神乎其神，深不可测。

初入社会，耳边就充斥着无数告诫、叮咛、嘱咐。使我情不自禁地想起武侠小说中的一句：江湖险恶。继而也会得出个结论：身在社会，是不幸福的，活着累。

但其实完全不是这么回事！

我尤其反感拿自身经历炫耀，逢人就絮叨，把自己的生活经验当宝贝，强加于他人，教导他人的家伙。他们的目的，绝非是助人成长，而是满足虚荣，伪装成熟。就像大街上十字路口的一群交通协管员，一辈子卑躬屈膝，没当过领导，临到日暮途穷也管一回人，当这是夕阳无限好。

渐渐地，我发现，很多所谓的信仰，包括用信仰来对别人谆谆教诲，大多都是骗术。

21

JINSHENG

世间的骗术层出不穷，人们只是懒于思考。其实，精神方面的骗术，犹如一页窗户纸，经不起半点推敲。试想，倘若一切不是靠劳动换取，皆为上帝所赐，人们只需要躺在被窝里睡大觉，等待上帝光临，哪怕上帝一个月来一次也足矣，漂亮的小姐们也不用当大款的情人，直接委身于上帝将更划算。

人们不光懒于思考，还特别喜爱自欺欺人。譬如炒股，许多人声称，只要把握时机，笃定能赚大钱。既然如此，人民群众实在没有上班的必要，全国人民集体炒股就可以了。实质上，炒股只是一个大型的麻将游戏，技巧与运气并存，最终获利的只有一个，就是庄家。

也许，视炒股为终身事业的家伙，与我一样存在极大的侥幸心理。与其说他们在奋勇钻研，不如说他们永远在给自己找寄托。人在欺骗自己的时候，也是有快感的，起码能得到短暂的陶醉与麻木，可称之为：精神吸毒。

然而，无论精神活得多么滋润，肉体仍要靠物质来支撑。物质无疑是用金钱换来的，一个人身无分文的时候，可以把自己幻想成上帝，卓然不群地鄙夷众生，也可以拿虚幻的美好未来骗骗自己。前提是事先要填饱肚子，也就是说，在自欺欺人之前，要干一些实事，能挣到钱的事。

坦率地说，我就是个现成的，活生生的例子。给小满治病，差不多花光了我手头所有的钱。必须申明的是，这事确实是我干的，跟上帝一点儿关系都没有。上帝的伟大之处就在于，他可以无功受禄，人们把荣誉硬塞给他，他还不好推辞。而我，尽管救死扶伤，也只能乖乖地把功劳拱手让于上帝，这就是我与上帝之间的区别。

当然，如果你要笑话我，那么，尽管笑。但你千万不要跟我说，我是在助人为乐；千万不要用美好的人生哲理来鼓舞我，用所谓深刻的名言警句来鞭策我。

许多名言，在我看来，非常讨厌。譬如：不当元帅的士兵不是好士兵。

这话明显拿老百姓开心，全当元帅去了，士兵谁干？动不动就给人一个宏大理想，让你打小就追寻，追不着你还得产生挫折感。跟夸父似的，觉都不睡，饭也不吃，整天追着太阳满世界跑。精英大有人在，未必你就能成。这倒不是颓废，关键自己心里得有个底。要不然，这句话还不如改成，不想吃天鹅肉的蛤蟆，不是好蛤蟆呢。

又譬如：有志者事竟成。拿我来举个实例，我天生五音不全，除了唱国歌时不跑调，其他的全跑，跑得一塌糊涂，不着边际。像我这种笨蛋，从小就立志当个音乐家，这不是白日做梦吗？一个人不成功并不可悲，可悲的是，搞不清楚自己适合干什么。别人下海，你也下海，下之前你考虑过自己的水性吗？有力气游到对岸吗？什么都不想你就一个猛子扎进去，110 还得来捞你，何必呢。立志当然是好事，也得有所选择。选对了，算你运气。没有什么事是只要立志就能成的，如果有，我就立志，中一个“体彩”大奖，再不想别的。

还譬如：一个成功男人的背后，注定有一个或数个伟大的女人。这话的意思好像是男人的成功，女人有多大功劳似的。我看，功劳没有，牺牲是有的。假设马大姐给一个男人提供了资金，这男人就盖厂开公司；牛大姐又为这个男人疏通了社会关系，使之既具有金钱，同时又具有势力，这个男人就风光了，混得人模狗样的。紧接着，又出现了一个朱妹妹，她为这个男人拉生意，端着一身肉在生意场冲锋陷阵，什么手段都使了。那么，这个男人生意红火起来，越来越红火，被评为优秀企业家。这个男人就是成功人士了。他的背后倒是真有几个伟大的女人。其伟大之处就在于，有钱的出钱，有力的出力，有肉的卖肉。如此爱的奉献，究其原委，大约就因为那男人的面目，酷帅交加，十分奶油，肾功能奇佳，割下来，不搁姜葱蒜也能炒一大盘，可见翻云覆雨功夫之上乘，别说马姐、牛姐、朱妹，就是把虎妞叫来，也一夜拿下。

简言之，这些名言讨厌，非常讨厌。要不就是我这个人讨厌。你可以选一个。

小满则与我完全不一样。她对一切吹得又大又玄的东西，深信不疑。尽管她有那么一点叛逆。但是，她在名言、名著面前可以下跪，只要你告诉她，那是名言，是名著。她很早就有出国的梦想，她想当一个洋贵妇，生活在国外某个艺术的殿堂里，听着巴赫的 B 小调弥撒曲，听着贝多芬的钢琴曲，听着流行歌剧《卡门》，在一位气度非凡、举止优雅的洋绅士陪伴下，走进华丽高贵的婚姻坟墓。坟墓里，有别墅，有花园，有游泳池，有网球场，有巨大的草坪。窗外是一片波涛汹涌的汪洋大海。她坐在草坪的秋千椅上，晒着外国的太阳，看着外国的名著，听着外国的音乐，喝着外国的饮料，吃着外国的菜肴。

夜幕降临，她与洋绅士手牵着手，在海边沙滩徜徉，情话绵绵，间或接个外国式的吻，轻柔甜美，先是额头，再是嘴唇，最后，双双躺在沙滩上，仰望璀璨星空，许下无数心愿。

这一刻，我发现她和前世的真霏相距甚远，真霏是那么淡然、宽容，而她多少有些世俗和虚荣。同样是尼姑庵出来的，做人的差距咋就那么大呢？

当然，人是会变的，何况是转世投胎后的人。我有些失落，看来是我把今生的邂逅预计得太美好了，而前世再怎么说，也不过就是一场梦，梦和现实是一对天敌。

另外一点，我还清醒地意识到，小满不爱我，或者说，一点儿不喜欢我这种人。对于我，她没有什么感情可言。更多的时候，她只是在我面前无理取闹，她所谓的绝症，我们所谓的生死恋，想起来就是一个笑话，可以叫人笑掉大牙。

也许，我过于悲观了，也许又不是。

许多天，悲观的情绪始终笼罩着我。又过了几天，我收到一张请柬——老夏与小凡的婚礼请柬。

22

JINSHENG

我带小满一起去参加婚礼。婚礼前一天，我去了趟电台，交一周的节目稿件。

秃顶的马主任脸色阴郁，像刚被戴上绿帽的丈夫，不适应，又无法言表。

他没精打采地一挥手："把稿子交给牛编。"

我弄不清怎么回事，只得找到牛编辑的办公室，把稿件交给他。

牛编辑是个袖珍型男人，精瘦，小鼻子小脸，面目平坦，从侧面看过去，仿佛麻将中的白板。他的嘴唇极薄，语速缓慢，犹如一支精巧指甲刀的两片刀锋，漫不经心地一翕一合。

我将稿件交到他手中，他看上去气色绝佳，像刚给别人的丈夫戴了顶绿帽子，幸灾乐祸。牛编辑一度声明，《方言说新闻》节目是自己一手创办的，而马主任只配管人事，对节目一窍不通，好比吹竽的南郭先生。

牛编辑接过稿件，诚恳评价："你的稿子，是最好的，比他们都好，真的。"

"牛老师过奖。"我谦逊以对。

“不过奖，不过奖，留个电话，方便联络你，上个月稿费领没有？”

我在一张无人的办公桌上，找了张纸，铺平对折，写下电话号码，又在号码下方写上我的名字，递给他。

然后，我到录音室找到高尚。高尚跟我通报：马、牛二编一直争当《方言说新闻》的节目主编。一是可捞取政治资本，二是每编辑一个稿件可拿到几十元的稿酬。两个编辑平分，不如一人独吞。于是，二人斗争日趋激烈。一番艰苦较量，二号选手牛编辑获胜。但是，获胜是暂时的。马编辑毕竟是主任，后台硬。如果是打持久战，老牛绝非老马的对手。

接着，高尚问我，怎么和马主任谈的，我说我什么也没说，他要我找老牛，我就找了。

高尚立刻把门关上，瞪着眼睛，小声地数落我：“你傻呀，那是考验你呢。”

“怎么讲？”

“他让你找你就找，他心里可不是这么想的。”

“他怎么想的？”

“他想让你跟他走。”

“是吗？”

“他在试探你，看你是不是只图眼前利益，有奶便是娘，说叛变就叛变。”

“我该怎么办？”

“再去拍一次马屁。”高尚指导我，“把话说圆一点，表表忠心。”

于是，我又回到马主任办公室，由于几天以来，我的情绪都很糟糕，脑袋也晕乎乎的，想不出该如何表白自己的忠诚。高尚要我把话说得圆滑一些，我脱口而出的话竟是：“马主任，我跟您走！”

我的唐突闯入与生硬表白，显然让老马受了惊。但是，老马毕竟是历经世事的老江湖，

对于我的笨拙，没有恼怒，没有慌乱，一秒钟就稳住了神，摆出无限宽厚的样子，伸手在我身上找可以拍的地方，找到后，拍打两下，言之凿凿地

说:“一切会改变的。”

我想,此话翻译一下,应该是:放心,我胡汉三会回来的。

翌日,我再次见到面貌独特的妇女主任——在我表妹小凡的婚礼上,妇女主任担任婚礼司仪。据说,她是小凡男朋友老夏专程邀请来的。

小满对盛大的婚礼颇感兴趣,对新娘洁白的婚纱有兴趣,对扎满玫瑰的花车有兴趣,对酒店的宴席布置有兴趣,对婚礼的仪式有兴趣。总之,婚礼的一切,她都有兴趣。

“以后,我的婚礼,要盛况空前。”她憧憬着,对我说。

“我开直升机来接你。”我们往新郎新娘脑袋上洒金粉,新郎新娘的脑袋像彩色菠萝一样好看。

之前,我们随新郎一同来接新娘,新郎老夏与新娘小凡,也仅仅是昨晚才分开居住的。情况就是这样,新郎堪称“老枪”,新娘堪称“大喇”,大喜的日子,硬装一把纯情。

按照设计的程序,新郎乘坐一辆日租金上千元的豪华轿车去接新娘,如此高档的车,估计这辈子就只能坐这一回。一个人去接新娘着实冷清,得找几个帮手。新娘这边也有一群小姐妹,表情兴奋。

司机把豪华轿车开到楼下,一群人蜂拥上楼,小凡及其小姐妹死活不开门,有两个性格外向的小妞,声称要回答她们提出的问题才放人,譬如,老夏挣的薪水,是否全部交给小凡保管?口气就像电话里索要赎金的绑匪。老夏怀着长期嫖娼的心情答应了一切条件。

门终于开了,老夏冲进去,“扑通”一声,跪在小凡面前,感人肺腑地恳求:“老婆,跟我走吧!”小凡宛如一朵羞答答的玫瑰,静悄悄地开,她抬起一只纤细的小手,万般造作地让老夏牵着,缓步走到门口,老夏抱起她,像抱了一枚炮弹,拾阶而下,累得气喘吁吁,头上的汗水混合着发胶的味道。小凡身着白色婚纱,半透明,被抱到三楼的时候,二楼的朋友只要一抬头,就可以看到长裙里面的内裤。

“你该多锻炼锻炼身体。”小满挽着我的手臂,轻言细语道,“否则结婚时连新娘都抱不动。”

“不是每个新娘都像炮弹。”我笑着看她一眼。

新郎新娘上了花车，车顶是可以打开的，老夏与小凡喜洋洋地站在车里，游街示众，一路上，两个人如同阅兵典礼的元首在检阅。引得过路人等侧目转头观赏，老夏与小凡险些挥臂疾呼：同志们好！同志们辛苦了！

婚庆公司的同志在前面的车上拿着数码摄像机，记录下这一光辉时刻，以便新郎新娘日后慢慢回味。

车队风尘仆仆，一路开过，到达酒店，酒店门口立着一个牌子，上书：夏扬、岳凡喜结良缘。意思是，今天的刀，宰新人，其他生意改日再做。

老夏与小凡的腿已有几分麻了，却不能安坐片刻。他们接下来的任务是站在富丽堂皇的酒店门口，当一回迎宾员。一左一右，如同豪宅门前的一对石狮子，张着血盆大口，指引亲戚朋友、舅子老表往两张大嘴里扔红包。又仿佛一对街头乞丐，钱到手，千恩万谢。

我特别想在红包里塞几张假发票，因为老夏经常在公司宴请客户时，开几张数额超支的假发票，从而牟取私利。

酒店里灯火通明，桌椅洁净，杯盏齐全，虚席以待。

我与小满走进酒店找座位的时候，老妈已经坐在一帮久未蒙面的亲戚中间了。她见到小满，格外热情，拉着小满的手说：“小满今天真漂亮。”

“谢谢阿姨。”小满美滋滋的。

“跟家里人介绍介绍吧。”老妈对我说。

“介绍谁？”

“你说谁？”老妈反问。

我看了一眼小满，小满低下头，不说话。

“我们只是在一起混混。”我告诉老妈。

老妈没听明白，认为我在说胡话，狐疑地瞅瞅我，扭头又瞅瞅小满。小满仍低着头，脸绯红。

“您过去玩儿吧。”我一推老妈，笑着说，“这一桌都是孩子。”

老妈走后，小满不高兴了，问我：“你干吗那样说？”

“难道不是吗？”我拆开桌上扎着红绸的一盒中国烟和一盒外国烟，把中国烟装进兜里，点燃一支外国烟，叼在嘴上。

“我是不是对你太不好了？”小满定睛看我，观察我的脸色。

我一时竟不知如何回答。也许，她也发现，我们之间的问题，我们之间的距离，我们之间命中注定的隔阂。也许，她与我一样，发现了这些，但同样不知道该怎么办。

此时，新郎新娘双双登台，全场骚动。后面落座的宾客都站了起来，探头探脑往舞台上张望。拍照的拍照，摄像的摄像，闪光灯劈里啪啦一阵乱闪，场面蔚为壮观。

婚礼司仪芳芳手执麦克风宣布：婚礼正式开始！——台下掌声雷动，经久不息。

小满看什么都新鲜。我悄悄告诉她，芳芳就是电台《方言说新闻》节目中的妇女主任。

小满差点儿把舌头吞下肚。

“估计新娘太糟糕，找一个更糟糕的司仪聊以陪衬。”我跟小满分析。

23

JINSHENG

演出开始，老夏与小凡拜天地，喝交杯酒。

第二幕，真人秀——新郎用三种不同的方式，不同的语言，向新娘求婚。司仪芳芳一边拍手打节奏，一边高喊，新郎，求一个，新郎，求一个。底下大批客人随声应和。

老夏先是单腿跪地，一手捂着心窝，用中文抒情道：“亲爱的，这一天我等了很久，嫁给我吧。”

然后，老夏的双腿同时跪地，双手握于胸前，用英文表白：“达令，爱老虎油！”

最后，老夏跑到酒店门口，又从门口一口气跑向舞台，左手挥舞着一束红玫瑰，右手拿着麦克风，嘴里叽里咕噜地叫着一串日语。好像他挥舞的不是玫瑰，而是军刀。

老夏狂奔到台上，被什么东西绊了一跤，连人带玫瑰一起献给小凡。全场轰动，口哨、尖叫、掌声四起。

司仪芳芳将麦克风对准小凡的嘴："答应新郎的求婚吗？"

小凡露出一口四环素的门牙，吐出两个字："同意。"她的声音细小若无，像窗外飞进的一只苍蝇，一眼见到那么多的人，在没有苍蝇拍追逐的情况下也战战兢兢。

众人再一次鼓掌。

接下来是第三幕，激情戏。

"要动真格的了。"我对小满说。

小满眼睛里蹦出两个问号，我一指台上——司仪芳芳摇身一变，变成神父，指使新郎新娘交换戒指，并问老夏："你愿意娶小凡做你的妻子吗？"老夏热泪盈眶，说："愿意。"芳芳又问小凡："你愿意嫁给夏扬吗？"小凡矜持地点点头："OK"。

"好的，祝愿今天这一对新人类有情人，终成眷属——下面请新郎亲吻新娘！"芳芳道。

小凡的眉头一皱，厌烦之极，她曾私下对我抱怨过，说老夏口臭，他们从不接吻。

老夏好不容易逮着一个接吻的机会，奋不顾身地扑上去，抱过小凡脑袋，舌头伸进小凡口中，一通乱搅。底下观众啧啧称赞，夸老夏像个男人，大方、豪迈、阳刚。

小凡被老夏的狂吻蹂躏得几近昏厥，整个脸都变了形。老夏松开嘴，小凡急促地大口呼吸，仿佛缺氧。

演出告一段落，酒店的男女侍者手端盘子来回穿梭着上菜，脚步轻盈，手法娴熟。席桌上摆满各色佳肴，煎炒烹炸，冷热拼盘，酒水饮料，应有尽有。宾客们谈笑风生，其乐融融，一张张油汪汪的大嘴在闪烁。我不停地往小满碗里夹菜，她吃得很惬意。

"我嫁给你吧。"她嘴里嚼着凉拌鸡肉说。

"你没喝酒吧？"我喝了一口猩红的葡萄酒，推动桌上的玻璃转盘，把龙虾转到跟前，挑出一只，扯掉胡须，剥去外壳，蘸点酱油，放到小满碗里。

“结婚挺好玩儿的。”小满一笑说。

“就图个好玩儿？”

“那倒不是。”

“给个理由。”

“和你在一起，说说笑笑，还行。”

“这叫什么理由？”我很不满意，继续剥龙虾，剥到第五只，同桌的吃客一只未尝到，也很不满。我只得将龙虾转给他们，把小吃甜品转过来。

“有时候想，平平淡淡地跟一个人过，也不错。”说罢，她将玻璃杯里橙黄色的“鲜橙多”一饮而尽。

“别了。”我挑了一个炸得焦黄酥脆的甜品，放进她碗里，自己接着喝酒，望向远处。

新郎新娘已经换了装束，小凡脱去婚纱，穿上中国特色的旗袍；老夏把燕尾服换成了西装，之前，他活像一只纯白的胖企鹅。

“你怎么了？”小满扯扯我衣袖。

“没怎么。”我扭过头，问她，“你怎么了？”

“‘别了’，是什么意思？”

“我是说，要么让我绝望，要么说嫁就嫁，别弄个遥不可及的希望，到头来心碎。上辈子我就够难过的了。”

“怎么这样想？”

“说来话长。”我继续喝酒，感觉自己已经喝了很多，却一点醉意也没有，垂头丧气地说，“就拿今生来说，小时候，做数学题，解方程式，一大堆数字，费了牛劲，左算右算，算出答案——等于零。我惶惑、失望、恐惧，顿感前途一片虚空。”

“长大后呢？”

“我每到一个公司，想干一番事业，那家公司就会倒闭。”一整瓶“干红”葡萄酒被我喝完，我支使侍者再上一瓶。

“别喝了。”小满将酒瓶拿到一边，阻止道，“喝得够多了你。”

“没事，刚有点儿感觉——”我拿过酒，把自己的酒杯斟满，继续说，“生下来我便自认不凡，一根头发丝可以撑起一个地球，可是，混来混去，如今两手空空。”

“你醉了。”

我没醉。新郎新娘过来敬酒，我连干了六杯也没醉，只是眼前人影成双。一对不三不四的新人，在我眼里变成两对。

跟老夏碰杯时，我低声问他：“什么时候把你的膀子给我？”

老夏“嘿嘿”傻笑，说不出的尴尬。

小凡拿着一瓶“五粮液”，瓶里装的却是矿泉水，她悄悄告诉我：“如果真是酒，我早就牺牲了。”

“理解。”我冲她挤挤眼，“大家都是这么干的，好比假文凭，只要不被查处，一样代表学历。”

敬完了酒，老夏与小凡转向另一桌，过了一会儿，老夏再次跑过来，对我说：“婚礼司仪认识你，说你们是同事，过去打个招呼吧。”

我抬眼看靠窗边坐着的主持人芳芳，那一桌，七、八个陌生男人，正与她喝酒、谈笑、调情。芳芳如鱼得水般欢畅。

“我去去就来。”我对小满说。她点点头，目光随着我移动。

“你现在到底在干吗？怎么混到电台去了？”老夏屁颠颠地在我后面追着问。

“台长叫我去帮忙，没我不行。”我头也不回地说。

24

JINSHENG

我坐到芳芳旁边，她正咯咯大笑，不知被哪位男士给逗的，笑得忘情忘形，以至于我问候了三遍“你好”，她才听到，收住笑，神秘兮兮地说：“是你呀，我正有事找你商量呢。”

“要是广告的事就算了。”我接过对坐一个男人敬的烟，朝他点点头。

“还就是广告的事。”

"饶了我吧。"

"讨厌广告?"

"还讨厌干广告的人。"

"讨不讨厌钱?"

"那倒不。"

"你和高尚在合伙跑广告吧?"她突如其来地说。

我诧异地看看她,搞不懂这老姑娘肚子里打的什么算盘。

"高尚一贯自作聪明,做事总背着人,结果人人都知道。"

我告诉芳芳,我知道他们两人在互相抢客户。她反倒有几分吃惊。后来,她告诉我,第一次谈话,她便喜欢上了我,原因是我说话直接、干脆、跟她玩儿真的,几乎令她有些感动。

她非常气愤地告诉我——"轻松茶楼"的陈总,非常欣赏我写的广播稿,要不是她与高尚争抢业务,最终把事情搞得一团糟,陈总笃定会签下合同。然后,她建议我撇下高尚,与她一起跑广告。高尚提百分之十五的点给我,她提百分之二十。

我不禁一笑,想了想,答应她的要求。

"你真爽快。"她媚笑,脑袋不自觉地往我跟前伸了伸,"我就喜欢跟爽快的人打交道。"

"一样。"我身体往后倾斜,嘴上附和道,"任何事我都爽快,不喜欢拖泥带水。"

"就这么定了。"她拿出手机,"给我留个电话号码吧。"

我当即把电话打给她,她又打给我,这样,都把对方的号码记录了下来。

晚上,我给高尚打去电话。把婚礼上芳芳找我合作的事情,从头到尾讲了一遍。

高尚愤慨之极。在电话里,用一长串污言秽语,中文加英文,在口头上与芳芳的母亲、家人、乃至祖先发生了性关系。接着,他向我诉苦,说电台人际关系太复杂，明争暗斗，为了一丁点儿利益，打得头破血流。

“哪儿都一样。”我同情地说，“文化人成堆的地方，都是谁也不服谁。”

“你能跟我通报消息，感激不尽。”高尚化悲愤为感动。

“早想跟你通报，一直腾不出空。”我说，“放心，我永远站在你这边。”

“你要是我喜欢的那类型男生——”高尚深情地说，“我会跟你好的。”

“你是同性恋？”这下，轮到我惊讶了。

“是的。”他说，“以前我有一个男朋友，是我的初中同学，他有个很精致的网名叫丁丁猫，父亲是省文联的作家，他也很有文学天赋，我们常常一起上网，一起上街，后来，我们都被女朋友抛弃，于是，相互安慰，相互同情，再后来，我们相爱了。”

我听得云里雾里，尽管我知道，如今同性恋也挺时髦，尤其在娱乐圈，那简直就是一种时尚行为。但亲自与一个同性恋近距离接触，还是第一次。

“你有多少个男朋友？”我问他。

“同性恋不像你想的那么糟糕。”高尚解释说，“我主要是精神恋爱。”

“你们还在一起？”

“早分了，丁丁猫移情别恋。”高尚哭着说，“他在网络文学论坛当版主的时候，和别的男人好了。”

“真不幸。”

我拿着电话，等待高尚声泪俱下地痛说完自己的恋爱史，向他赌咒发誓，把芳芳手头的客户资料套过来，统统交给他。高尚喜不自禁地说：“我们不能做好姐妹，就做好兄弟。”

我与高尚正聊着，坐在沙发上看电视剧的小满无声地走过来，与我挤在一张椅子上，搂着我脖子问：“跟谁打电话？”

“一个情人。”我随口说。

小满霍然变色，一把抢过电话，听了听，把电话交给我，脸色恢复常态，起身走开。

我放下电话，伸个懒腰，发现小满正目不转睛地看着我。

“看我干吗？”我点烟，喝茶，坐到她身边，一起看电视。

“喜欢看。”她仍注视我，目光亮晶晶，接着说，“中学的时候，我可喜欢听广播了，半夜还躲在被窝里听。很多主持人我都喜欢。”接着，她背出一串电台主持人的名字。

“你说的这些人我都不认识。”

“时间长了不就认识了，你们是同事。”

我面上默认。心里想，狗屁。

她跑过去“啪”地关掉电视机，兴奋地嚷嚷：“听广播，听广播。”

“都几点了，这时候有什么可听的？”

“听听嘛。”她撒娇，像头宠物似的蹭来蹭去，“有晚间节目。”

我拧开书桌上的一台老式录音机，随便拨了个频率，由于久不使用，机器唧唧歪歪地乱叫。

“不是这个频率。”小满纠正道。

“你比我熟。”我把地方让给她，看她换台。

广播的声音终于平稳，进入享受阶段，声音忽大忽小。

我去厨房拿了两个苹果，洗净，削去皮，递给小满一个，自己吃一个。听见芳芳在寡妇肚子里讲述爱情，她说她曾经看过一个美国电影，女的因为男的有钱，要嫁给男的，男的发现女的其实不爱自己，她心里爱的是另一个男的，而那个男的没有他对她好，出于感激，或者是报答，她决心嫁给他而不是嫁给那个男的。这个男的依然把钻戒套在女的手指上，深沉地说：“我爱你，但我不娶你，我不想你将就。”

故事讲完，芳芳感叹：“是啊，爱情是不能将就的，该放手时就放手。”果然口才超人，一下就把《好汉歌》的词篡改了，刘欢听到一定很生气。

我看出小满明显有些感动，扫兴的话涌到嘴边又咽了回去，预言道：“下面是一首情歌。”

话音未落，寡妇肚子里乐声响起《想你的三百六十五天》。可惜三百六十五天的歌唱了不到一分钟，就被掐断，芳芳开始接热线，几个声音稚嫩的小姑娘陆续打进电话，声泪俱下地诉说失恋经历。芳芳向她们传授爱情真谛，仿佛她谈过了世间所有的恋爱。

“还听吗？”我问小满。

“要听。”小满很认真，苹果吃了一半，就扔到桌上。

我陪她继续听，芳芳接完热线，做总结，告诉听众世间万物，回眸一看，云淡风轻。人要学会超脱。

险些我就把她和观音搞混了。

25

JINSHENG

参加完婚礼，小满又放假了，我们过着一段极有规律的生活。

以前，我们基本上都在外面吃东西，懒得在家做。外面的东西既难吃，又昂贵。小满说，我们应该自己在家里做，那样才像过日子。

于是，我们来到农贸市场买菜，小满挑了一系列蔬菜，各类品种都有，花花绿绿的装了一大兜。我主要是在肉食与家禽摊位寻觅，与摊主讨价还价。摊主报价五块，我就还价说，六块卖不卖？白白耗去许多时间，什么也没买到。

其实我根本就没想买，做做样子罢了。小满说想吃萝卜烧牛肉。她出钱买萝卜，牛肉由我采办。

“你倒挺会分工的。”我苦笑。

“没钱吗？”她从牛仔裤的屁股兜里抽出一张百元大钞。

我说我有，掏钱买了一斤牛肉。

我们手里拎着菜，像一对模范小夫妻，招摇过市，回到家一块儿做饭。

说是一块儿做，实际上是我一人操刀，小满待在一边看，像个检查市容卫生的领导，指指点点。我又不太会做，笨手笨脚，只得翻开菜谱来看，按图索骥，像搞化学实验。萝卜、牛肉被我切得奇形怪状，作料被我弄得满地都是，饭又煮得像石头一样坚硬，可以当暗器掷出去伤人。

“你说你还能干什么？”小满对我的手艺颇为不满。

“下次你做。”我大口吃菜，虽然很难吃，也要自我安慰一下。

“我才不做呢。”她说。

“对，我的手才是劳动人民的手。”我拿调羹舀了一口汤喝，赞道，“鲜极了！”

小满也喝了一口，然后点评：“的确不像白开水。”

“气我？”我瞪她。

“没有。说实话，跟我们学校食堂的饭菜差不多。”

“回学校问问，是否需要添个厨子。”

她愣了一下，想起什么似的，问我：“后天就开学了，你说，我还住这儿吗？”

“不想和我混了？”我这才想起，暑假结束了，她该上学了，她的病也痊愈了。

“不是这个意思。”

“随便你吧。”

“你太敏感了。”她说，“我没有离开你的意思，我是说——”

“听我说——”我打断她，艰难地说，“如果有一个比我好的，你就去吧，我不怪你。”

“我不会跟别人跑的。”

她忽然停住，少顷，问我：“你是不是撵我走啊？”

“没有。”

确实，我不想撵她走。我舍不得她，但我有一种强烈的预感——她终究会走的。或许，就像她自己说的一样，与我混到毕业，然后，她出国，然后，我们各奔东西。

开学后，她仍然住在我这里。与我混在一起，天天在一起。

每天放学，她乖乖地回到我们的小窝，我不去接她，她就自己打车回来。回家后，要是见我没做饭，她就会催促我去做饭，不管我当时在干什么，都要立即中断，去厨房做饭。她打开电视，做自己的事情。

她一边看电视，一边看书。桌上摆满一排品种繁多的零食——牛肉干、话梅、口香糖、炸土豆片等等。她看一眼电视，看一眼书，写一行字，吃一口东西，口渴了，就到冰箱里找冰淇淋，每一次找到的都是化成水的“冰饮”。这使她很不满意，遗憾的是，我根本没有多余的钱去买一台新冰箱，天气渐渐转凉，我干脆把冰箱关掉，当橱柜用。

有时，她也会蹦蹦跳跳地跑进厨房，看我正在做什么，指点两句，或者，用手指夹起一片熟菜，塞进嘴里尝尝。心血来潮，便扯上围裙，扎起头发，亲自炒一盘鸡蛋什么的，要不就拿菜刀把案板上的冻肉剁烂，惨不忍睹。玩儿够了，便扔下菜刀，扬长而去，剩下我在那里独自苦恼：究竟是炒肉片？还是炒肉丝？最后只得做成一盆肉羹。

有一天，她跑进来剁肉，一面剁肉，一面警示我：“以后你对我不好，这就是你的下场。”说罢，哈哈大笑，下手更狠，我觉得整个厨房都在摇晃。吃过饭，我翻她的包，翻出一本时髦的言情小说，小说中恰巧有这么一段，里头的女主人公是个精神病患者。我不禁哑然失笑，接着倒吸一口冷气。好在我非常喜欢那人的小说，我知道，他也仅仅是在“搞笑”，哪怕是痛苦的“搞笑”。

我懒得做饭的时候，我们就一起出去吃。小满最高兴的是有朋友请我们，那样既能吃到一顿像模像样的好饭，又少了许多麻烦。无论谁请客，她都拉着我去，毫不在意我的感受。在外面吃饭，我在意的是共餐的对象；而小满在意的是环境与饭菜的味道。她尤其喜欢英平请客，因为英平请客一般都会带上李薇薇，李薇薇只管点高档的地方去。令我略感安慰的是，她并不像有些女孩儿一样，吃过几顿别人请的好饭，就跟着别人跑掉。她还没那么贱。她只是去吃，吃完回家，仍与我在一起，一如平常。

有时候，她的快乐好像很简单，很纯粹。譬如，她一个人待着无聊的时候，想找个人说说话，说学校里的新闻，说班里的某个女孩子又交了一个什么样的男朋友，抱怨中午食堂里的饭菜，等等，只要我能耐心地听她唠叨，并答应她的要求，她便会快乐。

久而久之，我发现，吃在她的心目中占有极其重要的位置。她甚至把自己喜欢的所有食物记录在一个小本子上，要求我背诵。本子上面密密麻麻地记录着：黄鳝、豆腐、牛奶、甜味北京烤鸭、肯德基、意大利炒粉、意大利通心粉、水果沙拉、蔬菜沙拉、珍珠奶茶、牛肉干、薯条、鲜奶油、黄油、羊肉、腊肉、火腿、松花蛋、卡布基诺咖啡、苹果、哈密瓜、火龙果、枇杷、榴莲、刚从向日葵上摘下的嫩瓜子，等等不计其数。

如果我能随意背出其中的三、四种，她也会快乐，哪怕她根本没有吃到。好像她只是个在乎精神享受的人。可是，当我问起她，是否仍心存卖身三百万的理想时，她的口气与以前一样坚决。

平淡的日子过得很快。

白天，小满去学校上课，我在家里写广播稿，写到下午，关上电脑，乘车去女子职中接回小满，然后我做饭，她看电视，或者看看书，然后我们吃饭。

有时候，我们一起看电视，议论电视里的主持人和影视明星，通常都没有赞美之词，而是把他们奚落得一塌糊涂。

我尤其厌恶某些婚恋交友类节目。譬如《男女速配》、《真情相约》、《爱情对对碰》等等。不是男一号配给女三号，就是女二号配给男四号。让我想起在一个狗市，一个狗贩子跟顾客许愿：我的公狗绝对能干，保证给你的母狗配上。眼看如此之多的男女前赴后继地丢人现眼，不知是饿坏了，还是吃了二十多年的素菜，特想寻觅点荤的？那些男女说相貌也不差，说职业都是正经的，什么工程师，教师等等，透着有文化，一口的印刷体，一口的普通话，人模狗样地往镜头前一坐，怎么看都是挺高级的鲜花和牛粪啊。

这类节目的共同点是都有一到两个主持人，拿着话筒，插科打诨，阴一句，阳一句，开点儿低劣的玩笑，当然在那个圈子里，他们管这叫活跃气氛。“速配男女”在这等氛围中兀自表演，后援团掌声不断，把这个配给那个，成了在场人等最大的人生乐趣。主持人堪称现代媒婆，凭着三寸不烂之舌牵引红线，组织大家玩游戏，献才艺，或是一支歌，或是一段舞，弄得歌舞升平，其乐融融。接着就是相互吹捧和夸赞，一个重量级妇女，“三围”是 99、99、99，整个就是一水桶，只要参加“速配”，也能被形容成一朵花。牛粪中的一员，赞美道：“胖点儿有什么呀，能在肉海里扑腾翻滚，难道不是一种享受吗？”

电视剧则更糟，先找几个枪手，弄个剧本，拿着剧本去拉赞助商，拉多少算多少，拉到一半，再利用剧里来的明星效应去征集广告。接着，开拍，中间做些必要的采访、宣传、炒作，最后杀青，卖到电视台。电视台花了钱，自然要在老百姓、普通观众、工薪阶层身上赚回来。一集用刀砍断，分成三段，洗发水、卫生巾、感冒药、防寒衣、商务通，等等，不时吆喝叫卖。剧中如火如荼的孤男寡女，本来两张嘴已经挨着了，忽然——停！广告后分解。你一定以为男女得干点什么，所以一门心思地等待，拿着遥控器不换台。一刻钟过去，厂商走了，男女来了，只是轻轻碰了一下嘴唇，立马也散了。多么含蓄！

电视剧的一个明显特征就是，故弄玄虚，比方说，屏幕上出现一个女的在洗澡，镜头先描绘了女人娇艳的脸，突然一转，画面上出现两个圆乎乎，白嫩嫩的东西，这两个东西荡漾着，周边堆满泡沫，镜头继续下移，揭露真相，原来那两个东西，竟然是他妈的一对膝盖。

电视剧的类型也无非几种，宫廷剧、武侠剧、言情剧、警匪片。金庸的小说与琼瑶小说被民工和无知少女熟识后，一帮搞电视剧的人，又瞄准了古龙、岑凯伦。剩下的是警匪片，不是把警察和罪犯拍成弱智，就是把二者都拍成天才，每天都有一两个台在播放警匪片，让老百姓感叹的是，如今的罪犯怎么那么多，还大多都那么精明？宫廷剧更是泛滥成灾，正说完了改戏说，清朝的那些破事儿，拍了无数遍，仍然一个劲儿地拍。美其名曰是记住历史，其实是为了审查时顺利通过。

这些都是欺骗。

26
JINSHENG

在现实中，我与小满，也在欺骗。我们欺骗的不是对方，而是自己。有规律的生活，比较平庸，由于平庸，使人感到一种安宁的快乐，能使人忘掉一些烦恼，一些矛盾，一些悬而未决的事情。这些东西都是祸根，都是引线，都是不定时的炸弹，一旦点燃，快乐就立刻被摧毁。

这时候，我再一次感到，我与小满之间的快乐，只是一层脆弱的表面，只是一个虚拟的现象，一个与她一样美丽的画皮。一切都不可挽回，一切都不可更改，一切都是命中注定。

事情开始于一天早晨。

我醒来，听到卫生间里有动静，估计小满在里面化妆。于是，我穿戴整齐，到卫生间洗漱。推开卫生间的门，我发现她并没化妆，而是对着镜子照自己的舌头。

“干吗呢？”我看镜子里的她。

她转过来，一脸愁容，说：“我好像还有别的毛病，没查出来。”

“又来了。”我没好气地说，“又疑神疑鬼，自己吓自己。”

“真的，不信你看我舌头。”她把舌头伸到我眼前。

“看清了，是你的。”

她缩回舌头，用凉水漱漱口，吐了，对我说：“你对我一点儿都不好了。”

“是你多疑。”

“不是。”她坚定地否决，“你没看到我舌头上长了好多怪东西？”

我要她张开嘴，又看了一遍，仍没看出个究竟。

“你打算怎么办？”

“上医院呀，还能怎么办。”

“要去你去。”

“我去就我去。”她抽身离开卫生间，“哐”的一声将门重重关上。

我洗漱完毕出来，她正在收拾细软，打算出门。

“我不想跟你闹。”我说。

“谁和你闹啊，我去看病。”

“每次去医院，出来我们都要吵一架，我都怕了。”

她低头拉上皮包拉链，不自觉地笑了。

“要不我们去看中医吧。”

“好了，好了。”她笑着说，“去大医院，可靠，我保证不和你吵。”

所谓世事难预料。我们去了一家常在电台做广告宣传的医院。医生给小满的诊断结果不出我所料，充其量有一点炎症，建议输液治疗。

于是，我们换了一家正规的，名气大得根本不用做广告宣传的医院。

不消说，又是虚惊一场。

我冷漠地走着，小满小尾巴似的拖在后面，臊眉搭眼，撅着嘴，像个做错事的孩子，可怜巴巴的。我有些不忍，过去牵她攥成拳头的手，费了好大劲才一根一根把手指掰开。她这是自己跟自己过不去，估计与我吵上一架，就能恢复常态。她坚持不发怒，因为有言在先。

有时候，沉默比吵架更让人不安。吵架至少能把握对方的心理状态，沉默却像一艘潜艇，隐藏在眼睛看不到的地方，随时可能给你一炮，也可能无声无息地游走了。所谓不怕贼偷，就怕贼惦记。

我们似乎在刻意地伪装，刻意地回避，刻意地寻求一种平和、周到、妥帖的关系。换句话说，我们在维持，在凑合，在敷衍。如果我们像过去一样争吵和指责，至少那是我们的本来面目。

可怕的是，当我们露出本来的，真实的面目时，我们清晰地看见，我们之间不单是存在隔阂，我们甚至是相互反感。

撕下面具之前，我们回了一趟老妈家。我去拿一些书和过去的广告策划资料。老妈不在家，她到别人家里当钟点工去了。那家人原本是三口之家，一对夫妇和一个念中学的孩子，一年前，当妻子的去了美国，在那里洗碗洗盘子。据说，一个月可挣到一千美金。半年后，她拿到绿卡，准备将自己的丈夫和孩子都接到美国去。这相当可疑，洗碗洗盘子就能轻松地拿到绿卡，成为美国公民。给我的感觉，美国是个专门洗盘子的地方，招揽许多外国人一起来洗盘子。洗完盘子，业余时间，闲得没事，就去干涉别国内政。

事实上，一个普通的中国女人，要在美国拿到绿卡，光洗盘子是远远不够的，势必要付出一些别的，势必要给中国丈夫戴上一顶绿帽子。这两个东西，颜色一致，作为交换，还是比较合适的。

靠自己老婆伺候“洋鞭”换来一些生活上的富足，换来可以前往美国的通行证。那个中国丈夫还活得有滋有味，甚至一脸风光。说句时髦话，见过不要脸的，没见过这么不要脸的。

而老妈居然去给这种人烧饭、洗衣服。我知道，她是为了多点收入。谁叫我是个废物，是个没本事的家伙呢？我羞愧之极，我悲愤之极，我痛苦不堪。

我一路骂骂咧咧，把从古至今所有崇洋媚外的家伙统统诅咒了一遍。最后，不分青红皂白，连那些做着出国梦和正在做出国梦的家伙，也骂了一通。

小满始终沉默，一言不发。但，从她的表情，我看得出，我的言行已使她反感到极点。

回到我们的窝，小满叫我去做饭，我说没心情，要做你做，我不伺候向往出国的人。

她像个僵尸似的，愣愣地定在原地。我也不理睬她，回到房间，气呼呼地抽烟，打开电脑，狂玩《植物大战僵尸》的游戏。

终于，她无法忍受，她的忍耐达到了最高的限度。于是，她爆发了。她转过身，对着墙壁，无声地，眼神呆滞地望着墙面，望了足有两分钟，好像要在上面找什么东西。接着，她走到餐桌旁，拿起桌上一个画着卡通图案的陶瓷杯，狠狠地摔在地上，陶瓷碎片，残留的茶水，散落一地。我还没来得及反应，她又拿起另一个陶瓷杯，以同样的力量摔在地上。我站起身的工夫，她又拿起第三个陶瓷杯，摔在地上。杯子接二连三的破碎声，使本就愤怒郁闷的我，肝胆俱裂。那一分钟，杯子的破碎声，比任何声音都刺耳，犹如导弹发射，我则像被发射的导弹，一下冲到她面前，拽住她的手，她使劲挣脱，我又抓住她瘦小的双臂，她再次挣脱，一把将我推搡开，我趔趄地退后几步，险些滑倒在地。我扶住沙发椅的靠背，她转身走进卧室，我跟进卧室，看她打开衣橱，把衣橱里的衣服裤子统统翻出来，七零八落地扔到床上。一大堆衣裤，有我的，也有她的。她站在床边，把自己的挑选出来，然后，又从衣橱里找出两个大号的塑料袋，把自己的衣裤、裙子一件一件塞进去。

“是不是不想混了？”我克制着自己恼怒，冷冷问她。

她不说话。

“我在问你，是不是要走？”

她仍然不说话。

“走吧，我不拦你。”

她依然不说话，抬起头，轻蔑地看我一眼，她蔑视眼光，彻底激怒了我，我热血上涌，推了她一把，骂道：“你滚！滚得越远越好！”

她的头撞在衣柜上，她捂住头，“嘤”地哭出来声。

我的呼吸非常急促，我冲出卧室，来到客厅，倒了一杯凉水，咕噜喝下，又倒了一杯，咕噜喝下，心绪才稍稍平静。过了几分钟，我回到卧室，小满坐在床边，独自哭泣。

她的脸几乎埋进两条细腿中间，有气无力地抽动。终于，她哭累了。

她用手抹去脸上半干半湿的泪水，看也不看我一眼，默不出声地，继续往袋子里塞东西，袋子已经塞满，她还发狠地往里塞，手上用着力，泪水又从眼眶里大滴大滴地落下来。她又用小手去擦，怎么擦都擦不完。

我更不知道说什么，说什么都是枉然，都是多余，都是欺骗，都是徒劳无意。

我看着她拎着两个胀鼓鼓的袋子，背上她的卡通包，走出我们的卧室，走出我们的客厅，走出我们的窝，走出我们混过几个月的空间。我听见她的脚步声，听见她的抽噎声，听见她的关门声。

一瞬间，只是一瞬间，无比强烈的失落感与空虚感，犹如兜头一闷棍，将我击倒在地。

27

JINSHENG

时间一分钟一分钟的过去，不知道过了多久。我像从梦魇中爬出来，缓缓地走到窗口，从窗口望出去，望向一幢幢色泽灰旧的楼房，望向楼房中一个个亮灯的窗口，望向幽暗浑浊的天空，望向无边的黑夜，望向我愚昧的生活，望向我空洞的日子，望向不可预知的将来。

长期以来，我的倒霉，使我养成了得过且过，今朝有酒今朝醉，明朝无酒就打瞌睡的惰性。我懒得去管将来，也管不了，将来就像天上的飞机一样，不受我支配，我只能看着它在遥远的，漫无边际的高空翱翔，至于它是飞向美丽的天堂，还是落入地狱化为灰烬，我无力掌控，唯有任其自生自灭。

我相信，无论是前世，还是今生，都有不少人可以掌控自己的将来。他们是一群非凡的人，他们能把握自己的脉搏，也能把握时代的脉搏，他们是智者，是明星，是领袖，是灯塔。他们十分清醒。比他们更高级一些的人，则不单对自己的命运始终保持着清醒的头脑，并且对民族的命运，对国家的命运，对国人的性格，也具有超越一般的清醒认识。这样的人，实在不多，比罕见还罕见，几百年也未必出一个，他愤怒，他痛骂，他用刺激自尊心的方式来挽救国人的麻木与愚昧。

这个人我不说，你也知道他是谁。许多狂妄的家伙，以为自己得了他的真传，以为自己是他的化身，以为自己是他投胎转世的重生。我也挺佩服这些家伙，起码他们胆量超群，能强迫自己伟大起来。

我可不行，我历来胸无大志，我得过且过，我浑浑噩噩，我天生愚笨。因此，无论是对待自己的工作问题，还是对待我与小满之间的问题，我都只能任其发展，当然，也可以说得好听一点，我是在顺其自然，以不变应万变。

我失落，这种失落难以言表。这似乎与小满无关，它来自于我的内心，来自于我今生的生活，来自于我所干过的一切事情。

现实就是如此，我活在今生现实中，我想过逃避，想过遗忘，想过改变，我什么都想过。可是，最终，我还是僵硬地活在原有的，一成不变的，绝对悲哀的现实生活中。并且，我还要一直活在里面。挣扎一百次，一千次，一万次，我仍然也是一只缩在壳里，无法蜕变的蚕蛹。

是的，我的生活在继续，许多人的生活也在继续。和我一样的人，和我不一样的人，所有的人，每个人，他们都有自己的生活，生活的现实，一天又一天，都在继续。

国庆节前一周，芳芳告诉我一个消息：一家旅行社的老总，有一个广告要做。她对广告的事不是太懂，而我在广告公司呆过，熟悉里头的细节。于是，约我一道去谈，利益共享。

我当即赞同。一方面，我答应过高尚，探听芳芳的客户信息，另一方面，和另一个女人在一起，可以暂时填补心里发慌的空虚，可以不去想与小满在一起的烦心事。我找到一些过去的策划资料，把资料输入电脑。

刚忙完，芳芳又打来电话，问我："今天有什么安排？"

"什么安排也没有，一个人待着。"我说。

"女朋友呢？"

"吹了。"

停了一下，我听见她说："我也一个人待着。"

"……"

"你喜欢喝咖啡吗？"她问。

"还行。"

"我们去喝咖啡吧，今天我不上节目。"她热情地说。

我撂下电话，去卫生间，洗了个头，对着镜子，刮净胡子，换了一身衣服，揣上钱包和钥匙，带上门，下楼，在楼下的杂货店买了一盒烟。叫上一辆出租车，开到蜀南小区。

我下车，走进别墅、电梯公寓林立的蜀南小区。这里是富人居住区，准确地说，是先富起来的一部分人的窝巢。别墅公寓造型新颖，色泽明朗，楼上有屋顶花园，楼下有生态草坪；车库、假山、喷泉、一应俱全。每个高级住宅门口，都有月薪五百元以上的保安把守，保安们身着制服，腰别警棍，背手站着，十分威武，一点儿不像扛着锄头弯着腿走过田埂道的。

恍惚间，我看到若干年后，同样在一个高级住宅区，我同样慢悠悠地走着，同样不经意地一路浏览，不同的是，蓦然间，一辆超长的黑色轿车，开出公寓，缓缓地驶到我身旁，停住，车窗摇下，小满从车里探出头，对我微微一笑。那笑容不可接近，就像一个女王赐予平民百姓的。接着，她递给我一张百元大钞，我伸手接住，揣进兜里，卑躬屈膝地一哈腰，替她打开车门，她和一个肥胖的中年男人先后下车，她亲昵地挽着中年男人，昂首挺胸地，款款地朝一幢欧式建筑风格的别墅走去，两旁有人为他们欢呼、喝彩，仿佛接待外国总统及其夫人的访问。我目送他们越走越远，身影消失在一大片绿色植物的后面。

我知道，自己在做白日梦。想入非非，梦见自己找到一个“代客泊车”的差事，像个奴隶，为小满服务。与此同时，我竟然真的看见一个“代客泊车”的牌子，立在一家咖啡店的门口，奇异的是，那个“代客泊车”服务生竟和我长得十分相像，和我一样留着长发，一样挂着三个耳环。我走过去，走到他面前，我们互相看了对方一会儿，像在看镜子里的自己。须臾，他做出一个邀请的手势，顺着他的手势，我走进咖啡店，店门口的迎宾小姐彬彬有礼地问候：“先生，下午好，欢迎光临。”

“凯诺”咖啡店，是本市著名的昂贵咖啡店。咖啡卖的是五星级酒店咖啡厅的价，一小块雕花的奶油蛋糕卖的是五斤猪肉的价，一份水果沙拉卖的是十斤水果的价。当然，与五星级酒店的咖啡厅相比，这里有着一样柔和的灯光，一样曼妙的音乐，一样舒适的座位。

来这里的，大都是住在附近高级住宅区的富人，有中国人，也有外国人，还有高级妓女。外国人与中国人有区别，他们通常是叫了东西，打包就走。而一部分中国人，一边大口喝着咖啡，一边打扑克，常常由于赌博的输赢，蓦然爆发出一阵猛烈刺耳地争执。时而，也高声呼喊：“服务员，再上一杯浓的！”

另外一些，不赌博的中国成功男士，身边女伴，一天一换。他们与高级妓女们探讨价格，窃窃私语。时而，发出一声浪笑；还有一些，是被大款富婆承包的“二奶”和“面首”，吃名牌、穿名牌，睡到中午才起来，吃罢午餐，来到这里，要杯咖啡，翻翻杂志，找找感觉，度过百无聊赖的午后时光。除此之外，正经谈生意的人微乎其微。

虽然，我有基本常识——艾滋病只能通过母婴、血液与性交等三个途径传播。但是，在“凯诺”咖啡店，我仍然对服务生端来的咖啡杯放心不下，不是担心唾液会传播病菌，也不是担心杯子未经高温消毒。我担心的是，防不胜防，在这里，从事过皮肉工作，或正在从事皮肉工作的男女，实在太多了。

于是，我要了两份巧克力核桃蛋糕，一份火腿芝士三明治。挑了个正对大门的位置，稳稳坐下，这样，可以一眼看到进来的人。中午我没怎么吃东西，小满不在，我一个人懒得做饭，也不爱去老妈那里，随便凑合找点吃的就算一顿。此时，蛋糕、三明治，激发我的食欲，顷刻间，我把桌上的食物吃得一干二净，然后孤独地坐在那里，无所事事。这使我显得有点儿滑稽，兴冲冲地跑来吃一些糕点，又不喝咖啡，实在没有久坐的理由。于是，我只好又点了一份奶油爆米花，然后，站起身，走到大门左侧的书架前，抽出一本时尚杂志，回到座位，把杂志一页一页翻阅完，把爆米花一颗一颗吃完。但芳芳仍然没有出现。

约定的时间已经过去了整整一小时，我失去耐心，坐立不安，想给芳芳打个电话，发现手机忘记充电了，只得作罢。我把杂志放回书架，准备另选一本看看，随后就离开。我站在书架前寻觅，抽出一本《玩转都市》的杂志，翻开来看，扉页上竟是一张芳芳的黑白艺术照，杂志第十页有一整版关于她的介绍，吹捧得一塌糊涂。说实话，照片上的芳芳比她本人还要难看，这说明她很适合上镜头，至少真人能给对方惊喜。我拿着杂志，打算坐着慢慢欣赏，就在转身的一刹那，芳芳从外面进来了，恰好与我面对面。

“塞车，节日一到，交通混乱。”我们坐下后，芳芳一边解释，一边拿起桌上价目表，迅速一扫，叫来服务生，点了一杯卡布奇诺咖啡，一份水果沙拉。

“你没点东西喝？”她奇怪地看我一眼。

我说我已经喝完了，她抱歉地伸伸舌头，建议我再吃点别的。她迟到，该她请客。听到她这么一说，我便又点了四份巧克力蛋糕，一份牛角包，一份蔬菜三明治，外带一份火腿粟米汤。

很快，我们的桌上堆得满满当当。我解开T恤衫的第一颗纽扣，转动一下脖颈，准备大吃一顿。

“你真能吃。”芳芳点起一支烟，悠悠地吸着，对我说。

“遗憾的是，消化能力太差。”我抬起头，看着她，“怎么吃也不长肉。”

“女孩子一定都羡慕你。”她笑。

“我觉得，她们应该更羡慕你的身材。”

听到赞美，芳芳双眼又放光，说出的话却很谦逊：“我的样子很难看。”

“不是难看，是耐看，越看越耐看。”

“你倒挺会安慰人的。”

“漂亮女人成千上万，有气质的却不多，你是其中一个。”我锦上添花。

“不会是我请客，你才如此夸耀的吧？”她端起咖啡，抿了一口，放下。

“俗了。”我吃掉最后一块蛋糕，拿雪白的餐巾纸抹抹嘴，说，“我一直认为，你是个才女，内秀。”

“你女朋友挺好看的，我见过。”她说，“在婚礼上。”

“你说小满？不，我们只是在一起鬼混。”

对于我的解释，芳芳没有大惊小怪，毕竟是主持情感节目的，见识渊博。她只是问我：“她是干吗的？”

“上学。”

“她才是才女。”芳芳笑着说。

“女子无德便是才。”我说，“小满不够格。”

此言一出，我后悔了，芳芳会以为我在勾引她。果然，老姑娘深谙调情之道，马上诉说，曾经有不少男人追逐过她，目前，旅行社的老总正对她发起一浪高过一浪的进攻。

这说明，她是可以被男人追逐的，是男人的，不妨一试。我不知如何应付，如坐针毡，幸亏此时她的手机响了，我长长吁了口气，擦去一头虚汗。

芳芳接完电话，告诉我，是旅行社王总打来的，说是现在很想见见她，谈谈广告，聊聊工作。

“你陪我去吧。”她恳求道。

“不太好吧？”

"陪我去吧。"她说,"旅行社放假,一个人也没有,这会儿叫我去他办公室,一定有企图。"

我没言声,心想,这头色狼也太不开眼了。

"陪我去吧。"她又说,"不是说好一起跑广告的吗?"

"我没带资料。"

"我陪你回去拿。"她招手,叫服务生买单,数了数找回的零钱,对我说,"我有车。"

28 JINSHENG

我与芳芳钻进她的白色夏利车,飞快地驶出"蜀南小区",我坐在她旁边,不断向她指引去我家的路径,七拐八弯,开到东光小区。途中,旅行社的王总又打来三个电话,问芳芳到了哪个位置?路上车多不多?从一环路过来,还是从二环路过来?我几乎看见王总流着口水在等待。

"上楼坐坐吗?"车到楼下,我跟芳芳客气。

"没时间了。"她在车里摆摆手。

我三步并作两步跑上楼,拿钥匙开门,走进房间,把钥匙往桌上一扔,将书桌上摊开的笔记本电脑盒上,拔下鼠标,拔下电源插头,统统装进电脑提包。然后,走出房间,关上房门,匆匆下楼。下了两层,一摸裤兜,坏了,钥匙不见了,于是又往楼上跑,跑到门口,发现门锁上没有插钥匙。

"怎么去那么久?"芳芳问,"东西带齐了吗?"

"开车吧。"我面露不悦之色,觉得跟这个老姑娘在一起,有些倒霉。

我不喜欢老姑娘,包括少妇,我也不喜欢。即使她们风情万种,即使她们体贴又贴体,即使她们顺从男人,迎合男人,让男人百般舒适;我仍然不喜欢。

我认为,她们老了,她们的肌肤失去光泽,失去弹性;她们的容貌被日益增长的皱纹遮盖,被岁月的风霜遮盖,被忙于生存的疲惫遮盖,被大量的护肤用品遮盖;她们的头发每周要吹三次,才能保持整齐的形状;她们的笑声要靠近尖叫，才能像年轻时一般清脆。

而且，她们自命成熟，熟得不能再熟，把每个女人都要经历的一些事情，当作了不起的资本。她们最爱说的一句话是："天下的男人都一样，就那么回事。"仿佛她和天底下所有的男人都睡过。

总之，在我看来，与老姑娘在一起，缺乏趣味，她们是一群世故的动物，把可怜的一点点人生经验，当作判断事物的依据和标准。

当然，某些男人，对老姑娘情有独钟。也许，他们认为，老姑娘饥渴，容易到手。青春旅行社的王总，便是其中之一。

王总的造型，引人注目。一身笔挺的西装，配一双白色的球鞋。集职业装与休闲装为一体，具有城乡结合的显著特征。更有趣的是，倘若不是他的脸看上去太老，他脖子上挂的一条鲜艳领带，会使人以为他刚刚加入了少年先锋队。

王总显然没料到，芳芳会带来一个男人。他有点儿诧异，有点儿措手不及，还有点儿懊丧。他坐在宽大的老板桌后面，抬了抬屁股，招呼我们落座。然后，眼睛直盯着芳芳，一指我，问："他是谁？"

芳芳介绍："他是电台编辑。"

我欠身，赔笑脸。心想，跟英平在一起，我是广告策划人，跟高尚在一起，我是青年作家，跟芳芳在一起，我是电台编辑。说实话，我还真不知道自己是谁。

王总的手在空中按了一按，示意我坐下，说："幸会、幸会。"接着，他开始阐述他经营的项目，旅行社只是其中之一，除此之外，他还有一个家具厂，一个小食品加工点，一个鹌鹑蛋孵化基地，都在三环路以外。下一步，他打算，成为山西一个名酒品牌的代理商。总之，他是一个八面玲珑，实力雄厚的企业家、实干家、经济学家。

王总自顾自地吹嘘，眼睛始终没离开过芳芳，一会儿在芳芳的胸前扫射，一会在芳芳的大腿周围盘旋，搞得芳芳很不自在。王总的这一套言辞，她笃定已听过多次。她听了又听，实在听不下去，便站起身，对王总抱歉一笑："我去趟洗手间。"

芳芳一走，王总兴致大减，眉飞色舞的神情，顿时黯淡。他伸手在办公桌上寻找香烟，找到一盒，翻开一看，空的，随即揉成一团，扔进脚下的废纸筐。我不失时机地摸出自己的烟，抽出一支，递给他，替他点燃，接着说："我带了些策划资料，王总是否有兴趣看看？"

王总抽一口烟，又看看香烟牌子，点点头。

我从沙发上拿过电脑包，打开，拿出电脑，摆好，接上电源，启动，调出文件，向王总一篇一遍介绍广告策划案例。他愈发惊奇，瞅着我，问："这些，都是你干的？"

"是我干的。"我也跟他吹，"如果你生产的是洗衣粉，我可以让产品一夜之间轰动。"

"真的？"

"简单极了，弄个报道——某某洗衣粉，清洗天府广场主席像，保证群众关注。"

"有意思。"

"或者，买个报纸版面，一字不写，惨白的一块，仔细一瞧，有一行细小的说明：本版面，已被某某洗衣粉，清洗得干干净净。"

"哈哈，太有意思了。"王总乐得前仰后合，手舞足蹈地拍打桌面，忽而，脸一沉，说，"可我搞的品牌是酒，白酒。"

我回头，看到芳芳进来，难怪王总突然恢复了庄重。

"酒有酒的创意。"我对王总说，"我就是干这个的。"

王总颔首不语。

"王总，放心啦，我找的人，绝对有实力。"芳芳娇滴滴一声唤。

王总思索片刻，答应："好吧，一起吃个晚饭，边吃边谈。"

我们一行三人，来到守候大厦对面的"玉成大酒楼"。青春旅行社在守候大厦A区的十八楼，从旅行社的窗口望下来，可以看到灯火辉煌的酒楼。乘电梯下楼的时候，我想，王总要的是，与芳芳双双呆在电梯狭小封闭的空间里，双双去酒楼享用晚餐，然后，找一个房间，双双做一些成人游戏。

我显得十分多余。

王总在酒楼定包间的时候，我对芳芳说，我先走一步。芳芳差点儿跟我翻脸。她恶狠狠地说："关键时刻，你逃跑，还是不是男人！"

于是，没有办法，为了保住性别，我陪着这一对男女，走进雅致、堂皇的酒楼包间，坐在那里，等候服务小姐递上菜单。王总将精美的大菜单递给芳芳，芳芳说自己不会点菜，又将菜单递给我，我接过来，看了一会儿，说也不会点。王总只得亲自动手点了几个菜，将菜单交给服务小姐。然后，他掏出钱包，抽了一张十元人民币，当小费付给服务小姐。他的钱包夹层嵌着一张照片，芳芳眼明手快，抢过钱包，指着照片问王总："这是王总和夫人的合影吧？"

王总干笑着，点头说："是的。"

"王总夫人真漂亮。"芳芳一边赞誉，一边翻转钱包，把照片在我眼前晃悠。

我看清，照片上，一男一女一条狗。王总的胖老婆，抱着一只北京犬，有如一个大衣柜，立在王总身旁，表情麻木，一只熊掌般的手搭在狗背上。若给照片取个名字，就叫：狗男女。

菜陆续端上桌，花样品种不少——"锅仔鲜蹄筋"、"辣味海参"、"酱香九肚鱼"、"手抓排骨"、"泡椒牛蛙"，还有一个热气腾腾的"萝卜牛腩煲"。

一见这些菜，我感到自己饿了。尽管这个城市流行火锅，但是，我只要闻到那种加了鸦片壳的火锅汤味，便胃酸汹涌。那是小娘们儿贪嘴的食品，男人还得吃正宗的川菜。

王总要求我和芳芳都喝一点酒。

芳芳说，她喝红酒。我说，我喝啤酒。王总说，干大事的，一般都喝白酒。

于是，我们点了颜色各异的三种酒，各自倒在杯子里。碰过杯之后，我埋头，奋勇吃菜，狼吞虎咽。芳芳则把话题往广告上引，王总却只谈酒，不谈关于酒的广告。

芳芳问："王总代理的酒，是白酒还是红酒？"

王总说："猜猜看。"

芳芳说:“王总是干大事的人,当然是白酒。”

王总得意地笑,凑近芳芳,问道:“小芳呵,俗话说,酒能乱性,你信不信?”

我险些把嘴里的一口酒菜喷到桌上,我靠!“小芳”——多熟悉的名字,看来,王总的确来自农村,估计他就是从名字爱上芳芳的。

芳芳被王总问得不知所措。朝我使了个眼色,让我解围。我装作没看见,继续埋头吃菜。

热菜吃去一半,服务小姐又端上甜品——“巧手叶儿耙”、“玉米糕”、“红苕饼”。我抓起来就吃,津津有味。不由得想起小满,若她在,笃定吃得和我一样香甜。

王总这时候喝多了,忍不住去摸芳芳的手,芳芳躲了又躲,将手放到桌下。我故意碰掉打火机,弯腰去捡,在桌下,看到王总的一只手,在芳芳的手背上,又摸又捏,犹如揉面。

捡起打火机,我抬头看见芳芳满脸红霞飞,不知是喝多了红酒的缘故,还是手被王总蹂躏的缘故。

芳芳又冲我使眼色,嘴角朝门口撇了撇,示意我提出散席。我想。该吃的都吃了,见好就收吧,正欲起身,服务小姐又端来“八宝贡米粥”和“醪糟西米露”,说是吃了油腻的,拿这两个东西漱漱口。我闻了闻,挺香的。于是,安坐原位,接着吃。

晚餐接近尾声,王总酒醉心明白,他对芳芳说:“广告代理,就交给你。”

芳芳愣了一下,接着,端起酒,喜滋滋看着王总:“王总,你真好,我再敬你一杯。”

王总一饮而尽,放下酒杯,慢慢悠悠地说:“小芳,我们可以打打擦边球。”

我和芳芳面面相觑。

饭后,王总提出,去“KTV”唱唱歌,我们一口回绝。芳芳说,自己还要上节目。我说,我要监听节目。都是工作。

在守候大厦底层的停车库取车时，我和芳芳都在琢磨，“擦边球”的意思？芳芳打开车门，钻进去，坐到驾驶座，我也钻进去，坐到她旁边，听见她说：“老色鬼。”

“‘擦边球’就是和你那个吧？”我点燃支烟，问芳芳。

“是的。”她说，“这是‘人肉擦边球’，生意场专用。如果你写书，可以打打‘实事擦边球’。拍电影，可以打打‘色情擦边球’，卖了钱还不会被封杀。”

“以后我写本小说，名字就叫《擦边球》。”我抽着烟，笑着说。

“还有烟吗？”

“有。”我把自己手上的烟给她。

她接过来，呼呼地抽着，说：“把我当成什么人了，异想天开！”

“我支持你。”我说，“你在节目里讲过，绝不将就。”

“我讲过吗？”她疑惑地看看我。

“你讲的是爱情。”

“那是节目需要。”她说，“非我本意。”

“开车吧。”

“我头有点晕。”

“那怎么办？”

“要不然，你来开吧，有驾照吗？”

“我只会开自行车。”

“真笨。”她一笑，扔掉烟，发动汽车。

29

JINSHENG

车子开到我家楼下，芳芳踩下刹车，对我说：“这会儿，我倒可以去你那里坐坐。”我看一眼她，确实喝多了，路上我们还闯了红灯，幸亏时间已晚，沿途车少，交警下班，才侥幸没被逮捕。

“上来吧。”我说，“喝杯水。”

她把车停在单元楼门口，锁好，跟我上楼。楼道里没电灯，黑黢黢的，只好让她拉着我的胳膊，她一摇三晃，步伐不稳，一脚踩空，身体倾斜，我连忙扶住她的腰，使她稳住。她由我搂着，继续上楼。到了门口，我才想起，钥匙落在家里。

“你回家喝水吧。”我放开搂着她的手。

“什么意思？”她双眉倒竖。

“我自己都进不了门。”为了证明不是骗她，我把所有的口袋，都翻出来给她看。

“去我家吧。”她转怒为喜。

芳芳将车开出小区，开上一环路，飞奔一般，像在开飞机。经过四川大学时，她突然一打方向盘，转了个急弯，将车开进学校，沿着校园人迹稀少的辅路，一直往前开。一幢幢教学大楼，一排排学生宿舍楼飞速闪过。教学大楼空无一人，学生宿舍楼大都熄了灯，偶尔能看到一两个窗口灯火外泄。我问芳芳这是去哪儿？她眼望前方，默然无语，绕过校园的一个池塘，将车停在一片婆娑树影下，熄灭车灯，问我：“酒后，真能乱性吗？”

我说我没试过。她叹了口气，说：“我就在这里读的大学。”我说一定是新闻系。她说她的专业是英语。随即，她又说，读大学的时候，她有一个古怪的想法，想和一个男人在车里接吻，车就停在校园里。

我一动不动，相持几秒，我伸手抱她，整个身体扭曲着。这时候，一辆汽车亮着车灯从我们的车旁驶过，车内倏忽一亮，我满腔的冲动，一扫而光。

芳芳的家，就像一个狐狸窝。灯光幽暗，气氛暧昧。看得出，芳芳是现代艺术爱好者，客厅里到处是抽象派油画、蜡染壁画，以及各种制作精巧的小装饰品。屋里没几样家具电器，甚至连沙发座椅也没有，唯有几只松软的蒲团散落在光滑的木地板上。墙角放着一台八成新的音响，墙上悬挂一只黑色的石英钟，无声地走动。

我坐在一只蒲团上，感觉像在摇摆不定的秋千上晃悠。

“在想什么？”芳芳依偎着我问。

“什么也没想。”

“你想了，眼神飘忽。”

“你怎么不结婚？”我躲开她有些咄咄逼人的眼睛，问。

“跟谁结？跟你吗？”她反问。

“你敢要我吗？”

“这话该我问。”她说，“我知道，你喜欢的是小满小女孩。”

“她是我前世的爱人，我在前世爱过她，可今生的她，仿佛不是前世的她。”

“你觉得说着绕嘴吗？”芳芳一笑说，“知道你喜欢她，不过，不用这么神神叨叨的。”

“知道我喜欢你什么吗？”

“喜欢我？”

“当然，我不会把自己不喜欢的人带回家。”

“喜欢什么？”

“你直来直去，不装。”

“是的，真小人比伪君子受欢迎。”

“你不是小人，也不是君子。”她站起来，倚靠床头，端过床头柜上的一杯水，喝了一口，又递给我，我摇摇头，说不喝。她将杯子放回原处，接着说，“你只是街头的一个小混混。”

“你的评价很中肯。”

“不要误解，我丝毫没有贬低、轻蔑的意思。”她又躺到我怀里，“相反，我觉得你们真实、坦率、敢想敢干、有冲劲。”

“敢想敢干有个屁用。”我说，“干不成还不是等于零。”

“世界上只有想不到的事，没有干不成的事。”

“对于我，只有干不成的事，没有想不到的事。”我反驳道。

“敢想，总比什么都不想要好。”

她的话，就像汪洋中的一个荒岛，使我看到前方有彼岸。不过，那仍然是一个缥缈的、模糊的、不实际的希望。

“你呢？”我问她，“你的彼岸在哪里？”

她摇摇头，说:“没有。”

“你是说，你一直一个人？”

“以前有一个男朋友。”

“分了？”

“嗯。他是个登山运动员，获得过省冠军。我们好了四年，后来，他爱上了别人。”

“你就把他蹬了？”

“对。”她凄然一笑，“把登山冠军蹬了，我就是冠军中的冠军。”

“你还爱他吗？”

“说不上来。”她深深叹息，“四年，有时候觉得就像一天，有时候又感觉漫长无比。他没钱的时候，我在外面做‘商演’，养活他。给他买车，买时装，给他一切他喜欢的东西。”

“后来呢？”

“后来，见过太多的男人。太多城府很深的男人，他们或许算得上成功人士，在他们眼里，所有东西，都是可以交换的。包括感情。”

“都不是东西。”

“实际上，他们永远不懂，女人的彼岸是爱情。”

“我也不能给你彼岸。”想了许久，我对她说。

她笑了，笑得很坦然，很轻松。

我不知道，她是安慰我，还是安慰自己。但是，她的话触动了我心底最柔软的地方。

幸福，对于小满那种小女孩儿，有时候，十分简单，或是一顿可口的饭菜，或是一个动人的游戏，或是一次开心的交谈。原因是，她们年轻，有一大把青春时光可以挥霍。她们眼里的前景，基本都是辉煌的。然而，当她们也变成老姑娘时，幸福也不再单纯，她们需要一个坚固、牢靠的彼岸，过去不切实际的憧憬，统统都是等于零的空想。

我决定，找回小满，给她一个坚实的彼岸。尽管她并不像真霏一般让我称心如意，但我相信佛说的话，五百年的回眸才换来今生的擦肩而过。

我不想像前世一般错过，我要今生今世和她在一起。

然而，想到去找她，我忽然有些忐忑和紧张。

也许是紧张的缘故，夜里，我做了一个怪诞的梦。我梦见自己与英平、余二人、高尚和芳芳，一起去跑广告，我们在一条寂寥的公路上奔跑，不停地跑，不歇气地跑。起初，他们四个人跑在我的前面，我落在后面，过了很久，我后来居上，跑到了最前面，他们一人拿了一把锋利的刀，亮闪闪的，扬言要将我砍成肉酱。我冷汗直冒，加快步伐，向前狂奔，然而，我却怎么跑也跑不快，他们四人追了上来，将我逼到一个墙角，我无处可遁，站在那里等死，这时候，他们四人一起把刀指向我，异口同声地说："把刀给你，该你追我们了！"

30 JINSHENG

在找回小满之前，我开始回想，不断回想，回想起我的荒唐，残缺不全的，凌乱的生活。

我丢开讲述情感的所有书籍，关上所有谈情说爱的电视剧，关上所有有关情感的广播节目，生活陷入一片沉寂。

我决心改变自己以往的生活，干点实事，给小满一个全新的我。

我从整理房间入手，从我们生活过的空间里，一点点抹去她的痕迹。可是，在整理房间时，发现她还有很多东西没有带走，比如她的化妆品，她的课外书，还有她吃了一半的几包小食品。

我把东西收拾好，继续写电台的节目，琢磨着再找一份工作。一个月后，电台的《方言说新闻》节目取缔，原因只有一个，没有广告支持。之前，倒是有一个泌尿系统专科医院在节目中做广告，由于要把广告融合到新闻小品中，我绞尽脑汁，把节目中的人物活生生的，牵强附会地送进男科医院，或是去治疗，或是去探病。后来，黔驴技穷，我只得把三个人物的家也搬到医院隔壁，把人物固定聚会的社区服务中心也搬到医院隔壁，倒是挺方便的，清早起来，不吃饭，不喝水，不洗脸刷牙，不谈新闻，先到男科医院上个厕所。

我越写越郁闷。因此，节目取缔，尽管少了一份收入，我的心情却为之一松。

我找到英平，要求去他的广告公司搞制作，虽然很累，但让我觉得实在。

创世广告公司的制作场地在离市区很远的西门外。那一带原是郊区，凹凸不平的土路两侧是密匝匝的庄稼地，以及茅檐泥壁的农舍和肥水四溢的简陋茅厕。如今，田野已渺无踪影，代之而起的鳞次栉比一幢幢烟盒状的商住楼，挂着五颜六色招牌的饭馆、汽配店和尘土飞扬尚未竣工的建筑工地。

式样繁多的汽车在新建的高架桥上奔跑，开阔坦荡的柏油马路两侧，初植的幼树枝嫩叶薄，天气炎热，我每日从此经过必遭一顿暴晒。

我在堆满油漆桶、铁皮、木板和从高楼外撤下的广告牌的制作场地上挥汗如雨，制作户外广告牌，先钉铁皮，然后往干净的木板上刷油漆，使之失去木头的本色，最后喷绘。

同我一起辛勤劳作的，多是来自附近郊县和外地的农民工，干完活，用凉水冲澡，听他们用古怪的方言唱肉麻的流行情歌，在我看来，他们的搞笑能力，不亚于任何一个已然走红的小品演员。

苦干了几个月，国庆节到了。

节日临近，市中心的广场上摆满鲜花，清新亮丽；广场四周漂浮着巨大的彩色气球，球下悬垂一条条喜庆热烈的标语；群众艺术馆前方的一大块平整、开阔的绿地安装了小型彩灯，夜晚时分，彩灯亮起，与广场中央的五彩喷泉交相辉映，煞是好看。

车子向前行驶，经过百货大楼，经过百盛购物广场，经过电信大楼，经过人民商场。

满街皆是乔装打扮忙着节前购物的男人、女人、孩子，他们摩肩接踵地走过，街旁大小餐饮店，都在营业，火锅、烧烤、辛辣川菜的香味弥漫。

我忽然感到孤独极了，一种被人抛弃的孤独。我站在窗前，感到四肢乏力。这时,意想不到的情况出现了,我是说,我的眼睛湿润了,我完全是凭毅力才没让一些晶莹的液体流出来。

我再也忍不住了,拨通了小满的电话,告诉她,她的一些东西在我这里,如果还要,我给她送去。她说不用了。

我们在电话里沉默。

过了一会儿,她说:“我要回家了。”

“回贵阳?”我说。

“是的。”她又说,“我想家了。”

“那就回去吧,好好的。”我说,“我想见你,有很多话要对你说。”

“好吧。”她沉吟许久说。

晚上,我在学校等到小满,然后去找地方吃饭。

街上到处是出来观看焰火的人群,我们在人群中推推搡搡地走着。路过一座新落成的巨大华丽的灯光音控喷水廊时,上百条和着音乐奔涌跳跃的水柱,将清凉的水花细雨般洒在我们的头上,我们不由自主地咧开嘴和路人一起笑了。

小满一个劲儿喊饿,我们就在路边买了些乱七八糟的东西,边吃边走,走到十字街口,我也注意来往车辆,一辆摩托车从拐角鹰一般射过来。

出事的时候,小满正对我说:“我明天就回家。”接着,我感觉身后似有一股巨大气流般的力量猛然撞击,在小满的尖叫声中,我飞了出去。

撞车了。这是我醒来后,大脑做出的第一反应。

片刻,我虚弱地偏头看去,小满趴在床边熟睡。

窗外,天色灰蒙蒙的,十分阴郁。不时有身着白衣的病人,被护士或家人搀扶着缓步走过。庭园中,亭亭玉立的银杏已凝成深秋的鹅黄。秋天总是一个能让人莫名忧伤起来的季节。

我不知自己昏迷了多久,此刻嘴唇像久旱的黄土一样干裂。

“水。”我有气无力地说。

“什么?”小满醒来,眼睛红红地看着我。

"水、水。"我艰难地重复。

小满没给我喝水，而是拿棉签蘸了水给我润唇。

"医生说，手术后二十四小时不能饮水。"她小心翼翼地擦拭着说。

我明白发生了什么事，用手去摸下肢，左边的腿都在，我使劲掐他，却没有丝毫疼痛感，再摸向右边，只摸到棉被，棉被里空空如野。一瞬间，我变得惶恐、烦躁，脸部肌肉开始不受控制地抽搐，扭曲变形。

小满赶忙去叫医生。

医生给我注射了镇静剂，然后静脉滴注葡萄糖之类的生理盐水。我昏昏沉沉地，又睡了过去。

不知过了多久，我的眼睛能看到周围活生生的物体，甚至能听到病房内外细碎的响动，但就是醒不过来。

我周身乏力，头脑清醒，呼吸急促，心跳加速，一次次冥冥中掀被蹬腿，苦苦挣扎皆是徒劳。

"啊！"我悸叫着从梦魇中挣脱出来，大汗淋漓。

小满用毛巾拭去我苍白、孱弱脸庞的汗水。

"做噩梦了？"她轻声问。

"真神奇，心知是梦，就是醒不过来。"

"唉。"她叹气道，"别想太多好吗？医生说可以安假肢，和正常人没什么区别。"

"无所谓。"我微笑着，平和安详地看她，"只要第三条腿还在，我就还算个男人。"

"都这样了，还管不住自己的嘴。"小满想笑笑不出。

"缺了一条腿，嘴就更有用武之地了。"

翌日黄昏，小满到病房探望时，我正和开摩托车撞我的兄弟在玩"斗地主"。出于肇事的内疚，这兄弟一直让我赢，手上双王、四个二，也巧妙地输掉，可见牌技之高。

我对他说，你怎么跟首古诗似的，老让我"吟"。他嘿嘿乐，说你手气好。

我说你要老这么故意让着我，我就不玩了。

正说着，小满来了，冲我笑笑，也冲肇事的兄弟笑笑。

“你还好吗？”她问我。

“这医院的饭菜还可以。”我放下扑克牌说，“就是护士的姿色不行。”

“那我没办法。”

“你们聊吧。”肇事兄弟起身告辞，“改天我再来看你。”

他走后，我对小满说：“我想出院了。”

“你还没好呢。”小满坐下，拿刀削苹果，“医生说，还得观察一段时间。”

“用不着。”我活动了一下身子，说，“再观察也长不出条新腿。”

“你别这么沮丧。”她把削好的苹果递给我，“我给你做了白果炖猪蹄，医生说多吃这个恢复得快。”

“我也常听人说，吃什么补什么。”

她笑。

我吃完苹果，滑进被子里，仰脸望着天花板出神。

“在想什么？”她问。

“我们分手吧。”我说。

“什么？”

“我不想重复。”

她瞪了我一会儿，尖声尖气地问：“你把我当什么了？你想要就要，不想要就不要。”

“不想让你找个残疾人。”我闭上眼，说，“你考虑一下，人应该现实一些，那些所谓感人的高尚的事，只会发生在电视节目和报刊上。”

良久，她不说话，把头埋在胸前。

我长时间摩挲她的头发，忽然觉得悲伤，就哭了。

黑夜降临，病房里没开灯。黑暗中，小满问我：“你真觉得，我们分开你心里好受？”

我点头。

“你就没考虑我的感受，只考虑你自己。”

“算我自私。”

“你不自私。”小满柔弱地说，“你曾经说过，哪怕只有一包方便面，你也会留给我吃。”

“其实我是害你。”我笑着说，“方便面是垃圾食品，尤其是桶装的，含石化蜡。”

“别打岔。”她提高声音道，“你要抛弃我，办不到！”

“没有抛弃你。”我摸着她光滑的脸，“我说过，无论咱们是什么关系，我都珍惜你。”

“你说过吗？”她摸住我的手，问。

“好像说过吧。”我喃喃地说。

她的眼泪一滴一滴落下。

第二天下午，趁小满没来，我离开了医院。进来的时候，我是个俗人，出去的时候，我是那么与众不同——少了条腿。

交警大队的人来问我，要不要起诉肇事者，一是可以百分之百胜诉，二是胜诉后，可以获得一笔数目可观的赔偿费。我婉言拒绝了。道理很简单，有人捅了你一刀，你捅回来，报复了，自己伤口仍然疼。

肇事兄弟很感动，死活要送我一笔钱，我推辞，他坚持，我也确实需要钱，就收下了。

他说，这就对了，就当打“斗地主”我输给你的，改天我还赢回来呢。

出了医院，我拿出手机，打给英平，告诉他，我要出一趟远门，散散心，广告的事，等我回来再谈。他问我去哪儿？我想了想说，贵阳。英平问怎么想起去那儿？我说一直想去没机会去，那是我前世爱人的故土。说完，我挂掉电话，关上手机。

回到家，我收拾行囊，去附近商店买了两套换洗衣物，拎着旧的出来，扔进垃圾桶。然后，叫了辆出租车，直奔火车站。

火车站人很多，提着大包小包，步履匆匆。在鱼龙混杂的候车大厅，我仔细看了一遍电子显示屏上的列车进出表，然后去售票处买了张硬卧铺票，乘上一列开往贵阳的列车。

车厢里热烘烘的，列车开动，窗外景物流动，飞速变换的景象让我眼睛渐渐疲惫，我关上呼呼灌风的车窗，合上眼假寐。睡了一会儿，有人捏我鼻子，把我弄醒。我愤怒地睁开眼，看见小满笑吟吟的脸。

“好哇。”她表情有些兴奋，“回我老家也不带上我，一个人偷偷去。”

“你……你怎么知道我去贵阳？”我起身，挪出空位，让她坐。

“英平告诉了李薇薇，李薇薇告诉了我。”她坐下说，“我买的是站台票，找了十几节车厢，才逮住你。”

“真麻烦。”我故作埋怨地说，“我卧铺睡得好好的，你一来，咱俩都得硬座。干脆你睡，我走。”

“你休想跑。”她依偎我，头抵住我下颌，“你少了腿，想跑也跑不过我。”

“你缠着我干吗？”

她抬起头，看着我，认真地问：“你不是老说，我是你的前世爱人吗？”

我头望向窗外，说：“我现在也懒得讲上辈子的事了。”

“那我要跟你说。”她扳过我的脸，看着我的眼睛说，“你在前世爱过我，我今生爱过你，所以我不想离开。”

我紧紧地抱住她，彼此的骨骼一阵作响。

尾声

当晚，在梦中，我又回到了前世的老家逍遥镇。

逍遥镇赵寡妇家门前，张灯结彩，人潮涌动，火龙欢舞。

大堂内，孟婆婆主持婚礼，落爷和玄真老尼端坐堂上。真霏和赵寡妇顶着红盖头，与新郎装扮的我和潘生双双跪在天地牌位前。

“一拜天地。”孟婆婆脆亮地一声喊。

我们四人礼拜。

“二拜高堂。”孟婆婆再喊。

我和真霏拜向玄真老尼，潘生和赵寡妇拜向落爷。

玄真老尼颔首微笑，落爷一边咧开嘴乐，一边眼瞟孟婆婆，孟婆婆飞出一个媚眼，二人眼神碰撞，同时触电般一颤。

“夫妻对拜。”孟婆婆又喊。

我们四人双双对拜。

西门子挤到潘生和赵寡妇中间，抱着潘生腰，脆生生叫：“爹！”

潘生满面红光，抱起西门子：“走，跟爹度蜜月去！”

孟婆婆笑容满面夸赞：“天若有情天亦老，人若有情运气好，人生有二宝，半路的好夫妻，黎明的回笼觉，幸福到老！

此时，落爷悄悄靠近孟婆婆，客气问：“老妹儿，可愿同往？”

“走！”孟婆婆眼珠一转，豪爽道。

赵寡妇家门外，满身红妆的大马车停在门前。

我们在宾客簇拥下，喜气洋洋地走出家门。

“咱们上哪儿兜风去？”孟婆婆问。

“浪迹天涯！”我朗声答。

刚说完这话，小满将我摇醒，问：“做什么美梦呢？一脸的笑，起来吧，我家快到了。”

我坐起来，看窗外，荒山孤树飞快后移，河流开始在远方闪烁，飞鸟炊烟，绿树掩映下的绰约粉墙布满视野，列车驶入平房、楼厦渐次密集的市区。